D1565640

Cuatro cartas errantes

NIALL WILLIAMS

Cuatro cartas errantes

Traducción:
ROLANDO COSTA PICAZO

EDITORIAL ATLANTIDA
BUENOS AIRES • MEXICO • SANTIAGO DE CHILE

Diseño de tapa: Peter Tjebbes
Diseño de interior: Natalia Marano

Título original: FOUR LETTERS OF LOVE
Copyright © 1997 by Niall Williams
Copyright © Editorial Atlántida, 1999
Derechos reservados para México: Grupo Editorial Atlántida Argentina de México S.A. de C.V.
Derechos reservados para los restantes países de América latina: Editorial Atlántida S.A.
Primera edición publicada por EDITORIAL ATLANTIDA S.A.,
Azopardo 579, Buenos Aires, Argentina.
Hecho el depósito que marca la Ley 11.723.
Libro de edición argentina.
Impreso en España. Printed in Spain. Esta edición se terminó
de imprimir en el mes de agosto de 1999 en los talleres gráficos
Rivadeneyra S.A., Madrid, España.

I.S.B.N. 950-08-2158-3

Para mi madre
oculta entre las estrellas

Los amantes preparan el camino con cartas.
–Ovidio, *El arte de amar*

PARTE
1

1

Cuando yo tenía doce años, el viejo Dios le habló a mi padre por primera vez. Dios no le dijo mucho. Le dijo a mi padre que fuera pintor, y lo dejó ahí, regresando a su trono entre los ángeles, y a través de las nubes se dispuso a observar la ciudad gris para ver qué sucedería luego.

En esa época mi padre trabajaba como empleado público. Era un hombre delgado, alto y fuerte, con huesos que se le marcaban bajo la piel. Se le había vuelto el pelo blanco a los veinticuatro años, lo que le daba un aspecto severo, de hombre mayor, que luego se tornaría tan pronunciado que cada vez que caminaba por la calle no dejaba de llamar la atención. Parecía que algo lo afectaba, impresión acentuada por el azul deslumbrante de sus ojos y la parquedad de sus palabras. Aunque yo no tenía hermanos ni hermanas, de mis primeros doce años de vida recuerdo poco que me haya dicho. Las palabras se han desvanecido, y me quedan sobre todo imágenes de mi primera infancia: mi padre, de traje gris, llegaba de la oficina y entraba por la puerta de calle en la niebla de las noches de otoño; el sonido sordo del maletín al caer sobre la mesa del teléfono; el crujido de la escalera y sobre el cielo raso de la cocina cuando se cambiaba, se ponía un cárdigan y bajaba a tomar el té. La ancha frente asomaba sobre los titulares del diario para responder alguna pregunta. El día de Año Nuevo flota, borroso, en el mar congelado en Greystones.

Yo sostengo su toalla mientras su frágil estatura se adentra en el agua: la caja torácica y los hombros parecen un montón retorcido de perchas en una maleta vacía. Los dedos de los pies se le doblan hacia arriba sobre las rocas, y en los brazos parece sostener bolsas vacías. Las gaviotas no se alejan de él, de pie ante el mar gris azulado, y el pálido fulgor de su cuerpo desnudo podría ser del color del viento. Mi padre es delgado como el aire, y las olas altas que se estrellan contra sus muslos vadeantes podrían quebrarlo como una hostia. Creo que el mar se lo va a llevar, pero eso nunca sucede. Emerge y toma la toalla. Por un momento permanece sin secarse. Yo, con la cremallera de la campera cerrada hasta el cuello y la caperuza puesta, siento el viento que lo hiela. Aun así, él sigue de pie y mira la bolsa gris, esperando el momento para vestirse en el Año Nuevo, sin saber todavía que Dios está a punto de hablarle.

Siempre había pintado. Algunas veces en las tardes de verano, después de cortar el pasto, se sentaba en el extremo del jardín con un block de dibujo y lápices y dibujaba y trazaba líneas mientras moría la luz y los muchachos pateaban la pelota en la calle. Yo, un niño de ocho años, pecoso, con vista débil, me asomaba a la ventana antes de meterme debajo de las frazadas, y en esa inmóvil figura angular al final del jardín encontraba algo tan puro, pacífico y bueno como una plegaria nocturna. Mi madre le llevaba una taza de té. Ella admiraba su talento entonces, y aunque ninguno de sus cuadros decoraba las paredes de nuestra casita, eran regalos que hacía con frecuencia a parientes y vecinos. Yo lo había oído elogiar, y mientras empujaba mi tren de juguete sobre la alfombra, con orgullo de niño observaba en una esquina de sus cuadros las pequeñas iniciales, WC, que eran su marca, y sabía en lo más secreto de mi ser que no había otro papá como el mío.

· · ·

A los doce años, entonces, el mundo cambió. Mi padre, de traje gris, llegó a casa una tarde, se sentó a tomar el té y escuchó a mi madre que contaba que había esperado el día entero al hombre que repararía el techo de la cocina, que yo había llegado de la escuela con un siete en la rodillera de los pantalones, que el señor Fitzgerald había ido para avisar que no podía jugar al bridge este jueves. Sentado, con esa tranquilidad angular, él la escuchaba. ¿Había un brillo especial en la luz de sus ojos? Desde entonces me he dicho que recuerdo que sí había. No puede haber sido tan simple y natural como lo veo ahora: mi padre tomando una segunda taza de té con leche y comiendo una tajada de pan dulce, y anunciando:

—Bette, voy a pintar.

Al principio, por supuesto, ella no entendió. Pensó que se refería a esa tarde.

—Espléndido, William —le dijo, y agregó que ella se ocuparía de poner todo en orden, y que él subiera a cambiarse.

—No —dijo él con tono tranquilo y firme, hablando como hablaba siempre, haciendo que las palabras parecieran más grandes e intensas, como si la amplitud de su significado estuviera relacionada en forma directa con su delgadez, como si él no fuera más que mente.

—He dejado de trabajar en la oficina —dijo.

Mi madre se había puesto de pie y se estaba poniendo el delantal para lavar los platos. Era una mujer pequeña y de corta estatura, con ojos pardos de mirada penetrante. Se detuvo, lo miró, y absorbió el significado. Con velocidad eléctrica cruzó luego la cocina, me apretó la parte superior del brazo con fuerza inintencionada y me sacó de la mesa para que fuera arriba a hacer mis quehaceres. Yo llevé la furia inexplorada de su reacción desde la cocina hasta la fresca oscuridad del vestíbulo, sintiendo ese flujo de sangre y dolor que indicaba la llegada de la magulladura de Dios. Subí seis escalones y me senté. Me toqué la rotura en la rodillera de los pantalones y junté los dos lados del corderoy rasgado, como si fuera a emparcharla. Después, apoyando la cabeza sobre los puños, me quedé sentado, escuchando el fin de mi infancia.

2

—Me dedicaré a pintar todo el tiempo —le oí decir a mi padre.

Hubo una pausa aturdida, un silencio después de un golpe. Desde mi lugar en la escalera, a través de la puerta cerrada, podía ver la cara de mi madre, el pánico del rápido parpadeo de sus ojos, el tenso bullicio de su energía inmovilizado de repente, pasmado, hasta que habló:

—No hablas en serio, William, no hablas en serio, dime que no...

—Venderé cuadros. He vendido el auto —dijo.

Otra pausa, y un silencio cargado como un revólver.

—¿Cuándo? Pues, ¿cómo puedes... ? No hablas en serio.

—Hablo en serio, Bette.

—No te creo. ¿Cómo...?

Ella hizo una pausa. Tal vez se sentó. Cuando volvió a hablar su voz era cortante: estaba tragando los vidrios rotos de las lágrimas.

—Por Dios, William. Las personas no llegan a su casa una tarde y anuncian que no volverán a la oficina. No puedes, no puedes decir eso en serio.

Mi padre no dijo nada. Estaba reteniendo sus palabras en ese pecho suyo, angosto y delgado, bajando la gran cúpula de su cabeza hasta hacerla descansar en la palma de una mano. La voz de mi madre subió de tono.

—Pues, ¿no crees que yo tengo derecho a una opinión? ¿Qué pasará con Nicholas? No puedes simplemente...

—Tengo que hacerlo. —Levantó la cabeza. Las palabras cayeron con un ruido sordo sobre nuestra vida como un niño muerto, rodeadas de un silencio enfermizo. Luego dijo, con una voz que apenas alcancé a oír, y luego me dije que no había oído, que la había imaginado en la penumbra de mi hora de acostarme, cuando decía mis plegarias y los faroles de la calle bordeaban las cortinas con una luz dorada:

—Tengo que hacerlo. Es lo que Dios quiere que haga.

3

Los días siguientes volvía de la escuela para encontrar la casa en un estado de transición. Dios se había instalado de la noche a la mañana. El garaje estaba lleno con todos los muebles de la sala, habían quitado las persianas para que entrara más luz, levantaron las alfombras, y en el rincón donde solía estar el televisor había una mesa grande sobre bloques de cemento. El teléfono fue desconectado, y permaneció, en total abandono, durante un mes entero sobre el piso del vestíbulo de la entrada. Mi madre guardaba cama. Mi padre no me dio ninguna explicación de todo esto. Llevaba escaleras arriba hasta el lecho de mi madre las lonjas de panceta quemada con huevos fritos que él cocinaba, como un mensaje cifrado que cruzaba el puente levadizo hasta el lugar sitiado. Llegó el camión de una mueblería y vació el garaje. Los niños de los vecinos se agolparon junto a la puerta para observar cómo se llevaban la vieja vida de la casa.

—No tienes televisor —se burló un niño—. ¡Los Coughlan no tienen televisor!

—No lo necesitamos —le grité como respuesta, y me paré entre dos suéters sobre el pasto que hacían las veces de postes improvisados de un arco de fútbol, levantando las manos y mirando con ojos bizcos la pelota que relampagueaba por el aire.

Luego llegó el comienzo del verano. Mi madre se levantó de la cama, mi padre se marchó en el primero de sus viajes de la primavera y el verano, desapareciendo dentro de la tela aún en blanco de la estación y dejando a mi madre y a mí en el colorido pero levemente podrido lío que era nuestra casa cuatro meses después de la llegada de Dios.

—Tu padre, el pintor, nos ha dejado —me solía decir mi madre—. Sólo Dios sabe cuándo volverá —agregaba luego, con pesada ironía.

—Tu padre, el pintor, no cree en las cuentas —decía otras veces, cuando yo llegaba del dentista mascullando, con un pequeño sobre marrón en la mano.

En una semana ordenamos la casa. Había un cuartito junto al vestíbulo donde antes se guardaban alfombras y sillas, y era allí adonde se retiraba mi madre por la tarde, y se quedaba sentada sola cuando yo ya me había ido a la cama, observando las luces de las casas vecinas y preguntándose qué pasaría con las cuentas cuando se terminara el dinero de la venta de los muebles. Del otro lado del vestíbulo estaba ahora el cuarto de mi padre. En ese primer mes yo no había entrado nunca allí. Desde el momento en que abría la puerta yo alcanzaba a ver los rollos de tela, los tensores, una montañita de tubos de óleo apretados a medias, y otros curvados como babosas moribundas sobre las tablas del piso debajo de la mesa. Ahora, cuando estaba acostado y la noche de verano nunca se oscurecía, era a esa habitación adonde me conducía mi imaginación, y en los dos primeros meses de la ausencia de mi padre, el pintor, lo imaginaba allí, trabajando todo el tiempo, sin que nos hubiera dejado ni por un momento.

Cuando llegaron mis vacaciones de verano, el boletín de calificaciones indicaba el colapso de mi educación. Estaba reprobado en todo, menos en inglés, y en inglés se me decía que padecía de un exceso de imaginación. "Un elefante en mi casa" había sido el título de mi composición.

Mi madre estaba sentada frente a mí en la mesa de la cocina, un sábado por la mañana, cuando me dijo con un susurro apremiante que ahora yo era el hombrecito de la casa. Debía estudiar mucho en la escuela, conseguir un buen empleo y ganar dinero. Tenía doce años y siete meses. Observé que su carita bonita se contorsionaba con la enorme pena y angustia que Dios le había puesto allí. Todo su encanto, la alegre sonrisa de ojos color nuez y la fácil risa que campanilleara en mi infancia se esfumaron ese verano. De repente, era una mujer con el motor fatigado. Apretaba las manos; si una de ellas se soltaba, era para llegar a su cara, refregar el costado de la mejilla, correr hacia abajo y detenerse en la fina línea de sus labios. Nuestros vecinos no llamaban ni entraban. Y durante un tiempo nuestra casa parecía una isla en la calle, el lugar de donde había partido William Coughlan, para pintar. Cuando me enviaban calle abajo hasta el almacén —y siempre llegaba, deliberadamente, en los últimos momentos vacíos antes de que cerrara—, la señora Heffernan se volvía, me miraba por encima de sus anteojos de media luna y agregaba una bolsa de caramelos de regalo a la lata de chauchas o de sopa encargada por mi madre.

—Toma, tesoro —me decía entre sus vahos de perfume—. Cómetelos todos tú.

En más o menos un mes, en el recodo de la calle delante del almacén, había aprendido a despeinarme, sacarme el faldón de la camisa y frotarme el costado del cuello y alrededor de la boca con un poco de tierra. Esto nunca fallaba, haciendo que la señora Heffernan saliera de atrás del mostrador con ruiditos reprobatorios y respirando audiblemente. Levantando una punta de su delantal, lo mojaba con la lengua y me limpiaba antes de darme una bolsa de manzanas y naranjas para mejorar mi salud.

Ese primer verano no estábamos seguros si mi padre volvería o no. Mi madre, por supuesto, me decía lo felices que seríamos pronto, lo encantado que se pondría él al enterarse de que yo estaba atareado leyendo los libros de la escuela todo el verano y aprendiendo tanto. Cuanto más me lo decía, más leía yo, haciendo a un lado los guantes de arquero y poniéndolos sobre la cómoda junto a la ventana y devorando los libros en la vana búsqueda de un muchacho que tenía a un padre que era pintor.

Los días eran dorados. Era un verano famoso en Irlanda. Nuestra cortadora de césped había sido vendida, y el césped del jardín se convirtió en una pradera de margaritas silvestres. El pasto creció hasta un metro de alto. Por la tarde yo solía salir y me tendía, oculto, entre el pasto, y sentía el suave movimiento ondulante como un mar, y observaba el azul del cielo que se hacía más profundo hasta dejar salir las estrellas. Mantenía los ojos abiertos y pensaba en mi padre, allá fuera, que pintaba la caperuza de la noche sobre mí.

4

Para mediados de agosto recibimos dos tarjetas postales, una de Leene, condado de Mayo, la otra de Glencolumbkille en Donegal. Ambas nos decían que él estaba bien, pintando duro. Ambas decían que pronto volvería a casa. Las pusimos, con el mensaje hacia afuera, en el repecho de la ventana, cerca de la mesa de la cocina, y por la mañana, antes de que yo volviera a la escuela, las leía y las releía mientras tomaba mi jarrón de té y leche racionada y, con cierta ansiedad, me tocaba el parche en la rodillera de los pantalones.

Luego, un día durante la primera lluviosa semana de escuela en septiembre, al bajar a la planta baja, oí golpes y ruidos en el cuarto de mi padre sobre el vestíbulo. Él —una figura delgada, con una valija pequeña, subiendo por la calle hasta su propia puerta de casa— había vuelto durante la noche. Mi madre debe de haber pensado que era un mendigo o un ladrón. Lo oyó llamar y no se movió de la cama, imaginando a medias que estaba soñando y que esos ruidos tanto tiempo esperados que la despertaron no eran reales. Cuando él entró por la puerta de atrás y ella lo oyó atravesar la cocina y el vestíbulo sin alfombras, supo que era él. Dejó la valija al pie de la escalera y subió al dormitorio. Me miró, imagino, e imagino también la mano fría de dedos largos extendida a través de la oscuridad del dormitorio para acariciarme el pelo. Luego lo veo retrocediendo, desde la oscuridad de mi cuarto a la oscuridad del descanso para abrir la puerta de su dormitorio. La figura de impermeable empapado y sombrero goteando, con las botas con que viajó desde el oeste, miró a mi madre. Esperaba insultos, maldiciones, cualquier forma de frialdad. Ella se incorporó sobre un codo para mirarlo, una blancura lunar de camisón sobre las sábanas. Hubo un momento en que aguardó, para asegurarse de que no soñaba, luego le agradeció a Dios y extendió los brazos para recibirlo.

Yo no sabía nada de esto todavía, por supuesto. Esa lluviosa mañana oí los ruidos en su cuarto y en un relámpago de pánico pensé que estábamos vendiendo sus cosas. Abrí la puerta y lo vi martillando y haciendo un marco grande. Él no me vio ni me oyó. Abrí la boca para decir su nombre pero encontré que no tenía sonidos. En cambio, con la boca abierta en el vano de la puerta, lo observé: una figura inclinada, perdida en la concentración del trabajo, golpeando la madera, como una figura congelada en un cuadro que ignoraba el mundo y su clamor. Di un paso atrás y cerré la puerta. Fui a la cocina y me preparé el desayuno en silencio, con remolinos de terror y alegría en mi interior. Cuando abría la boca para comer sentía que se precipitaban hacia arriba y me atoraban. Un torrente de palabras no pronunciadas salía a borbollones. ¿Él había vuelto, entonces? La vida, ¿reanudaría su orden y su paz otra vez, o él estaba separando, no juntando, las maderas? ¿Habría terminado su pintura? ¿Había vuelto a hablar Dios?

Mis ojos leyeron las postales sobre el repecho de la ventana igual que durante las semanas anteriores, y entonces sentí su mano sobre el hombro.

—Papá —dije, y volviéndome sentí que estallaba en lágrimas el globo acuoso de mi emoción. Aferrado al húmedo olor de trementina de su delgado pecho lloré, hasta que por fin él me palmeó la espalda y me apartó. Me miró de arriba abajo. Mientras me secaba las lágrimas con la manga deshilachada de mi jubón tenía la esperanza de que alcanzara a ver que emanaba de mí el fulgor de un verano de estudio. Esperaba también que viera que me había convertido en el hombrecito de la casa, que había engañado a la señora Heffernan para que me regalara libras de fruta y caramelos, y que se diera cuenta de que yo siempre supe que él volvería a nosotros.

Apartándome, dejó que esas manchas azules que eran sus ojos me examinaran durante una eternidad. Le había crecido el pelo, y a la luz de la mañana parecía blanco, no gris. Hasta sus cejas parecían más claras. Había ahora en él una pálida translucidez, de manera tal que cuanto más lo miraba, más parecía desaparecer, ser una cualidad de la luz y no una persona, ser lo que yo había empezado a imaginar que era, alguien como Dios.

—No hay necesidad de ir a la escuela esta semana —dijo—. ¿Qué te parece? ¿Está bien?

Por supuesto que estaba bien. Era maravilloso. Mamá bajó de su cuarto con un vestido verde que yo no había visto nunca. Me envió a comprar papas y zanahorias, y volví con un nabo, además.

Mi padre había enviado por tren a Dublín los cuadros pintados en el verano, y por ello esa misma mañana me llevó a buscarlos a la estación. Es el primer viaje a la ciudad que recuerdo, y voy sentado en la parte superior de un ómnibus de dos pisos; las ramas de los sicomoros y los castaños rozan las ventanillas y sueltan las hojas, detrás de nosotros, sobre el camino. Me puse las manos sobre las rodillas, olvidándome del parche, volviéndome para contemplar la figura inmóvil y silenciosa de mi padre. No podía decir que se viera feliz de estar entre nosotros otra vez. Era un hombre de tal inmovilidad, magra y absoluta, que sus emociones mismas parecían descender levemente sobre el día, tan suaves y desprovistas de sonido como remolinos de hojas invisibles que bajaran en espirales en la penumbra de las tardes de otoño. No se veían sus sentimientos, pero algo percibía cómo se esparcían alrededor de uno en vestigios que dejaba al irse. En ese sentido, entonces, puedo decir que odiaba la ciudad. Algo en él despreciaba el hecho de haber nacido allí, de haber ido día tras día a la oficina, perdiendo tantas horas de luz.

De él, esa mañana, en el viaje en ómnibus, nació en mí mi odio por la ciudad. ¡Qué esperpento gris y desnudo de hojas era, un enorme y cambiante acertijo de concreto aturdido, con pequeñas filas apresuradas de personas con abrigos marrones y caras mojadas! Yo quería tomarlo de la mano cuando bajamos del ómnibus, pero él no quiso, y me metí los fríos puños muy hondo en los bolsillos de mi abrigo tres cuartos con capuchón, tratando de igualar el largo ruido decidido de sus zancadas. Hacía más de una semana que no se afeitaba, y tenía el rostro finamente plateado por la barba; los mechones de su pelo blanco se movían hacia un costado por el viento, dejando en descubierto pedazos rosados de su cráneo. No llevaba sombrero y atraía la atención de los transeúntes a lo largo de los muelles, como si la extrañeza de su aspecto, el largo pelo hasta los hombros y los perdernales azules de sus ojos fueran garantía de cierta celebridad. Creo que él no notó nada camino a la estación, ni el chillido del bebé con la boca sucia en brazos de su madre, ni la salpicadura oleaginosa de un ómnibus pintada en nuestros pantalones. Quizá ya no estaba allí, sino de regreso en el paisaje abierto color pardo, verde y púrpura, de pie en los lugares donde día tras día había intentado retener y trasmitir la luz coloreada a la tela.

Entramos por el gran arco ventoso de la estación de ferrocarril y mi corazón dio un vuelco al ver los trenes. Ante una verja, delante de una locomotora, me dijo que podía quedarme allí a mirar mientras él se ocupaba de sus paquetes.

Permanecí en medio de la lenta y pesada llegada de los trenes, los uniformes, los anuncios distorsionados por los altoparlantes, los nombres de lugares de más allá del final de los largos andenes. Su voz me rescató del ensueño.

—Vamos.

El asiento posterior y el baúl de un taxi ya estaban llenos de una serie de telas envueltas en papel marrón. Nos apretujamos en el asiento delantero, junto al conductor. Me senté sobre las afiladas rodillas de mi padre, y él se inclinó hacia adelante y borró la escarcha de nuestra excitación del parabrisas, dejándonos una pequeña y sucia vista circular de las calles por las que corríamos a toda velocidad. Yo estaba henchido de orgullo entonces; estos cuadros que llevábamos a casa serían los trofeos del dolor del verano. Mi madre los miraría y aplaudiría y se llevaría las manos a la boca. Todos los cuadros se venderían en una semana, volveríamos a tener una alfombra en el vestíbulo y un auto rojo en el garaje. Yo bullía con la jabonosa felicidad de todo eso mientras el auto se abría camino, serpenteando entre las casas separadas a medias entre sí de donde todos los hombres se habían marchado al trabajo y cuyos niños estaban todos encerrados en la escuela.

5

Según la manera común y corriente de hablar, la nuestra no era una familia religiosa. Hasta mis diez años, mi padre y mi madre me acompañaron a misa los domingos por la mañana. Nos sentábamos en los bancos de cedro lustrado entre nuestros vecinos y nos poníamos de pie, nos arrodillábamos y nos sentábamos en los momentos correspondientes. Algunas veces, cuando el sermón del cura se ponía demasiado aburrido, o su invectiva demasiado acalorada, mi padre practicaba una forma de respiración fuerte que impedía que los sonidos le llegaran a los oídos, y hacía que quienes estaban cerca pensaran que dormía con los ojos abiertos. No dormía: controlaba la furia, según le oí decir a mi madre. Además, preguntaba si la respiración no era acaso la forma más pura de la plegaria.

—Dios, Nicholas —me dijo más adelante—, no vive en las iglesias de ladrillos rojos de los barrios residenciales.

Era una tarde de verano. Andábamos paseando; mi madre dormía la siesta. Tomamos la ruta predilecta de mi padre, una colina empinada a través de caminitos bordeados de casas en dirección a la campiña. Una vez que estuvimos fuera del poblado, de los círculos y circuitos cerrados y laberintos de las casas, el aire cambiaba. Mi padre se enderezaba y parecía crecer, expandirse, transformarse en un gigante de sentimientos profundos que se desplazaba en silencio junto a las desplomadas florescencias de fucsias silvestres y amarillas madreselvas. Los cielos más amplios parecían sentarle; su paso se alargaba a la luz del sol. Cortó una hoja pegajosa de laurel y empezó a hacerla rodar entre los dedos, como un recuerdo. Supe que era feliz entonces. Y cuando dijo eso sobre Dios y las iglesias, mientras me llevaba por un recodo soleado que descendía bordeado de un seto espeso de pájaros cantores, no lo pensé dos veces. Supe que tenía razón.

Dejamos de ir a misa poco tiempo después. Y luego, según me pareció, Dios vino a vivir a nuestra casa. No se hablaba mucho de Él, ni se le dirigía la palabra. Y, sin embargo, sabíamos que allí estaba. No exactamente sagrado, no exactamente piadoso, pero una suerte de presencia. Como la calefacción central, decía mi madre. Cuando papá se fue, Él se quedó.

En las telas envueltas en el asiento posterior del taxi, yo sabía que llevábamos a casa la prueba de Dios.

Cuando llegamos mi madre estaba arriba, presa del nerviosismo. Entre las dos reacciones principales de su personalidad —irse a la cama o embarcarse en una clase de maquinación superactiva de limpieza, barrido y cepillado— había optado por la segunda. Estaba limpiando la ventana del dormitorio sin mirar a través de ella, sin ver el desfile de cuadrados y rectángulos marrones que cubrían el camino entre el taxi y el cuarto contiguo al vestíbulo. Ella creía que sobre esas frágiles, coloreadas piezas del arte de mi padre descansaba todo el futuro de nuestra familia, que detrás de esos envoltorios de papel marrón estaban los cuadros que habían agitado y revuelto el mar de su mente insomne desde la noche anterior. Invisibles, eran una especie de tormento para ella, y sin embargo ahora, en el momento en que podría haber corrido escaleras abajo y abrirnos la puerta, haber roto el papel de los envoltorios y, dando un paso atrás, dejado que la paz la inundara, no se atrevió. Fregaba la ventana que ya había limpiado.

Una vez que hubo pagado al chófer, cuando los cuadros, todavía envueltos, parecían lápidas inclinadas en el cuarto desnudo, mi padre los contempló un momento. Los largos brazos le colgaban a ambos lados. Eran las tres menos diez. De pie, esperando instrucciones, yo lo miraba a través de la pálida luz del cuarto y olía el olor a trenes y a óleo. La ventana estaba a sus espaldas. En la luz, los mechones rebeldes de su pelo formaban una aureola alrededor de su cabeza. Me pregunté si estaría aguardando a mi madre.

—¿Llamo a mamita?

Él se movió y me di cuenta de lo quieto que había estado.

—No —me dijo—, tú puedes ayudarme. Dobla el papel cuando te lo dé, ¿quieres?

Entonces, apoyando una rodilla en el piso, con esas manos de delgados dedos largos y huesudos, recorrió el cuarto descubriendo los cuadros. Oí que mi madre bajaba la escalera y se echaba a llorar con energía en el vestíbulo. Siguiendo a mi padre a un paso de distancia, yo iba doblando en silencio las hojas de papel marrón. No me atrevía a hablar; apenas si miraba. Cuando terminamos de descubrir el último cuadro, mi padre tomó la única silla de madera y la puso en el centro. Se sentó y se cruzó de brazos y se fue de mi lado, respirando hondo, perdido en una neblina de silencio. Salí y cerré la puerta.

En el vestíbulo, mi madre todavía lloraba. No había polvo, pero ella barría el piso haciendo que el escobillón trazara líneas largas, hacia adelante y atrás, hacia adelante y atrás, postergando el momento en que tendría que entrar y ver los cuadros. No se permitió mirarme cuando salí, sino que se deslizó a mi lado, barriendo el piso desnudo, los ojos pardos clavados en el piso como si esperara un golpe en la cabeza.

Subí a mi dormitorio. Me senté en el borde de la cama y dejé que lo que había visto me estallara en la mente. Porque los cuadros de mi padre no eran las imágenes de la campiña y la montaña, del mar y la costa que nosotros esperábamos. No había verdes prados salpicados de ganado, ni picos grises elevándose hacia las nubes de Connemara. En cambio, las treinta telas que rodeaban a mi padre en su silenciosa silla eran, para mis ojos de doce años, una confusión de colores, una salvaje y excéntrica furia de pintarrajos sin rasgos, hechos con tanta fuerza, tan llenos de precipitación y energía que no parecían cuadros en absoluto. ¿Las había pintado, en realidad? Yo las había mirado y apartado los ojos, deseando no ver, desplegada ante el mundo entero, la locura incipiente que, según temía, ahora nos arrastraría a todos. Después de la primera conmoción deliberadamente evité mirar, diciéndome que yo no entendía, que en realidad eran cuadros maravillosos. Me concentraba en los envoltorios, doblando el papel en líneas exactas, encontrando solaz en la prolijidad. Relámpagos de gris y marrón, tajos de furiosos malvas y negros que se entrechocaban me llamaron la atención, y miré. ¡Qué composiciones brutales que eran, con negro en la parte superior, salpicado, goteado de marrón, punteado de azul, luego de púrpura, aguado con una ola de blanco. En otra tela, en verde y rojo, anchos arcos de color se escapaban del borde: el amarillo corría, frenético por todas partes, luego volvía otra vez el negro. Tanto negro y marrón. Eran los cuadros de un niño demente; yo no podía distinguir nada en el nexo furioso de curvas y líneas de color, y después de unos momentos dejé de mirar. Para cuando salí del cuarto y subí a mi dormitorio ya estaba convencido de que era un truco de la luz lo que me impedía ver. Sentado sobre la cama, me aferraba a los últimos vestigios de fe que tenía mientras regresaba de la estación de ferrocarril. Mi padre era un genio. Era un gran pintor. Todos íbamos a ser felices y ricos y famosos.

Cuando mi madre por fin acalló sus nervios y entró en el cuarto donde mi padre aún no se había movido de la silla, empujando el escobillón frente a ella, llegó a mitad de camino cuando se detuvo. Llevaba puesto un delantal amarillo. La luz de la tarde iba desapareciendo rápidamente, y los cuadros dispuestos alrededor del cuarto habían adquirido el aire sombrío del moribundo día. Ella se detuvo, como para dejar que el polvo se asentara delante del escobillón, y aventuró la mirada que había reservado todo ese verano. Sus pequeños ojos pardos recorrieron los cuadros como un pájaro, moviéndose rápidamente de uno al otro y luego al siguiente. Paseó la mirada por todo el cuarto, sin moverse de su lugar. El silencio era cargado e inmenso, y dentro de él ella se sintió caer y aterrizar en la pilita polvorienta de su espíritu quebrantado. Asió con fuerza el cabo del escobillón, encontró el aliento y movió las piernas. Sin una palabra, sin un signo, se volvió y se precipitó fuera de la habitación.

Mi padre, observándola desde el trono de su enorme inmovilidad y calma, no hizo ningún gesto o esfuerzo por explicar. Permaneció sentado sin moverse, levemente inclinado hacia adelante, las palmas de las manos apretadas entre las rodillas, los hombros oblicuos, los huesos de los codos sobresalientes, como alas. Sólo sus ojos se movían, sólo sus ojos le decían que todo iría bien.

6

Isabel nació en una isla del oeste.

Cuando pensaba en ello, luego, añadiendo los fragmentos que ella les contaba a quienes yo imaginaba, veía su infancia como una tela fina tejida con luz del mar y arena, deshilachada y adornada por la belleza y el dolor. El suyo era un lugar como el que mis ojos de niño habían imaginado que pintaría mi padre: grandes cielos expansivos, pequeñas parcelas con muros de piedra que atrapaban la evasiva brisa del verano, la presencia siempre sentida del mar, acallado o estrepitoso. Al levantar los ojos mientras corría o saltaba o perseguía algo por el pequeño anillo blanco de arena que era la costa oriental, Isabel contemplaría la gris inmensidad de la orilla del país, maravillada ante el mundo que la aguardaba.

La isla era pequeña y tranquila: no tenía automóviles. Desde un áspero malecón, en la mañana temprana, los barcos pesqueros salían a las violentas aguas, bailando en torno a la isla y partiendo mar adentro hacia el océano de soledad y lluvia, desapareciendo en el oeste hacia el invisible horizonte de América, donde en el vaivén de las olas se apresaba a los peces en redes para llevarlos a casa.

Con su hermano, ella cruzaba la isla algunas veces después de la escuela. Su padre era el Maestro, y mientras él ponía en orden el aula o se detenía en Coman's para tomar un par de vasitos de whisky irlandés, ellos dejaban sus valijas escolares en un lugar bajo de una pared y subían por la colina de la parte posterior de las casas. Ella tenía once años, él diez. Avanzaban por el laberinto de ásperos senderos de grava, por donde ni siquiera podía andarse en bicicleta, a través de la extensión escabrosa de piedra caliza gris hasta la costa occidental de roca y espumoso mar. Caminaban hasta el borde de la isla, una afilada saliente de piedras altas con una abrupta caída hasta las brillosas rocas negras que la marea hacía desaparecer bajo las aguas saltarinas. La orilla en sí aparecía y desaparecía como magia debajo de ellos cada vez que se estrellaban las olas. Allí tenían un lugar predilecto para jugar, una pequeña galería marina de peldaños, gradas, plataformas de piedra. Allí eran el Rey y la Reina. En la quietud majestuosa del fin de la tierra podían imaginar que gobernaban un reino fabuloso de violinistas y poetas. Los hombres eran como su padre, las mujeres como su madre. Se comunicaban en gaélico, y en las frases habladas de su juego un pequeño mundo irlandés cobraba vida. Desempeñando distintos papeles cada uno, eran ora caudillos, ora vates, ora herreros o panaderos. Isabel bailaba en la losa alta de roca mientras Sean tocaba un violín imaginario. Emitían órdenes, y cambiaban de posición para obedecerlas. A veces, en las tardes de principios de la primavera, cuando la vida nueva estallaba de repente, pareciendo llegar a ellos a través de la superficie del mar, simulaban ser invasor y defensor de su isla, trabándose en un simulacro de lucha, gritando órdenes a ejércitos invisibles y saqueando las riquezas del reino. Las aves marinas chillaban en coro sobre su cabeza, y la fabulosa luz de los cielos primaverales tejía un tapiz sobre ellos. Las nubes, blancas y fugaces, eran velas de barcos llegados de visita.

Cuando Isabel bailaba en el borde de la roca sentía que el viento bailaba con ella; le tocaba las piernas y le infundía su peligro. Le ardían las mejillas, fijos los ojos en el lejano mar, las manos caídas a sus costados. En cuclillas detrás de ella, Sean movía el arco imaginario del violín en una melodía con tiempo de jiga. Conocía bien la tonada, la había tocado, además de otra docena de canciones, para la gente reunida en la cantina de Coman's los sábados por la noche. Pues él era uno de esos niños, un muchacho de aspecto común, pecoso y de nariz redondeada, con orejas como manijas de taza pegadas a ambos lados de la cabeza, por cuyas manos Dios parecía tocar música. Tocaba todo lo que oía, en el violín, la flauta, el banjo, una cuchara. Todo lo tocaba bien y sin esfuerzo, liberando las notas en el instrumento mudo hasta entonces y contemplando a su alrededor, con benigna diversión, a los adultos que bailaban o miraban boquiabiertos en un círculo. Para su hermana Isabel, era feliz simulando y cambiando instrumentos vertiginosamente mientras ella bailaba. Ahora tocaba el violín, luego silbaba y pasaba a otro instrumento sin perder la tonada. Ella tampoco perdía el paso.

—¡Sean! —le gritaba ella, fingiendo enojo y cruzando la roca con su paso de jiga sin mirarlo. Cómo le encantaba bailar, pensaba ella, saltando sobre el borde gris del Atlántico.

Jugaban al mismo juego durante una hora o algo así en aquellas rocas sobre el mar. Por momentos Sean la embromaba. Cada vez bailaba más lejos del borde, le decía.

—*Is meatachan tusa* —decía él, llamándola cobarde. La tonada siguiente la tocaba apresurando el compás, cada vez más rápido, dejando que una risita irrumpiera entre las notas y meneando la cabeza.

—¡Sean! —gritaba Isabel mientras la música iba más ligero y ella trataba de seguir el compás en su baile, cruzando la roca desnuda de un extremo al otro como una marioneta atormentada, bailando todo lo rápido que podía, más y más, yendo y viniendo, más y más rápido, hasta que él se detenía. Y ella suspiraba, extenuada. ¡Qué baile maravilloso! Dios, cómo le gustaba. El silencio barría los acantilados sobre ellos, y esa vez, cuando ella se volvió, vio que él había tenido un ataque. Tenía la cara blanca y húmeda, los ojos dados vuelta y el cuerpo entero, tieso, le temblaba sobre la piedra. Al principio ella creyó que él estaba fingiendo, que era una nueva treta que había aprendido, ese horror desmesurado, con esa saliva que le brotaba. Pero cuando extendió la mano para tocarle la frente, sus dedos lo supieron: la enfermedad se adhirió a ellos en el sudor que emanaba de su mal y que ella se llevó a los labios. Entonces gritó.

Parecía para siempre, pero pasó en unos minutos. En unos minutos el cuerpo de Sean se había aflojado sobre la roca, fláccido y resbaladizo como el de un pez. Le habían vuelto los ojos, regresado de algún otro mundo, con una expresión vítrea. Jadeó. Trató de hablar y no pudo, y cuando por fin pudo pronunciar el nombre de ella, fue un refunfuño espeso, como si, hinchada dentro de la boca, tuviera la protuberancia inútil de una lengua ajena.

Isabel lo levantó. Era liviano y estaba débil: el viento podría habérselo llevado hasta el mar. Las gaviotas se habían posado sobre la plataforma sobre sus cabezas, observando, esperando la lluvia que estaba a punto de caer. Ahora, cuando rodeó a su hermano con un brazo y lo ayudó a avanzar tambaleándose por el sendero de grava quebradiza que conducía de regreso a través de la isla, los cielos se abrieron. La lluvia vino como venía siempre, cruzando el horizonte con veloces y tenues velos de agua, uniendo el mar y el cielo en un gris sin costuras y aislando a la isla del mundo con una cortina. Cayó a cántaros sobre ellos. Sean caminaba tembloroso junto a su hermana, dando pasos lentos, como si cada uno fuera una nueva creación separada. Se dirigieron a su casa a través de la calma de la isla. Dejaron sus valijas de la escuela en un lugar junto a la pared, haciendo un charco, y entraron en la casa, donde su madre y su padre habían empezado a preocuparse por ellos.

Sin el apoyo del brazo de Isabel, Sean se desplomó sobre las baldosas del piso de la cocina. Margaret Gore lanzó un grito. Se agachó para ayudar, pero su marido llegó antes, levantó al muchacho y rápidamente lo llevó de la cocina a la cama. Por un momento Isabel se quedó sentada, desplomada y mojada sobre el piso, con el largo montón de pelo oscuro enmarañado sobre la cara. Su madre se le acercó de inmediato. ¿Qué había pasado? En el nombre de Dios, ¿qué había pasado?

Isabel se quitó la ropa, y envuelta en toallas se sentó, temblando, frente al fuego. Su padre había ido en medio de la lluvia hasta la oficina de correos para llamar al médico en la isla contigua. Su madre estaba sentada frente a ella delante del fuego, levantándose y volviéndose a sentar, entrando y saliendo del cuarto del muchacho, donde él yacía, exánime, en un estupor bajo las sábanas. La lluvia azotaba. *¿Qué había pasado? ¿Qué había pasado?* Con sus once años, Isabel Gore no tenía idea. Miraba con fijeza el fuego, mientras el bote del médico avanzaba, luchando contra las olas, a través del furioso mar. Ella mantenía la cara cerca de las llamas, hasta que el fuego empezó a quemarla y sintió dolor. No dijo nada en absoluto, contemplando el brillo anaranjado de la turba y pensando: yo causé esto. He lastimado a mi hermano.

7

Ese invierno, mientras mi padre se quedaba en casa, mi madre permanecía en cama. No había dinero para calefacción central y nuestras tres camas estaban tapadas de frazadas, abrigos, toallas que no se usaban y cualquier cosa a la que echábamos mano. Por las mañanas, el frío en la cara me despertaba. Temblando, me ponía la ropa húmeda y bajaba la escalera con la sensación de que sentía una brisa en las orejas. Mi padre se sentaba frente a mí a la mesa con el abrigo puesto, y a veces con el sombrero también. Por lo general no decía más que mi nombre, o "Toma", o "Esto es para tu madre" o "Súbele esto". No es que fuera malhumorado o descariñado. Había ingresado en la fase invernal de su inspiración, la temporada fría después del regreso, que los tres llegaríamos a conocer tan bien. En noviembre y diciembre, en ese período de frío en él, día y noche iba a su estudio, se sentaba y contemplaba los cuadros de verano, y empezaba a dudar: ¿habría estado Dios con él?

Una clara y helada escarcha se instalaba en su interior; su delgadez lo hacía parecer frágil, y caminaba de cuarto en cuarto con infinita delicadeza, despacio, con calma y con cuidado, como si pudiera quebrarse o descascararse por la presión de su alma.

A falta de conversación, la radio se había convertido en el único lujo de mi madre. Prefería la radio, me decía confidencialmente, a dos tazas de café, y se sentaba en la cama por la mañana cuando yo me iba al colegio, aguzando el oído para escuchar los desvanecientes sonidos del mundo que le llegaban a través del penoso crujido de las debilitadas baterías de la radio de transistores. Había un programa de entrevistas por la mañana. El anfitrión era un hombre jovial, con una voz suave, y entre sus manerismos había toda una serie de preguntas retóricas, una plétora de "Bien, ya lo sabe, ¿verdad?" o "Pues yo nunca oí nada parecido, ¿y usted?", y cosas por el estilo. Mi madre había tomado la costumbre de contestarlas, inclinándose hacia un lado sobre la pila de almohadas y hablándole a la radio con cuidado, como si fuera el oscuro audífono de su mejor amiga sorda.

Con mi madre que le hablaba a la radio, y mi padre silencioso y helado en la secuela de su inspiración, yo salía de casa todas las mañanas y me unía a la desigual fila de otros muchachos que se dirigían en bicicleta a iniciar el día. Yo no mencionaba mis padres a nadie, ni levantaba una ceja cuando durante la clase de religión el hermano Maguire se paraba frente a la clase y le pedía a cada muchacho que cerrara los ojos y pensara, pensara en el Espíritu Santo que llegaba a nuestra vida de todos los días.

8

En la isla de la quietud, Isabel empezó a sentirse prisionera de lo que había hecho. Tenía la sensación de que, de alguna manera, su baile había sido la causa de la enfermedad de su hermano, y todos los días después de la escuela iba al lado de su cama. En el pequeño dormitorio húmedo, Sean yacía inmóvil debajo de una cantidad de frazadas de lana. Como secuela de su ataque veía el mundo como si de repente le hubiera sido revelado. La música se había ido, y él estaba mudo e inútil como un instrumento hecho a un lado; Dios se había marchado para tocar a través de otro. Ingería la comida con dificultad, goteantes alimentos aguachentos hechos puré que comía protegiendo el pecho con un babero de hilo de bebé; luego volvía a sumirse en su honda inercia, sin notar los grupos pequeños de acongojados hombres y mujeres con abrigos y pañuelos de cabeza mojados que se asomaban por la puerta para mirarlo. Rumores de rosarios y otras plegarias revoloteaban sobre él.

Sola junto a su cama, Isabel susurraba en su oído. Al principio sólo era "Mejórate, Sean", o las palabras de su dolor: "*Sean, ta aifeala orm*". Pero a medida que las primeras semanas se extendían para convertirse en meses, y empezaba a parecer que jamás se recuperaría, ella intentaba ofrecerle como recompensa las palabras susurradas de sus secretos.

En un tranquilo y azul día de septiembre, Muiris Gore la llevó en barco al continente para anotarla como pupila en una escuela secundaria en Galway. Isabel siempre había sabido que se marcharía, pero sin embargo cuando el pequeño trasbordador avanzaba sacudiéndose por el agua y los pequeños campos rodeados de muros se iban convirtiendo a lo lejos en un indefinido montón grisáceo, se sintió exiliada. Iba sentada junto a su padre en un costado del barco; la suave espuma los salpicaba, y una bandada de gaviotas chillaba sobre la estela. Isabel aferraba la manija de su bolso, preguntándose si flotaría en caso de caerse por la borda. Después de beber tres sorbos de la petaca que llevaba en el bolsillo, su padre le advirtió sobre las monjas. Le habló en inglés, y le dijo que ella hiciera lo mismo.

—Issy —le dijo—, te portarás bien, ¿verdad? Les enseñarás que sabemos un par de cosas. Habrá muchachas de la ciudad allá, y en todas partes. Pero tú serás más inteligente y mejor que todas ellas. —Miró el mar detrás de ellos. —No somos ignorantes ni retrasados ni tontos, Issy. Recuerda eso. Tú serás mejor que todas ellas.

Isabel no podía mirarlo. Ya conocía las pautas y los ritmos de todo eso; con sus condiscípulas había oído un centenar de versiones en la pequeña aula verde con el mapa de Irlanda colgado sobre la pared. Era el tema principal de su padre, el orgullo de su lugar natal y la convicción irrenunciable de quiénes eran cuando se alejaban de la pequeña intimidad de su mundo. Ella lo sabía, y sabía también que el whisky y el viaje incrementaban su énfasis. En un momento podría haberse puesto de pie para decirlo con un tartamudeo ante el puñado de pasajeros, hablando con una especie de cohibida, cuidadosa deliberación, hasta que el movimiento del barco lo empujara contra la borda y se quedara farfullándole al mar.

Cuando su padre la miró, Isabel asintió con la cabeza. Él no dijo nada acerca de Sean. Desde el día de su accidente no sabía qué pensar. Lo sucedido en ese reborde de roca junto al mar y que había privado de habla y movimiento a su único hijo seguía siendo uno de los misterios de Dios para él. Los primeros días posteriores se sentaba en la cocina oyendo cómo Isabel se lo contaba una y otra vez: ella bailaba como siempre, Sean fue aumentando el ritmo de la música en broma y ella guardaba el compás, cruzando la roca delante de él, saltando en el viento hasta que la música cesó de repente. Para Muiris faltaba una pista, y en sus momentos de debilidad en la taberna de Coman's había llorado abiertamente por su dolor y por su frustración de no poder entenderlo. Por un tiempo pensó que era un castigo por su vanidad, el orgullo que sentía por su hijo, el músico talentoso, el prodigio que ahora yacía graznando y babeando en el dormitorio sin canto, donde por la ventana entraban los débiles sonidos del mar. ¿No habría algo más, algo que Isabel no decía?, se preguntaba a veces. La miraba en el aula, la observaba caminando a casa. ¡Cuán diferente de las otras chicas parecía! Tenía algo salvajemente hermoso, una cualidad que él interpretaba como orgullo e independencia. Sería obcecada, pensaba él, como su madre, una mujer en quien se mezclaban un precipitado fuego y un brutal sentido común en tales proporciones que ya hacía mucho que él había abandonado las discusiones con ella. Él era el Maestro, un hombre de solidez en la isla. En él, según imaginaba, recaía la imponente responsabilidad de amasar, arrollar y moldear la tosca materia prima de la mente isleña. Había leído más libros que nadie, inclusive el cura. Sabía recitar en gaélico poemas de cien versos o más, y con frecuencia en las bodas o los velorios se lo convocaba para pronunciar esos antiguos, trasnochados poemas que acallaban la casa y hacían llorar a las mujeres. Se amaba por ello. Había intentado transmitir a sus hijos el amor por la poesía y el canto; prácticamente, él les había enseñado su juego en la orilla de la isla. Ahora, sentado en el barco en el cruce a Galway bajo el cielo de septiembre, miró a su hija y se sintió rebosar de terror y orgullo ante lo que podría haber creado. Sería hermosa, lo sabía. Sus ojos ya eran extraordinarios, su pelo espeso y oscuro, y desde niña caminaba con la cabeza erguida y un aire solitario en su paso. Era cortés con él. Contestaba sus preguntas con pocas palabras. Pero algo en su rostro lo llenaba de sospechas de que poseía secretos en los cuales él jamás penetraría.

Para su mujer todo esto eran tonterías. La niña era callada, nada más. Había sufrido un mal susto, pero volvería a ser como antes en poco tiempo. Además, Galway la cambiaría, le había dicho a su marido. El continente cambiaba a todas las muchachas de la isla. Partían como niñas y nunca volvían de la misma manera. Dejaban la infancia en la isla, y al regresar sólo podían ir de visita, decía ella, acentuando sus palabras con cada movimiento de la plancha; él permanecía callado junto al fuego. Quizá debería quedarse un año más en su escuela, pensaba, pero no lo decía. Sabía cuál sería la respuesta de su mujer. Además, Isabel era rápida e inteligente, y aunque se mantenía callada y aparte en su pupitre, estaba entre las mejores de la clase.

Mientras ella dormía, bajaron la valija marrón y empacaron sus cosas. Por la mañana, antes de que salieran los dos pasajeros para el trasbordador, la señora de Gore les dio a cada uno scones frescos envueltos en bolsas de papel, para que llevaran en los bolsillos. Abrazó a su hija muy fuerte, sosteniéndola junto a su cuerpo de modo tal que Isabel no le pudiera ver la cara ni cómo se le llenaban los ojos de lágrimas ni cómo ladeaba la cabeza para que volvieran sin ser vistas ni oídas a los grandes pozos dolientes de sus ojos. Por un momento, el padre de la niña permaneció de pie junto a ellas como un extra inútil. La gorra sobre la cabeza, la valija en una mano, el bulto de la bolsa de scones en un bolsillo de su abrigo y la petaca de whisky en el otro, parecía por un momento una figura enteramente a la deriva, separada del cerrado y macizo círculo de emoción que se estrechaba en el abrazo entre madre e hija. Él tragó saliva, mirando con fijeza. Ni Isabel ni su madre habían pronunciado un centenar de palabras juntas referidas a la partida de la niña; fue él quien la sentó en la sala para conversar, él quien caminó a su lado a lo largo del arco de arena blanca en el verano, diciéndole que pensara en Galway. Sin embargo ahora, en este cerrado abrazo sin palabras ni sonidos, Muiris Gore vio con sorpresa la insuficiencia lamentable de la mente humana para penetrar en el milagro del amor. Cuando Isabel soltó a su madre, se volvió a él; de inmediato pareció que hubiera vivido diez años en igual número de instantes. Su cara no estaba húmeda de lágrimas, sus grandes ojos desmedidos no estaban hinchados ni rojos, pero en alguna parte de ellos encerraba la pena de su partida, que le sentaba como una estola negra. Por última vez pidió ver a Sean, y corrió por la casa hasta su cuarto. No tardó más que un minuto. Él yacía en la cama y recibió su beso y el apretón de su mano con un débil aullidito por sonido y un incluyente movimiento de ojos. En el cáliz de su oreja, como siempre, ella canturreó los compases de una canción, y luego corrió hasta donde la esperaba su padre.

Ya estaban en la puerta; bajaron por el sendero, abrieron la puertita de hierro que su padre siempre decía que debía aceitar, e iniciaron el descenso por la ladera de la isla hacia el muelle. Tres vecinos los despidieron. Otras dos muchachas también iban a la escuela de las monjas. El Maestro también las llevaría. Se oyó un balbuceo en gaélico, los últimos sonidos de la isla, y luego el rugido del motor.

Cuando el trasbordador chocó contra la pared del continente, Muiris Gore se sacudió de sus recuerdos. Su hija estaba de pie a su lado, observando al hombre que arrojaba la soga anudada y la ataba a su amarra. Levantándose y asumiendo de inmediato un aire de autoridad e importancia, el padre de Isabel le puso una mano sobre el hombro, dio un paso vacilante hacia atrás, tomando conciencia de pronto de que el whisky y la nostalgia lo habían hecho tambalear, y avanzó hacia tierra firme sosteniéndose de ella como si fuera una boya.

Se sentaron en el muelle. Las otras dos niñas estaban mareadas y atolondradas por la libertad. De pie, se balanceaban, entrechocándose y riendo. Isabel, como siempre con su padre, no le dijo nada. Esperaba que el aire fresco lo reviviera; lo había visto así otras veces, y sabía que no era nada. Y sin embargo, aunque por fin se puso de pie erecto y le sonrió y la condujo hacia la ciudad donde Isabel pasaría los próximos seis años de su vida, ya había fortalecido dentro de ella, con mayor empuje aún, su idea sobre los hombres, pálidas criaturas rapsódicas, figuras tocadas por Dios, de repugnante cuerpo débil y eterna alma musical.

9

Mis días de escuela no fueron los más felices de mi vida. El señor Curtin, el vicedirector, un hombre de sesenta años con pelo gris que empezaba a ralear y tupidas cejas oscuras que peinaba hacia afuera, como alas estrafalarias, dominaba los días como el monótono rasgueo de una guitarra. Era un hombre que no podía sentarse, a quien le gustaba pasearse con las manos juntas hacia atrás moviéndolas suavemente como mariposas, hasta que volvía las cejas hacia uno, y uno sentía que manos y cejas se le venían encima como mirlos de ira o acusación. Caminaba alrededor de nosotros, reservándose las cejas para sí por un momento, escuchando las respuestas, siempre con las manos revoloteando detrás. Se detenía tan cerca de uno, que uno sentía la acidez de su aliento y veía los moteados pedacitos amarillentos entre sus dientes. "Ven conmigo, tú", decía, y lo separaba del resto.

En aquellos largos cuartos blancos de cielo raso agrietado y ventanas cerradas con clavos empecé a crecer. Las cejas del señor Curtin revoloteaban a nuestro alrededor. Paseaba su intranquila desconfianza calzado con lustrosos zapatos crujientes, caminando en círculos interminables. Nos hacía poner de manifiesto la cómica desesperanza de nuestra comprensión del idioma gaélico. Éramos los ridículos muchachos de 4º B, pasmándolo con nuestra estupidez, y haciendo subir las cejas cada vez más alto con el absurdo de nuestras respuestas. "¿Cómo pudo ocurrírsete tal cosa, cómo, cómo?"

En esa aula de 4º B, bajo la mirada ceñuda del señor Curtin, yo me percaté por primera vez de que Dios también debía de tener reservado algo especial para mí.

Ese invierno mi padre se quedó en casa. Se levantaba por la mañana antes que yo y se desplazaba por la helada cocina en pantalones y camiseta, preparando el té y las tostadas que yo le subía a mi madre y su radio. No me dijo nada en aquella época, que yo recuerde. Yo no había perdido del todo mi confianza en él, pero desde su regreso a fines del verano yo me había dado cuenta de que la felicidad para nosotros no sería algo que vendría fácilmente; que, de alguna manera, nuestra pequeña familia era singular. Éramos una especie de unidad que Dios ponía a prueba, imaginaba yo, una suerte de Moisés o Job tripartito, o alguien parecido, un hogar sobre el cual Dios había decidido hacer descansar la carga de su presencia debido a que, de alguna manera, mi padre había sido elegido. Cuando nos moríamos de frío o pescábamos un resfrío, cuando yo tenía hambre o estaba cansado de las delgadas tostadas con manteca, me quedaba sentado arriba en mi cuarto, diciéndome que debía aprender la lección de que en la vida no existe algo llamado justicia. La belleza o el genio, la inteligencia o la estupidez recaían por igual sobre quienes lo merecían o no, me decía; una familia podía irse a dormir, apagar las luces en medio de una amorosa intimidad de cuento de hadas, y despertarse por la mañana entre las ruinas de todo lo que atesoraba. Era un misterio, de eso se trataba. Pero, cada vez más, empezaba a preguntarme: de todos los rumbos misteriosos, ¿cuál me sería especialmente deparado?

Cuando salía para la escuela, mi padre entraba en su cuarto. A veces, cuando yo volvía a casa en la lobreguez de las tardes de invierno, viajando en bicicleta a través del humo de carbón de la atmósfera por las pequeñas avenidas de esqueléticos árboles que arañaban el cielo, tenía miedo de no encontrarlo, de que se hubiera vuelto a ir. Entraba en la casa y, de pie junto a su puerta, aguzaba el oído, con la esperanza de oír el roce diminuto de su pincel sobre la tela. Cuando oía el traqueteo y el crujido en el frasco de vidrio de su trementina, me apartaba. Él estaba allí. Estaba pintando. Se veía la luz debajo de la puerta. En la casa oscura, donde apenas había dinero para pagar la electricidad para calentar la comida, él tenía un cuarto con cinco bombitas de luz, o más, y trabajaba en el brillo blanquecino de la luz artificial, a fuerza de fe en que una voz interior guiaba su mano.

Yo ya no entraba más en su cuarto. No tenía idea entonces de que él seguía trabajando en las telas que había traído desde el oeste. No sabía que lo que había visto mi madre eran sólo toscos bosquejos, el torpe diseño de lo que el invierno entero trataría de crear como la visión recordada de la gloria de Dios. Yo no lo sabía. Me daba cuenta, supongo, de que estaba allí luchando, y eso era todo. En cierta forma, era suficiente. Ante mis ojos de muchacho su lucha, como todo lo relacionado con él, me parecía proyectada en una escala monumental.

Algunas veces, los fines de semana, me llevaba a dar una caminata con él. No puedo recordar exactamente cómo empezaba; no recuerdo que hubiera una invitación, pero de alguna manera sucedía, y se fue haciendo un hábito: los dos salíamos de la casa a dar un paseo de tres o cuatro horas, y mi madre se levantaba de la cama, y ataviada con su bata rosada bajaba para hacer un reconocimiento de la ruina y la escualidez de lo que una vez fue su casa.

Mi padre y yo partíamos con paso vivo, dirigiéndonos siempre hacia más allá de la zona urbanizada, caminando tan rápido que siempre nos quedábamos sin aliento y por ende más allá de toda posibilidad de diálogo. Cuando regresábamos podíamos ver las señales de la visita de mi madre, los rastros de su energía en la perfecta naturaleza muerta de las tazas sobre sus platos, la vajilla apilada, los cubiertos de nuevo en el cajón.

Ella no sabía que su mente se iba extraviando, que la firmeza de su control sobre el reducido mundo interior del hogar se había tornado maniáticamente tenso. Devolvía las cosas a su lugar con una energía tan concentrada y apremiante que parecía que cada semana el poner las tazas en su lugar sobre los platos era la última riesgosa ocupación que la mantenía cuerda. De hecho, era el signo de lo opuesto. En esa tarde del fin de semana, esta mujer bajaba la escalera con un brillo feroz en la mirada, una urgencia despiadada de orden. Era como si durante toda la semana el revoltijo de nuestra sosegada vida se hubiera amontonado en el vestíbulo de su mente, bloqueando el espacio blanco donde podrían haber subsistido las ideas, y precipitándola escaleras abajo al final de la semana para aclarar su cabeza. Lavaba la ropa, planchaba con una suerte de genio, empujando las arrugas hacia los bordes más alejados del mundo, y doblaba las andrajosas camisas de mi padre, manchadas de pintura, como preparándolo para el lunes en la oficina. Fregaba alrededor de la pileta hasta que los dedos regordetes de la mano izquierda se le hinchaban y tomaban un color rosado brillante y la carne le apretaba el aro de oro de su alianza, que parecía incrustada en su carne. Planchaba medias y calzoncillos, doblaba todo, barría imaginarios montículos de basura, yendo y viniendo por todos los pisos de la casa, excepto el estudio, y para cuando caía la oscuridad de la tarde, había alcanzado un estado de extenuado alborozo, un paraíso de orden puro y libre de polvo. Cuando subía de vuelta a su dormitorio, su mente había sido limpiada de la confusión del presente. Se sentaba en el borde de la cama, mirando por la ventana con la expresión beatífica de un ángel sereno, llevando la mirada más allá de los tejados hacia las colinas distantes y los dulces sueños del pasado.

10

Mi madre tenía dieciséis años cuando conoció a mi padre. Él le llevaba cuatro años, y ya había iniciado su desafortunada carrera en la administración pública. Era un muchacho correcto, le había contado su madre. Era honesto y trabajador; provenía de una familia trabajadora. Era tranquilo, pero sí, todos en la familia de mi madre lo querían. Les gustaba la manera en que iba a visitarla con puntualidad, los trajes azul marino que usaba, su rostro bien afeitado y su aspecto de muchacho, con el pelo bien peinado hacia atrás, que ya dejaba asomar la maciza frente. A la señora de Conaty le gustaba que le llevara flores a su hija, la forma en que se paraba, su gran altura larguirucha que aparecía, iluminada por la luz del porche, con un ramo de tulipanes que acunaba en el brazo como un bebé; le gustaban las escuetas palabras obligatorias que le decía con deliberación tan grave que revelaban que rebosaba de amor. Su hija todavía era demasiado joven para este príncipe sosegado, pero en unos pocos años harían una buena pareja: ella lo decidió así, como quien elige un empapelado. Alentó a mi madre, y le dijo al abuelo que hiciera lo mismo. Era un buen hombre, este William Coughlan. El abuelo le preguntó acerca de su trabajo, sin escuchar las respuestas, sonriendo alegremente en las primeras etapas de su sordera inminente, asintiendo, a medida que comprendía, con horror, que su hija menor ya había crecido, y eso le destrozaba el corazón.

Entre los brillantes rayos de la aprobación de sus padres, mi madre de repente perdió la excitación que sintió la primera noche que vio entrar a este hombre en el salón de baile. Sintió miedo por algo. El silencio del hombre la atraía y repelía. Se enamoró de la idea de sacarlo de su ensimismamiento, y como muchas de sus condiscípulas confundió por amor el deleite nuevo de ver el efecto que ejercía sobre el corazón de un hombre. Mientras esperaba en la escuela que llegara el viernes por la noche, era el pensamiento de cómo haría para sacarlo de ese silencio solemne lo que la excitaba. Se volvió adicta al tibio rubor de sus propias mejillas al ver que la expresión del hombre parecía desplomarse cuando le rogaba, o cuando ella le decía que no lo amaba.

Hubo una pequeña temporada de noches entonces, aquellas noches de viernes y sábados de su adolescencia, cuando salía con este hombre callado bajo los árboles con aroma de almendras de las avenidas primaverales. Ataviada con su vestido amarillo y zapatos rojos, se burlaba de él sin piedad, flirteaba, agitando los ondeados rulos al mirarlo de costado, acariciando un largo mechón de pelo con los dedos y poniéndolo frente a su cara intencionadamente cuando le preguntaba cuánto la amaba.

Ella tenía una risa que él amaba. Se adelantaba unos pasitos, y él la seguía con su figura larguirucha, pidiéndole que se detuviera. No era divertido, le decía ella, cuando prefería no ir a bailar, cuando insistía, en cambio, en que caminaran hasta llegar al mar, contemplando la luminosa noche de verano. Él siempre quería caminar. Y después de dos años de cortejo en que ella había establecido el ritmo del amor, permitiendo o no los besos, dirigiendo la mano y los labios de él, la verdad era que, en realidad, ella no lo conocía como él a ella.

Era él quien estaba enamorado. En esta niña de dieciocho años, William Coughlan había encontrado la primera evidencia del poder de la belleza, capaz de cambiar la vida. Ella resplandecía en su vida con eléctrica energía, haciendo añicos el esfuerzo cotidiano en su empleo y dejando en su corazón una sensación de tenue ardor que perduraba todo el día y toda la noche. Se quedaba sentado en su oficina, distraído a tal punto que durante dos años de noviazgo desempeñó sus funciones en una especie de desinteresado estupor, tanto más notable por el hecho de no ser percibido por sus superiores. Le llevó una semana escribirle una carta; desaparecía en la biblioteca y archivo horas enteras cada día, dando vuelta páginas en las que creía ver vestigios del rostro de su amada. Durante semanas se enfermaba mientras aguardaba verla; una suerte de inmenso anhelo se apoderaba de sus entrañas, distendiendo la delgadez de su cuerpo hasta que debía sentarse, cerrar los ojos y esperar que pasara. Un hombre llamado Flannery, que ocupaba un escritorio frente al de él, creía que mi padre se estaba muriendo, y después del trabajo lo invitó a beber un vaso de whisky. Fue la primera persona a quien mi padre le expresó que estaba enamorado. Se lo dijo en voz alta en el bar The Fleet, sintiendo el torrente de alivio que emanaba de él, y al volver a su casa se fue riendo, agitando las piernas larguiruchas en un paso de baile bajo el pabellón estrellado de la noche de diciembre. Él estaba enamorado. Para cuando llegó a su casa esa noche y abrió con su llave la puerta de la casita de sus padres en el extremo de la ciudad, ella ya era una parte de su ser. Ese viernes por la noche le pidió que se casara con él.

Ella le dijo que no. Con tono burlón, le dio razones verdaderas: a él no le gustaba bailar; era demasiado alto; no le gustaban las fiestas y nunca le presentaba a sus amigos. (Por esta última razón ella lo odió hasta el día de su boda, cuando caminando hacia el altar miró a su alrededor y de pronto se dio cuenta, con la velocidad de un golpe, de que no tenía ninguno.) No, no podía casarse con él. Se hizo hacia atrás bajo la lámpara de la calle resguardada por un sicomoro, y se mordió el labio. El enorme salto de entrar en la vida de él estaba más allá de sus posibilidades. Se le llenaron los ojos de lágrimas al ver que el corazón de este hombre alto se derrumbaba como un rascacielos ante ella. Él no podía decir nada; ni siquiera rogarle, y permaneció allí, un tanto alejado de ella, inclinándose hacia un costado en forma alarmante, con gotas de sudor frío en la frente.

—Lo siento, William —le dijo—. No puedo aceptar, así como así.

Él se quedó allí, mudo y desesperanzado como los árboles. La vida se le escapaba. Sólo los grandes zapatos bien lustrados lo mantenían erguido sobre el mundo.

—No deberías haberme sorprendido de esta manera —dijo ella, dando vuelta las cosas para echarle la culpa a él, cuando en realidad se culpaba a sí misma. ¿Por qué, por qué no podía simplemente decirle que sí y terminar con el dolor? Inspiró hondo. Las hojas susurraban. Pero no, no podía; no estaba preparada, no en ese preciso momento, después de todo. Mi padre no podía respirar. Le parecía que su mundo se había venido desmoronando de cabeza hasta ese momento en esa calle de esa noche suburbana. No le era posible imaginar una hilera de mañanas sin esta muchacha, pues, aunque no lo sabía aún, había invertido en ella toda su imaginación. La había creado, a esta niña del vestido amarillo, la había convertido en la mujer hacia la cual manaban todos sus sueños. No le era posible apartarse de su sendero. Los automóviles pasaban.

Fue ella la que caminó rápido, tomándole el brazo y conduciendo a ambos en medio de un silencio tieso e incierto por la calle bajo las lámparas y los árboles. Ante la puerta de su casa se inclinó hacia arriba y le dio un beso en la fría mejilla y le dijo buenas noches, dejándolo. Como un hombre con zancos, él recorrió el sendero hasta la puerta del jardín y se adentró en las ruinas de su mundo derrumbado.

No se levantó para ir a su empleo al día siguiente, ni el otro. Cuando por fin fue a la oficina, Flannery, sentado frente a él, vio de inmediato la daga del amor no correspondido que asomaba, clavada entre las costillas de mi padre. Cuando abrió su deprimida boca sin esperanzas, bien podían haber salido volando las mariposas del amor. El señor Flannery brindó su consejo, un almuerzo líquido y la música de Bach, pues ninguna mujer, dijo sabiamente, valía la pena, y él mismo no tenía intención, ninguna intención de dejarse atrapar jamás, de que lo engancharan a un carro o lo uncieran a un yugo.

Sin embargo, mi padre no lograba animarse. Tenía una propensión a la profundidad de sentimientos, a prolongar el dolor, y cuando recorría los pasillos de la oficina le brillaba la frente y los ojos pálidos miraban hacia adelante, como los de un peregrino. No podía trabajar; en su mano, la pluma proyectaba un trazo intermitente, como el de un gráfico; por momentos, le brotaba el sudor y pronunciaba en silencio su propio nombre en la forma en que lo decía ella.

Cuando por fin pudo llegar a escribirle, sentado con su traje gris plata con las afiladas rodillas rozando la raya de los pantalones y la mano izquierda sosteniendo la inmensidad de su cabeza para evitar que se le cayera, empezó sin dirigirse a nadie, sin escribir un nombre, con las dos palabras que habían revoloteado una y otra vez en la azotea de su mente como una locura: Te amo.

Eso no más. Te amo. Quizá no pensó en escribir nada más, pues hay una pausa marcada, un cambio de tinta y la letra se inclina a la derecha, como volcando las emociones con gran dulzura; luego reanuda las palabras.

Te amo. Tú debes saberlo. Te amo tanto que no puedo imaginar mi vida sin ti. No puedo dormir, estoy despierto la noche entera dando vueltas y vueltas y diciendo tu nombre. Nunca me he sentido antes así y entiendo ahora cómo un hombre podría cortarse una mano o abrirse la garganta por el tormento de un sentimiento semejante. Te amo. Lo digo una y otra vez en mi cabeza y te veo allí de pie debajo del árbol y la luz del farol de la calle y de pronto me parece que apenas si puedo respirar. Todo lo que en el mundo es bello para mí está ligado a ti. Tú eres esos árboles, esa luz, la hermosura de todo lo que se apaga si me dices que no. Me lo digo en esos momentos de la noche del viernes, cuando me zumbaban los oídos y tenía la boca seca y te oí decir "Todavía no, William". Puede no ser verdad. Pero espero con todo mi corazón que lo sea, y sé que puedo esperarte todo el tiempo necesario.

No iré a tu casa ni volveré a escribirte, a menos que te comuniques conmigo.

Te amo,
William

Firmó la carta con mano temblorosa, la selló dentro de un sobre del Departamento, y salió —una figura de gris— a la luminosa calle estridente para echarla en el correo, mirando delante de él, sin saber que llevaba en la mano el primer y verdadero momento crucial en su vida.

11

Me enteré de todo esto por mi madre. Vi la carta y la oí repetir para sí fragmentos de ella en el dormitorio solitario cuando creía que sólo escuchaban los fantasmas del pasado. La carta le ganó el corazón. La tomó de manos de su madre y la llevó arriba, a su cuarto, y apoyó la cara sobre ella con una sonrisa. ¡Qué maravilloso era que le hubiera escrito así! Rodó por la cama y de repente estalló en llanto, llorando sin control hasta que oyó el suave golpe de su madre en la puerta. Está bien, le dijo, incorporándose con la carta en la mano y yendo a la puerta con la terrible, repentina convicción de que ya había decidido casarse con este hombre.

La boda fue en la capillita de Saint Joseph un sábado de abril en que llovía a cántaros. Flannery fue el padrino de mi padre. En su bolsito blanco, que aferraba en la mano, mi madre llevaba la carta como un certificado absoluto de amor.

Ahora, en el dormitorio del piso superior de la casa muy limpia, mi madre recordaba. Fue el único momento en que dejó la radio apagada, y en los años siguientes mis oídos se pusieron a tono con el silencio de sus recuerdos. Al entrar, después de la escuela, escuché al pie de la escalera. La radio estaba apagada, pero oí las voces muertas del pasado que hablaban dentro de la cabeza de mi madre, y vi las escenas de su niñez que pasaban con amor delante de sus ojos fijos.

Fue poco a poco, por supuesto, que comprendí todo esto. Al principio la interrumpía, y entraba en su cuarto con las mejillas arreboladas por la caminata y el olor al aire fresco y al campo en el pelo. En la penumbra, ella miraba por la ventana; si se volvía para mirarme siempre tenía la misma sonrisa, una sonrisa de antes de que yo naciera, y quizás una frase pronunciada a través del espacio de inocencia y esperanza, cuando toda su vida era todavía una excitación de flores y bombones y la maravilla de un hombre enloquecido por un beso de ella. "¿Está abajo esperándome?"

Si mi padre notaba todo esto, no lo decía. Esperaba que yo me diera cuenta solo, y luego actuaba como si hubiéramos mantenido una larga conversación sobre ello y todo estuviera entendido entre nosotros. Esos días que caminábamos juntos por lo general no conversábamos. En las colinas, lejos de las casas, la luz de la tarde era una tenue, clara serenidad a lo largo de los caminos. Las voces de los niños agonizaban a lo lejos; los partidos de fútbol en la calle, donde yo podía haber estado jugando de arquero, se esfumaban a nuestra espalda mientras seguíamos avanzando, poniendo un apresurado, jadeante kilómetro entre nosotros y el cataclismo de nuestra vida de hogar. Casi nunca encontrábamos a nadie. Parecía arreglado. Los árboles que recuerdo son los árboles del invierno, con desnudas ramas hacia arriba en una suerte de súplica muda, como si la primavera jamás fuera a llegar y ninguna hoja ni ningún pájaro volviera a moverse otra vez en el sueño de abril. Había un pálido vacío suspendido que atravesábamos caminando, que a su vez me vaciaba a mí, desatando el nudo apretado de preocupaciones y temores que la semana había urdido en mi interior. El aire era limpio. Y aunque mi padre raras veces hablaba y nunca, de ninguna manera, se refería a los beneficios de estas caminatas o exhortaba a realizarlas, yo sentía que el viento puro atravesaba también su delgadez.

Había muchas cosas que yo quería decirle. Yo ya había sentido hacia su gran quietud la misma atracción irresistible que, al final, había impulsado a mi madre a él. Era como si la falta de palabras encerrara una vasta sabiduría o pena; era su silencio que hacía que uno quisiera contarle cosas, el silencio que hacía que uno quisiera romperlo y devolverlo a él al mundo común. Pero yo no decía nada. No le contaba cómo me iba en la escuela, cómo las cejas y las manos como mariposas del señor Curtin todavía me acosaban por los corredores, cómo aparecía en el patio, caminando con furia, moviendo las manos a su espalda mientras nos turnábamos para atrevernos a imitarlo cuando no veía, cómo parecía seguro que reprobaría los exámenes del verano.

No, no le contaba nada a mi padre. Caminaba con él los fines de semana, le subía a mi madre en el invierno el desayuno que él le preparaba. Y eso era todo. Sin embargo, cuando tomábamos el último recodo a casa y su mano algunas veces se alargaba para tocar la espalda de mi abrigo, conduciéndome con mucha suavidad por el camino, o para bajar el cordón de la vereda, o para entrar por la puerta de casa, yo me estremecía de la cabeza a los pies, un niño ruborizado y mareado que siente la tibieza de todo el amor de su padre.

12

Pasaron tres meses antes de que Isabel regresara a la isla. Para entonces ya era Navidad y el cruce a duras penas posible de realizarse. El mar estaba picado. Los pasajeros, todos ancianas y niños, iban acurrucados en la cabina de tres lados, con los salvavidas desparramados a sus pies. El continente se esfumó en una aguada de gris detrás de ellos, mientras el barco subía y bajaba de costado, adentrándose en el Atlántico de regreso a casa. En el muelle tardaron media hora en amarrar el trasbordador, y después de eso la subida de la cubierta a los ásperos, gastados escalones de piedra fue traicionera. El barco se apartaba del muelle y se abría un espacio con una profunda caída a pique al agua. Los niños saltaron la brecha con agilidad, apresurándose bajo las ráfagas de lluvia hacia donde sus padres, enfundados en impermeables empapados, los aguardaban para darles la bienvenida. El gaélico revoloteaba en el viento. Los hombros mojados fueron cubiertos con un segundo abrigo, y los grupos se dispersaron por el escabroso sendero hacia la isla en grupos de abrigos negros como pequeñas ciénagas; se dirigían a las casitas blancas donde ya ardía el fuego de Navidad.

El padre de Isabel la estaba esperando. Tenía whisky en su interior y no prestó atención a la amarga y fuerte lluvia que le había traspasado el abrigo y quitado el color de su cara. Observó la llegada del trasbordador desde la ventana de la cantina, y con su tercer vaso de calor dentro de él se sentía como un general herido que contempla con orgullo la llegada de su ejército victorioso. Él había sido maestro de cada uno de esos niños que ahora volvían a la isla. Eran sus emisarios en la isla grande. Salió de la cantina al tiempo inclemente y caminó hasta el muelle para recibirlos con una perfecta sonrisa de bienvenida. Les dio la mano y los llamó por su nombre, sonriendo al ver cuánto habían crecido: ya no eran los flacuchos niños de rostro pálido con pantalones cortos y medias hasta la rodilla a quienes él les había dado sus primeras lecciones en el mundo.

Cuando por fin ella llegó al muelle, Muiris la rodeó con los brazos y la apretó a su cuerpo. Ella se acurrucó en su pecho, y al recibir los olores familiares —humo y tiza, whisky y cebollas— se dio cuenta de repente de cuánto había sufrido, y sintió el escozor de las lágrimas. Se quedó aferrada a su padre un largo tiempo, y él, a su vez, la retuvo.

Cuando el trasbordador partió, iniciaron la marcha hasta su casa. Era el primer regreso de Isabel, y al sentir la dura grava del sendero bajo los pies, la fresca limpieza del aire del mar azotando la isla sin árboles, se dijo, a través de las lágrimas, que no quería volver a alejarse. Se casaría con un isleño, le dijo esa noche a su madre. Galway no era el gran lugar que la gente creía, le dijo, sabiendo que deleitaba a su padre que la escuchaba desde su sitio frente a ella, junto al hogar, y sintiéndose mareada con la acogedora intimidad y el bienestar de volver a hablar en gaélico. Las monjas eran severas, las retaban por todo. Odiaban a las niñas de la isla más que a nadie, les dijo; no les gustaba su manera de hablar; querían cortarle el pelo. Decían que se veía desprolija si sobre el guardapolvo usaba el cardigan largo color borra de vino que le había tejido su madre. La profesora de gaélico era terrible, la comida un menjunje aguachento color marrón que preparaban en grandes ollas negras, con carne fibrosa y muchas papas. Isabel se lo contó todo a borbotones, traduciendo su alegría por el regreso en una diatriba contra su vida en el continente.

Más tarde, esa noche se sentó en la silla junto a la cama de Sean y contó una historia diferente. No era lo que ella se había imaginado. La ciudad no era amigable; era sucia y le parecía ruidosa. La gente siempre iba y venía de prisa. Pero, sin embargo, Sean, le dijo, susurrándole al oído y observando las lucecitas de sus ojos, había algo en ella que era excitante. Se había escurrido muchas veces del convento para ir a Galway, caminando por todas partes y mirando a la gente que pasaba. Le encantaba la excitación que sentía al salir por la puertita del costado este de la pared durante las dos últimas clases de gimnasia los miércoles. Le encantaba la sensación de estar fuera de la prisión amurallada de la escuela, con sus vigilantes monjas como urracas y tediosa rutina. Fuera de la escuela sentía la inmensidad del mundo, su enorme, vertiginosa variedad.

—Una vez —susurró—, inclusive tomé el tren a Dublín. Te gustaría mucho el tren, Sean. Te llevaré en el tren cuando estés mejor. Ya verás.

Se había sentado junto a la ventanilla, observando la campiña que se desplegaba ante sus ojos a la luz de la mañana como una tela de montañas, lagos, ríos y campos. Todo la deleitaba: las pequeñas estaciones con hileras de hombres y mujeres en los andenes, las valijas traqueteando en los angostos portaequipajes sobre sus cabezas, los hombres con sus diarios, las mujeres que charlaban mientras tejían, el muchacho de pantalones negros y camisa blanca que empujaba un carrito por el pasillo del vagón y le preguntó si quería té o café. Le pareció un viaje interminable. ¡Cuán largas eran las vías, cómo se extendían y doblaban, y cómo avanzaba el tren con un suave ritmo musical a través de la campiña mágica! Quería que no llegaran nunca. Quería que siguiera y siguiera, con su triquitraque, pasando como una exhalación a través de los túneles, corriendo por los campos donde los hombres se detenían para mirar, y algunas veces saludaban con la mano. Ella les devolvía el saludo, apoyada contra el vidrio.

Las monjas, por supuesto, se pusieron furiosas. Una bandada recorrió Galway en su busca. Algunas de las niñas de la isla fueron llevadas ante la Madre Superiora, quien les preguntó si sabían adónde había ido ella. Con cada hora, el castigo que la aguardaba se iba incrementando. Cuando la hermana Agnes sugirió en voz alta que la muchacha debería ser expulsada de la escuela, la hermana Mary por un momento tomó la idea en forma literal. No podía entender el atrevimiento de la muchacha, la manera intencional en que hacía cosas para preocuparlas e incomodarlas. Había un rasgo maligno de carácter en ella, creía, como las lonjas de tocino. Sólo se callaron cuando oyeron los débiles pasos de la Madre Superiora en el pasillo y se abrió la puerta con la pregunta de si había sido hallada la niña.

—Esto ha pasado antes con esta niña —dijo la Madre Superiora, dirigiéndose a las monjas con un tono lento y bajo, dejando que las palabras se elevaran como pájaros desde el campo de su frente, surcado de arrugas.

Las hermanas enumeraron los defectos de la muchacha, y luego esperaron que la mujercita jorobada de blanco contestara, mirando a través de la dorada suavidad de la luz otoñal del cuarto, pero sólo la vieron asentir, colocar las manos juntas frente a ella y decir:

—Debemos rogar por ella. Hermanas, Ave María...

Al regresar, Isabel bajó del tren como en un sueño. Salió de la estación de ferrocarril al frío de la tarde de Galway y se dirigió por la calle que llevaba al convento. El viaje estaba aún con ella cuando llegó a las puertas y sintió los tensos dedos fríos de la hermana Concepta que la tomaban de la parte superior del brazo y la arrastraban hacia la puerta principal, un brazo en manos de la monja y el otro bajo, como el de una muñeca rota. Al principio, le dijo a Sean, ninguna sabía qué decirle. La llevaron a un cuarto y la dejaron allí. Caminó hasta el gran ventanal con vista a los jardines y contempló los castaños contra la pared, que se estaban quedando sin hojas. Su imaginación podía llevarla más allá de esa pared siempre que quisiera. Y, cuando después de casi media hora, entró la hermana Agnes, mordiéndose la parte interna de la mejilla y apretando las manos frente a ella con demasiada fuerza, y empezó a enumerar los distintos castigos y suspensiones que habían decidido, Isabel no sintió ni furia ni vergüenza ni remordimiento. Lo que sintió fue el alborozo de la libertad.

—Como cuando bailo —susurró.

Hacía sólo tres meses que se había marchado de la isla.

13

A Sean Isabel le contó todo. Sean se convirtió en una parte de su ser, y en los años siguientes era principalmente por Sean que Isabel quería volver a casa. Él hacía unos pocos movimientos repentinos con la cabeza y los dedos, unos pequeños sonidos ahogados en la garganta. Se estaba recuperando, le decía su madre. Un día volverá a ser como antes, le decía, y para ello Margaret Gore mantenía una espiral de rezos que ascendían al cielo desde su lugar nocturno, arrodillada junto al fuego.

Una tarde, a la semana de su llegada, cuando estaba sentada en el cuarto de Sean, Isabel tomó la antigua flauta de su hermano y la dio vuelta entre las manos. La sostuvo delante de él, y observó sus ojos, que recorrieron el instrumento, volando hacia atrás y adelante como ganchos que lo atraían a través del aire. Hasta esa sonrisa torcida, y a los pequeños lugares enrojecidos y sensitivos en la comisura de su boca, por donde corría la saliva, ella llevó la boquilla de la flauta.

—Sopla, Sean —le dijo.

Ella esperó, sintiendo cómo nacía en él el esfuerzo, el suspenso increíble de todo su ser sostenido en equilibrio allí, en la boquilla del instrumento, un momento antes de la música.

—Sopla, Sean, sopla —le dijo, y se cayó de la silla hacia un lado cuando su hermano giró el brazo desordenadamente, buscando la digitación, y lo estrelló contra la cara de ella. Lanzó un gemido y se desmoronó sobre la cama.

—No importa, Sean. Estoy bien —le dijo ella, levantándose y volviendo a incorporarlo sobre las almohadas. Sean tenía la cabeza sobre el pecho, y no levantaba los ojos. Isabel esperó un momento. El viento arrojaba el agua de la lluvia contra la ventana. La hermana permaneció allí, en el húmedo, pequeño dormitorio, y luego volvió a empezar, tomando a su hermano por la cabeza con las dos manos y sosteniéndosela, para poder mirarlo a los ojos y leer allí su súplica. Volvió a colocarle la flauta en la boca, esta vez guiando y poniendo ambas manos sobre el instrumento. Por un instante, Sean asió la flauta como una cerca o una soga, evitando que se le cayeran las manos, aferradas al instrumento. Estaba curvado, caído hacia adelante y un costado, inclinado, y tomaba la flauta con tanta fuerza que la boquilla le hizo sangrar la boca. Casi se cayó. Isabel lo sostuvo.

—Trata de soplar, Sean —le dijo.

Él trató de soplar y la flauta se cayó.

Esa tarde él lo intentó diez u once veces. Pero una vez que la temprana oscuridad de la noche se cerró sobre la isla y la vista más allá de la ventana del dormitorio no era más que una sábana de oscurísimo azul, él tomó la flauta con fuerza y lanzó su aliento y levantó el dedo índice de su mano derecha hasta tocar una sola nota temblorosa que trepó por el aire con la majestuosidad y asombro de un milagroso hosanna.

"De modo que hay un Dios", pensó Isabel Gore, mientras volvía en el barco a Galway después de Navidad, sintiendo un vislumbre de esperanza para su hermano y un alivio en la carga de su culpa.

14

Las mujeres crean a sus maridos. Empiezan con esa tosca materia prima, esa desatinada, bien intencionada, apostura juvenil con la que se han enamorado, y luego comienzan los cuarenta años de incesante trabajo que les lleva hacer al hombre con quien pueden vivir.

El marido que hizo mi madre en los primeros años de su matrimonio se basaba sólidamente sobre dos principios: que el hombre debe proveer el dinero, y la mujer limpiar. Cuando él le daba un beso en la mejilla y se iba a trabajar, ella se quedaba en la casita de dos dormitorios de la calle Sycamore, que durante unos seis meses estaba destinada a ser en sus recuerdos el lugar más feliz de su vida de adulta. Se ponía un delantal amarillo y cantaba acompañando las canciones que oía en la radio, mientras limpiaba y fregaba la pulcra casa durante alrededor de una hora antes de cepillarse el pelo hacia atrás e ir a las tiendas con una felicidad tan simple y vigorosa que para sus nuevos vecinos era la imagen de una muchacha rebosante de amor. Actuaba, según pensaba, de la manera correcta que debía actuar una esposa, y cuando él volvía por la noche —en aquellos días viajaba en bicicleta y se soltaba los broches con que sujetaba las bocamangas de los pantalones antes de entrar en el inmaculado vestíbulo con las mejillas frías y abrazarla— ella se había cambiado de vestido y olía a eucalipto. Le servía la comida en la pequeña mesa de fórmica de la cocina y escuchaba con interés las anécdotas triviales que él le contaba sobre la vida de la oficina. De repente ella se convertía en una persona seria para él. Era una esposa, ya no una niña, y para el fin del primer año de casados se había desprendido del juguetón modo burlón de cuando acababa de conocerlo.

Lo alentaba en su carrera. Cuando comenzaron los primeros síntomas de jaqueca y el pelo le empezó a ralear en forma alarmante, ella imaginó que eran el distintivo necesario que debía exhibir todo empleado público exitoso. Parecía un ejecutivo, le decía, negándose a sí misma que pudieran ser la evidencia acumulada de su frustración y de la rabia creciente pero silenciosa que rugía dentro de este hombre delgado que por la noche se acostaba a su lado en la cama. Ella hacía el mundo más prolijo para él; la tarde de un día memorable cambió todas las cortinas de la casa y el empapelado del bañito por otro de un tono rosado pálido que, más que nada, le pareció de efecto tranquilizador. Él no lo notó, por supuesto, al entrar en la salita con su juego de sofá y sillones marrones haciendo juego, con encaje en la cabecera y en los brazos, y aposentar el hondo cansancio de su vida. Por la mañana ella pasaba la aspiradora y levantaba los mechones plateados de su pelo.

No tenían hijos. Gastaban dinero en la casa, que durante cinco años pasó por una esmerada serie de cambios de aspecto, cada uno de diseño más ambicioso, hasta que, si se rasguñaba la pared del baño se revelaba un arcoiris de tonos pastel en que podía leerse los desesperanzados esfuerzos bianuales de mi madre por mantener vivo el sueño doméstico. Naturalmente, ella no pensaba así. Estaba haciendo la casa para ellos, y en el proceso iba formando y acicalando la clase imaginaria de marido con quien ella podía convivir. Le compraba la ropa; tiró a la basura los raídos pantalones que se ponía los sábados y con los que se sentía cómodo; lo instaba a que se afeitara también los fines de semana; a que abandonara el hábito de la bicicleta y se comprara un auto, cosa que hizo, y así tuvieron un pequeñísimo Volkswagen negro en el que viajaban a Wicklow los domingos por la tarde, mi padre encogido, con las rodillas pegadas contra el volante, mi madre a su lado, erecta y hermosa como una reina.

Para cuando mi padre recibió su tercer ascenso supongo que mi madre creyó ya que su trabajo había concluido. Él ya no apretaba el tubo de pasta dentífrica por el medio, nunca entraba desde el jardín sin quitarse los zapatos antes de pisar la alfombra color crema que ella había comprado para el vestíbulo, nunca intentaba ponerse los mismos calcetines y calzoncillos dos veces ni bañarse menos de cuatro veces a la semana, ni olvidaba bajar la tabla del inodoro después de orinar. Tenía éxito en su carrera; era inteligente y rápido, y si ahora Flannery ya no veía ni rastros del muchacho larguirucho y enamorado para quien la semana era un penoso purgatorio en espera del viernes por la noche, eso era una pérdida insignificante para tamaño triunfo, como reconocía el mismo Flannery.

Entonces había vacaciones de verano en un nuevo Ford cargado de valijas que partía de la nueva casa de la calle Mulberry y corría a toda velocidad por la campiña. "Yo era feliz, sí, yo era tan feliz —les contaría luego mi madre al empapelado y a las cortinas—. ¡Cuán feliz era!" Mi padre hacía bosquejos del campo y las montañas. Hacían picnics de toda la tarde en soleadas praderas; por un momento mi madre aflojó el puño aferrado con que controlaba sus vidas y dejó entrar la inmensidad del cielo azul y el coro de las aves cantoras. Nueve meses después, nací yo.

Esta historia me llegó, como todo el resto, en fragmentos. Al llegar mayo mi padre volvió a marcharse, y mi madre bajó del piso superior. Limpiamos la casa hasta borrar todo rastro de él, y una semana después de su ida ya no quedaba ni el más leve olor que lo recordara. Mi madre conversaba mientras trabajaba. Al principio con una especie de irascibilidad tajante, arrojaba una frase al ver la mugre juntada en la pileta, las hebras de té que bailaban y se amontonaban, apresuradas, en su viaje al resumidero. Yo no le hacía caso y proseguía con mi trabajo, ayudándole a limpiar la eternamente acumulable e invisible suciedad de la vida.

Mientras ella hablaba yo le hacía compañía, fingiendo limpiar, siguiéndola y escuchando. Sólo se detenía al caer la tarde. Entonces la casa ya estaba lista, sosteniéndose en equilibrio sobre el precipicio con perfecta pulcritud, y mi madre estaba casi contenta, de pie en ese frágil instante de quietud antes de que se levantara la siguiente partícula de polvo para luego volver a caer.

15

Para la primera semana de septiembre, mi padre aún no había vuelto. Yo no podía ir a la escuela y dejar a mi madre hasta que él volviera, y me quedaba sentado al final de la temporada en el cuartito del frente, observando la esquina con la esperanza de ver su figura larguirucha. Ahora ya no podía perdonarlo tan fácilmente, me decía. El verano había sido una agonía de luz cambiante, con un sol que brillaba por momentos. Un día mi madre parecía perfectamente normal: hacía sus quehaceres y preparaba las escasas comidas que me servía cantando operetas de Gilbert y Sullivan. Al día siguiente discutía con la radio, gritando a viva voz contra el programa de jardinería, mientras el chubasco repentino castigaba la ventana como un ataque de demencia.

Yo había pasado los tres meses en la media luz de la casa sin mi padre, y cada día que pasaba iba recogiendo una nueva piedra de rencor. ¿Cómo se atrevía a hacernos esto? ¿Qué le daba derecho a marcharse de la casa al final de la primavera y abandonarnos a esto? Mientras miraba por la ventana, ardía de silenciosa furia. Lo repudiaba; hacía la promesa de ignorarlo cuando regresara, o de atacarlo, golpeando con los puños su delgado egoísmo. Iba a la puerta de calle y me quedaba en la tarde de septiembre, anticipando verlo en cualquier momento, y con una furia sin esperanzas, desenfundada y amartillada, miraba a algún muchacho salvaje que aparecía en el ocaso. ¿Habría otro padre como él? Con el rostro de mi madre que contemplaba ausente desde la ventana del piso superior, yo permanecía en la puerta del frente y observaba a los padres y maridos de las casas normales que entraban por el sendero de su casa y se bajaban del auto, hacían sonar la llave, abrían la puerta de un golpe y entraban con su maletín o el diario de la tarde y un "hola, ya llegué", en los labios.

—Hola, Nicholas.

Su mano se posó en mi hombro antes de que me volviera para verlo, y caminamos hacia la casa: el hombre flaco, de impermeable largo y desprendido, dando grandes pasos, y yo, su hijo, tragando de repente la confusión y las lágrimas no derramadas.

Había perdido la llave. Yo abrí el puño en que sostenía la mía con fuerza, y él la tomó.

—Buen chico —dijo, sonriendo por un instante al mirarme, y abriendo la puerta de un solo movimiento fluido entró de nuevo en nuestra vida. La sensación, el olor de él habían vuelto. Inclusive el vestíbulo pareció llenarse con su presencia al recibirlo con el olor áspero y fuerte del óleo en su ropa, con sus dedos afilados que exploraban el vacío a su alrededor, listos a tocarlo todo. Llegaron con él y se depositaron en el vestíbulo, mar y montañas, aire y vientos de ciénagas y laderas, espinos, púas de retama, brisas de alboradas sobre praderas de pastos altos. Me miró por un momento. Me miró de verdad, por primera vez en mi vida, y me estremecí bajo su escrutinio, sin la menor idea de lo que podría decir o hacer, y levantando la mirada vi algo parecido a orgullo que ardía en sus ojos.

—Nicholas —volvió a decir, como si probara mi nombre como una vieja llave y viera si podía volver a entrar en el mundo de su familia—. ¿Cómo estás?

La ira se había ido de mí y fue reemplazada por la sensación desesperada de querer ser acariciado, abrazado por mi padre.

71

—Estoy bien —le dije, y miré su abrigo, estudiando una parte raída, con una rotura hecha por alambres o zarzas.

—Por supuesto que sí. —Me puso la mano sobre la cabeza y me apretó contra su pecho. No sé si fue él quien me retuvo allí, o fui yo mismo que no podía desprenderme, pero pasó un rato largo. Cerré los ojos contra su pecho, demasiado cerca para ver las lágrimas que supongo me habrán llenado los ojos ni la pena y el pesar que lo embargaban y que se desprendían de él con la desesperanza y la pérdida que cada vuelta al hogar significarían para él. Dios lo había llevado, y cada vez que volvía quedaba un poco menos de nosotros. Transcurrió una eternidad antes de que hablara, y cuando lo hizo sentí que ya había decidido algo: estaba arrepentido e iba intentar arreglar las cosas.

—¿Está arriba tu madre? —preguntó. Y luego una de sus manos desapareció en el bolsillo de su impermeable y reapareció con un billete de cinco libras. —Toma, ve al almacén y compra una torta.

Yo salí; él subió. Tenía cinco libras en la mano: éramos ricos. Corrí lo más rápido que pude por los arcos de hojas caídas como torrentes, pateando montones provenientes del reino del verano exiliado que se iba derrumbando, embriagado otra vez por el sueño infantil del mundo perfecto, la luz interminable y Dios que había vuelto a casa.

16

Imaginaba que mi padre había vuelto lleno de amor por mi madre. Dios, imaginaba yo, lo había liberado momentáneamente de su vocación y decretado en cambio que éste era el momento de salvar a nuestra familia. Quizá Dios se había ido a vivir con otros, causando un desastre en su vida, igual que ahora estaba a punto de restablecer el orden con nosotros. Exactamente de dónde saqué esta idea no estoy seguro. Con las cinco libras en la mano quizá soñaba o esperaba un nuevo comienzo, o quizás en los ojos de mi padre vislumbré un vestigio de aquel hombre bajo los árboles, a la luz del farol, que le pidió a la muchacha que se casara con él. Mientras volvía con la torta por las silenciosas calles suburbanas pensaba que estaba a punto de entrar en el ordenado y confortable nido de la vida normal. Recuerdo todos los detalles de ese breve viaje de regreso al atardecer: el aroma fresco del pasto elevándose en el aire gris rosáceo, las casas de puertas cerradas detrás de sus jardines, el perfume de las rosas, el roce —caliente y doloroso— de la piedra de una pared por la que dejé correr los dedos al pasar, el ómnibus de la ciudad que llegaba, el señor Dawson con su diario vespertino, enrollado, con quien me crucé en mi carrera y que me dio un golpecito juguetón en la cabeza. Era uno de esos momentos que parecen enfocados con claridad, como si el mundo hubiera adquirido una intensidad más brillante y todo se viera más claro y radiante. Las nubes eran

73

majestuosas, la gente en la vereda de enfrente parecía envuelta en una deslumbrante luminosidad. Hasta la señora de Heffernan, inclinándose sobre su doble papada para examinar y desplegar el billete de cinco libras, mirándolo sobre el mostrador, apretándolo como si fuera a desvanecerse ante sus ojos, tenía el aspecto de un ángel. Cuando me entregó la torta supe que el mundo empezaba de nuevo. Lo sentí en el crujido del celofán, y quise reír fuerte. Todo en nuestra vida iba a estar bien desde ahora. Yo volvía de hacer compras a casa, a mi madre y mi padre. Iba a trasponer la puerta del vestíbulo para entrar en el milagro de lo común y corriente, con el agua de la pava hirviendo sobre la hornalla, la tetera ya sin las hojas de té y la mesa puesta para la torta de chocolate.

Pero nada era tan simple.

Entre que salí de casa y volví, el mundo cambió. Mi padre subió la escalera de a dos escalones por vez, pasando con un susurro de su impermeable junto al lugar donde yo había estado sentado la tarde de su decisión. Sus grandes botas resonaron sobre las tablas cuyo centro ya estaba levemente marcado por los pasos de nuestros días. El polvo se desprendía de sus tacos. Los ásperos olores que despedía subieron hasta el piso superior. Cruzó el espacio hasta la puerta cerrada de mi madre. Sus ojos, pienso, rebosaban por fin con el cálido reconocimiento de quién era ella en su vida. Esta vez había vuelto por ella, a ese regazo blanco sobre la cama, a ese arrobado sentimiento de perdón, a esa paz de entrega total en el abrazo, para descansar la cabeza y decir "lo siento", para sentir su mano sobre la nuca absolviéndolo, aunque al mismo tiempo ella viera la suciedad de sus sueños destrozados a su alrededor. Era por ella que había vuelto. ¿Verdad? ¿Verdad? ¿Por la mujer que lo había visto derrumbarse en su mundo de empapelado de tonos pastel y de quehaceres domésticos que era su manera de amar, por la mujer cuyos ojos ya no brillaban y cuya espalda se agobiaba

74

bajo el peso de la esperanza incumplida y el amor perdido, que medía su vida con píldoras de dormir?

¿No era por mi madre por quien había vuelto por fin? ¿Para explicarle el brutal egoísmo de Dios por llevarlo a la agonía privada de su talento aún desconocido, abandonándola, dejándola sola conmigo? ¿No era así? ¿No era eso lo que se agitaba en la mano que se posaba sobre el picaporte de la puerta, no era eso lo que lo traía, tembloroso y derramando lágrimas calientes por primera vez en su vida de casados, mientras esperaba frente a la puerta cerrada, sintiendo por un momento que estaba haciendo la voluntad del hombre y no la de Dios, que su decisión de pintar y marcharse no había sido más que un error monstruoso, que nunca había oído la Voz y que durante dos años había vivido equivocado, en un desperdicio de espíritu y de amor?

La mano de mi padre encontró la puerta cerrada con llave. Sus llamados a mi madre no recibieron respuesta. Golpeó con los puños y la llamó por su nombre, una y otra vez, con lágrimas en los ojos. Para cuando yo entré por la puerta de calle con la torta en las manos, él ya había forzado la puerta para encontrarla muerta.

PARTE
2

1

Cuando Isabel Gore volvió a Galway después de Navidad en su último año de colegio, no sabía que se iba a enamorar. Su padre la había acompañado hasta el trasbordador, y debajo de la lluvia mansa se sostuvo por un momento del brazo de su hija. Isabel sabía que la tosecita vacilante y el refunfuño precedían a un anuncio importante. Al sentir los dedos que le apretaban el codo, bajo la gabardina húmeda, supo también que se trataba de una advertencia. Pero ninguno de los dos sabía contra qué esperaba advertir a su hija el Maestro Gore. Cuando miró a su padre, vio que tenía la cara mojada por la lluvia. Parpadeó al mirarla. Una sonrisa nerviosa se reflejó en sus ojos. El trasbordador, con el motor rugiente, se golpeaba contra los neumáticos a lo largo del muelle. Los pocos pasajeros ya estaban a bordo, alineados detrás de las ventanas nubladas de la pequeña cabina. Un muchacho de impermeable amarillo esperaba para quitar la pesada soga de su amarra.

Era algo que tenía que ver con el mar, pensó el Maestro, con el estallido de las olas. Sí, y con una característica que él había notado en ella esa Navidad, que ahora parecía hacer que el mar pareciera tan insoportablemente vasto e inmenso. Las aguas se agitaban como en una mantequera. Cuán frías y grises, implacables, cambiantes. Apretó el brazo de su hija y la oyó preguntar ¿Qué es? en voz alta, por encima del ruido del motor. Las palabras se precipitaban alrededor de él, nadaban: mareas de los tres whiskys que habían empezado la mañana. Se maldijo por haberlos tomado, deseó poder tomar otro, sin dejar de mirar con fijeza el bello rostro de su hija. ¿Había estado un poco más fría en casa esa Navidad? De pie, allí, sintió que se le llenaban los ojos de lágrimas.

—Está bien —dijo ella—. Volveré en el verano. Ve a casa, papito.

Se aferró a él en un abrazo y luego se fue, saltando el último tramo, tomándose de la mano extendida del capitán del trasbordador. Tenía el pelo en la cara cuando agitó el brazo en señal de despedida y el barco partió, internándose en el mal tiempo y esfumándose como la revelación invertida de una fotografía. Cuando se hubo ido, resultaba difícil imaginar que hubiera estado allí en absoluto, y el Maestro se volvió y caminó desde el muelle hacia la aldea con el mismo nudo de abatimiento que se había formado en su interior desde la mañana temprano. Todavía no sabía qué era. No había clases, de modo que traspuso el arco pequeño de arena blanca y espantó a los cinco burros reunidos allí antes de ir a sentarse a lo de Coman's a tomar una taza de té, donde sacó un librito de Yeats e intentó concentrarse en la lectura hasta el almuerzo. No sirvió de nada: la fatalidad parecía recorrerlo como una comezón. Los poemas y tres teteras lo confundieron más.

El resto de ese día y la mayor parte de la semana siguiente no pudo zafarse de la sensación de que se le había entregado una advertencia que debía transmitir a su hija, y todas las mañanas, cuando salía de su casa y bajaba por el camino estrecho que llevaba a la escuela, sus ojos se posaban en el mar invernal y se sentía intrigado por el débil mensaje sobre el futuro de su hija que no era capaz de leer.

2

La ciudad de Galway en el decimoctavo año de Isabel soportó el peor clima atlántico de que se tuviera memoria. Las tormentas azotaban la bahía y la espuma salpicaba las calles junto al mar. Las ventiscas ululaban, barriendo las esquinas de las calles estrechas, y la gente, con sus pesados abrigos, sombreros y bufandas, corría entre el bar, la tienda y su casa. Con los ojos bajos, sosteniéndose fuerte el abrigo sobre el pecho, las mujeres avanzaban agobiadas bajo las ráfagas de viento que les empujaban el bolso con fuerza hacia atrás. Con los rostros pulidos y limpios, las orejas cortadas por la intemperie y los ojos llenos de lágrimas, la gente de Galway parpadeaba bajo el increíble clima que se posesionó de la ciudad durante tres meses. Cada día parecía peor que el anterior, hasta que fue creciendo una aceptación gradual, y los hombres y mujeres que caminaban por la ciudad en enero, febrero y marzo de ese año terminaron por aceptar como a un vecino irritante el violento, gélido frío y las ventiscas que llegaban con granizo y lluvia desde el Atlántico.

Era una época de predicciones y antiguos recuerdos. Se despejaría el dos de febrero o, después del aguanieve que azotaría todo ese día, el día de San Valentín. En la escuela tres monjas murieron en la misma semana. La calefacción fue subida al máximo, y las niñas se trasladaban del clima tropical de sus clases de francés, español y geografía al frío brutal del

81

aula de matemática, donde la hermana Magdalen había apagado los radiadores en un momento erróneo de visión, cuando creyó entender que nuestro Señor quería que la pureza del alma de las niñas las calentara desde el interior.

Y aún el cielo seguía nublado y oscuro. El mal tiempo llegaba desde el mar, como una enfermedad, con una tormenta tras otra, haciendo repiquetear los marcos flojos de las ventanas frente a las cuales Isabel estaba sentada, leyendo una y otra vez la última carta de su casa. Allá en la isla ahora eran prisioneros del tiempo. La escuela estaba cerrada por un par de semanas. Su padre se quedaba en la cama, se levantaba temprano por la tarde, iba a la cocina y se apoyaba sobre el reborde de piedra bajo la ventana para contemplar los treinta metros que se veían del mundo. No alcanzaban a divisar el continente, y la libertad que existía en un día de verano, cuando se llegaba a ver el cielo azul sobre una extensión ilimitada de azul mar, se había invertido ahora, y las paredes de piedra de las casas y las campiñas eran inmóviles cárceles invernales.

El invierno rugía en todo el occidente del país. Las tormentas venían de Islandia, dijo un hombre quitándose la gorra empapada y quedándose en el vano de la puerta con una media corona de escarcha confundida en el gris de su barba. Más bien parecería que vinieran del infierno, dijo otro, y ¿podrían decirnos cuándo van a terminar? Las tabernas estaban cargadas de vapor y en su bullanguera tibieza retenían a toda una multitud que se quejaba de su mala suerte. Las puertas se cerraban de un golpe cuando el viento hacía entrar a un nuevo parroquiano. La ciudad adquirió un carácter signado por toses estruendosas y resfríos, orejas y ojos enrojecidos, sabañones, agudos dolores de muelas y pies helados. Todos se abrigaban con el sueño de la primavera, como si la estación del invierno fuera un castigo por pecados inconfesados de quienes vivían al norte o al sur, en todos los bellos y remotos lugares a lo largo de la costa. En algún lugar del interior las tormentas perdían fuerza. En Dublín, decía la radio, había chubascos fríos y un poco de viento.

Enfrentando el problema del clima como si fuera un ejército de herejes que las sitiaba frente a las puertas del convento, las monjas trazaron un plan de campaña. Mientras persistiera el tiempo inclemente, las niñas recibirían raciones dobles por la mañana, usarían dos camisetas y el cárdigan del colegio a toda hora, deberían comer una naranja por día, y no les estaría permitido salir del recinto del colegio ni ir a ninguna parte durante el receso del sábado. Para entretenerlas bajo el sitio, se organizaron actividades. El tiempo debía ser llenado de manera escrupulosa; se anunciaron torneos de ping-pong, netball y otros juegos de interior.

Para Isabel el rigor del tiempo no era nada comparado con la frustración de tener que estar encerrada dentro de las grandes aulas de paredes blancas. Quería salir, ir a caminar. Se suponía que debía estar preparándose para los exámenes finales y el ingreso a la universidad. Pero ahora, sentada en el convento tras los cristales traqueteantes de las ventanas azotadas por la escarcha y contemplando el pálido y descolorido panorama, Isabel ansiaba huir de todo eso. Las asignaturas parecían languidecer. El viento que rugía fuera de los cuartos herméticamente cerrados contra la lluvia la distraía de su estudio. Por todo ello, aprovechando un momento entre clases una tarde de febrero, particularmente brutal, cuando el cielo parecía desplomarse con el aguanieve, se puso su abrigo de gabardina y se escabulló de la escuela.

El aire cortaba como vidrio. Cuando sintió que el granizo le pegaba en la cara tuvo casi ganas de reírse. Abría los dedos para tocarlo y caminaba de prisa sobre el pasto mojado de los campos de juego. Si lograba llegar a los arbustos todo iría bien, se dijo, sin correr ni tratar de esconderse, sino avanzando a grandes pasos bajo la lluvia implacable, sintiendo que le perforaba la caperuza y los hombros de la gabardina verde.

De inmediato quedó echa una sopa, pero salir al sendero fuera del convento por primera vez en un mes la colmó de un resplandeciente júbilo. El viento le había volado hacia atrás la caperuza y aplastado el pelo contra la cara. Las mejillas le dolían. Tenía las medias grises del colegio enrolladas alrededor de los tobillos como pesas. De los zapatos chorreaba el agua. Recordaría después todas estas cosas, todas estas sensaciones como marejadas de libertad, como una especie de fabulosa primavera que ya empezaba a brotar y a florecer en su interior mientras caminaba por el sendero hacia Galway en medio de la peor tormenta de ese invierno. El tiempo siempre sería parte de su memoria: el olor de la lluvia, la pureza de su rostro, brillante por el agua, las gotas que se le metían en los ojos cuando el auto rojo disminuyó su marcha y luego se detuvo a su lado.

Al principio creyó que eran las monjas, y siguió caminando. El auto avanzó apenas a su lado y bajaron el vidrio de la ventanilla del acompañante del asiento delantero. Isabel pensó: "Si corro ahora tendré cinco minutos más, cinco minutos antes de que me alcancen y tenga que volver a la habitación seca y caliente en exceso y olvide lo maravilloso que es todo esto". Entonces oyó una voz de hombre:

—¿Quieres que te lleve?

No había ninguna razón para subir al auto. Quería estar bajo la lluvia, sentir la libertad del aire gélido castigándole la cara. Pero su mano ya estaba abriendo la portezuela del auto. Fue uno de esos momentos cuando la trama de la vida da un salto adelante y la razón y los proyectos se esfuman en una acción apresurada: se alejaría más del convento en el auto, que era parte de su huida, y con él el riesgo y la aventura se aproximaban al borde.

En un momento ya estaba dentro del auto, y la lluvia que le chorreaba hacía ruido al caer en la cuerina rota del asiento. El aliento espeso y sin olor de la calefacción le soplaba en la cara. No lo miró al conductor de inmediato. Parpadeó para quitarse el agua de los ojos, y miró hacia adelante, a través de los palmetazos de los limpiaparabrisas. Era un auto viejo, con una marcha traqueteante que daba la impresión de que varias de sus partes se fueran desmoronando sobre el camino. Sobre el asiento posterior había dos grandes rollos de tweed que tocaban el techo y, a su alrededor, toda clase de cosas: hojas de diario, folletos, una gorra, botas, un impermeable, pinzas, un trozo de cadena. Un olor a perro lo impregnaba todo.

—Es una locura andar a la intemperie —dijo el hombre con una risita y un lento meneo de cabeza—. ¿Lo sabes?

Al principio pensó más en el auto que en el tiempo, y luego se volvió para mirarlo. Era rubio, de ojos verdes. De corta estatura y corpulento, fornido. Observó su mano izquierda sobre la palanca de cambios, el movimiento rápido y casi airado con que hizo que el autito rojo tomara velocidad y los condujera hacia el miasma gris que era Galway. Tenía puesta una especie de camisa del Oeste, anaranjada, abierta en el cuello, y en el bolsillo llevaba un paquete de cigarrillos. Cuando aminoraron la marcha al entrar en el tránsito, él hizo bailar los dedos sobre el volante, canturreando una tonada que ella no reconoció.

Durante diez minutos que pasó en el auto con él ella no dijo ni una sola palabra. Y luego, al doblar en medio de las calles desiertas, azotadas por la lluvia, él le preguntó adónde se dirigía.

—En cualquier parte estará bien —dijo ella.

—Por Dios. —No era una imprecación: se reía. —Cualquier parte, qué mierda. —Meneó la cabeza despacio e Isabel lo miró por primera vez. —Te llevo adonde vayas.

Ella no tenía idea de adónde iba, pero de repente tuvo ganas de decirle el lugar más lejano.

—No soy peligroso, sabes —le dijo él, y rió para sí al decirlo—. Por supuesto, quizá sólo saliste a caminar, ¿no? —Volvió a reír, golpeó el volante con la palma de la mano, se volvió y la miró con una sonrisita de muchacho inseguro, cubriendo el espacio que los separaba en el auto hasta perderse por completo en esos ojos increíbles que en ese primer momento real del comienzo de su relación sonrieron, luego también se rieron.

3

Su nombre, le dijo, era Peader O'Luing. Su madre era la dueña de la tienda de lana y tweed de la calle Cross, que su padre había abierto hacía treinta años. Prionsias O'Luing había sido un conocido intérprete de flauta en Galway. Había fundado la tienda para poder seguir viviendo de la música en la ciudad y, durante años, mientras crecían sus tres hijos y tres hijas, hizo que el lugar fuera un ruinoso centro para músicos viajeros. La puerta trasera de la tienda daba a la puerta lateral de la taberna de Blake, y a través de sus años de escuela, los niños conservaban la visión, nada desusada, de toda clase de músicos durmiendo tendidos sobre el mostrador o en el piso de madera, uno al lado del otro, envueltos en grandes piezas de tweed o alguna otra tela. Maire Mor, la Gran Marie, la esposa, era una música tan talentosa como su marido, y hasta el día en que él murió —se cayó de la insegura escalera de pie y se rompió la cabeza llena de whisky y música al pegar contra el antiguo mostrador de caoba— ella tocaba el violín en las *seisiuns* de la tarde, con el instrumento acomodado bajo su doble papada y un jarro de cerveza al alcance de su grueso brazo derecho. Sin embargo, después del entierro empezó a fallarle la salud. Se agrió, como la leche, y abandonó la música. Dos de sus hijas eran enfermeras en Inglaterra; la tercera estaba casada y vivía en Mayo. Ninguna tenía ganas de volver a vivir con su madre, así que ella se dedicó a apagar su amargura con continuos vasos de vodka, con sólo un vislumbre de conciencia de que se estaba convirtiendo en un monstruo.

Por un curioso mecanismo que más tenía que ver con la ausencia que la presencia de una decisión, la tienda cayó en manos de Peader, el hijo del medio. Él no tenía idea de qué hacer con ella. Tenía veinticinco años y hasta la muerte de su padre había logrado escrupulosamente evitar la cuestión de tener que mantenerse. Vivía en la casa, en los antiguos cuartos encima de la tienda, a veces se ocupaba de transportar cajas y telas y por estas tareas ocasionales se adjudicaba un salario cada vez que podía abrir la caja registradora sin ser visto. Lo que le gustaba eran los tres galgos de su padre. Los fines de semana, por la tarde, los sacaba a pasear. Sentados en el asiento trasero del auto, largos y flacos, con la cabeza erecta, observaban por las ventanillas el tráfico de Galway. Los llevaba al norte, fuera de la ciudad, por la carretera de Oughterard, a un lugar que quedaba a unos veinticinco kilómetros, y allí los hacía bajar. Con las traíllas de cuero en la mano, Peader se alejaba de la carretera por un angosto sendero que había descubierto por accidente y que después de trazar un círculo de diez kilómetros lo llevaba de regreso al auto. Era un bello terreno desolado con campos verdes y pardos y grandes salientes de rocas que daban la sensación de una tierra que se extendía interminablemente hacia la inclemencia del mar. Esos galgos habían sido la pasión de su padre. Prionsias O'Luing había ganado dinero con ellos, y Peader, al crecer, había oído varios cuentos y rumores de que su padre había apostado la tienda, la había perdido y vuelto a ganar haciendo correr a los galgos. Creía que todo eso era verdad, porque el alcance y extensión del enamoramiento de su padre por los galgos era tal que el único recuerdo dominante que conservaban sus hijos era cuando los sacaba a los tres de su dormitorio dos semanas antes de una carrera, para que los galgos disfrutaran del mayor descanso y comodidad que proporcionaba el interior de la casa, superiores a los que ofrecían los cobertizos. Cuando no eran entrenados se les servía cerveza en cuencos de madera y papas a medio cocer, no blandas ni aguachentas ni harinosas, con una cucharada de manteca y sin sal, cortadas pero nunca en puré. Durante el entrenamiento siempre debían caminar diez kilómetros, preferentemente sin volver por la misma ruta, en un círculo contrario a la dirección de las manecillas del reloj, en las dos últimas horas antes del anochecer. Se les daba terrones de azúcar en forma racionada, y una cabeza de carnero hervida durante todo un día en la cocina de atrás de la casa los hacía más veloces que el viento. Todas estas cosas formaban parte de la sabiduría de las carreras de galgos heredada por los O'Luing, y Peader las aceptaba, agregando a la vez sus propios métodos secretos, cantando en voz baja coros de canciones folclóricas y del oeste mientras recorría los largos caminos serpenteantes bajo la lluvia, susurrando las palabras *rápido*, *velocidad* y *ganar* en los delicados caracoles de las erguidas orejas de los galgos.

Así era su vida hasta el día en que detuvo el auto y vio por primera vez a Isabel Gore.

4

En el corazón de la ciudad de Galway, bajo la lluvia torrencial, Isabel le dijo que iba a la librería. Para llegar él se apartó del tráfico, doblando por la estrecha curva de la calle Shop y deteniéndose justo frente a la puerta verde. Llegar allí fue demasiado pronto para ambos. El motor seguía en marcha, los limpiaparabrisas desparramaban la pesada lluvia. No había nada que decir, y en el instante antes de extender la mano para abrir la puerta, Isabel sintió que se formaba en su interior una maraña de palabras y emociones. Se sonrojó, queriendo decir algo y sintiéndose turbada por ser tan tonta. Luego, en un momento que duraría más que todo un año de recuerdo, abrió la puerta, y el viento se la voló de la mano. Con el chapaleo de la lluvia sobre su cuerpo, ella se volvió para echarle una última mirada en el auto, y vio sus ojos sonrientes, la cara redonda y un algo que nunca fue capaz de identificar, que parecía tan vulnerable en él; y él le dijo bien, adiós, otra vez que se le antoje caminar bajo la lluvia, y ella se quedó bajo el frío terrible del viento y el granizo y se inclinó por un momento para decirle su nombre.

Transcurrió una semana antes de que él llegara al convento. El tiempo seguía malo y la oscuridad que caía a las cuatro de la tarde azotaba con el granizo los altos ventanales de la habitación de arriba, donde las muchachas se reunían para estudiar. Peader detuvo el Ford rojo frente al arco de la entrada principal y con su nueva chaqueta de tweed, recién sacada de la tienda esa misma tarde, subió corriendo los cuatro escalones y tocó el eslabón de bronce del noviazgo. Casi de inmediato oyó que se acercaban pasos, y cuando la puerta fue abierta por una monja de cara fea, boca fruncida y ojos pequeños, el viento, el granizo y él entraron en el largo vestíbulo encerado como peligrosos emisarios de otro mundo que cruzaban el puente levadizo a un bendecido santuario. Preguntó por Isabel. La monja lo miró. Olió el aroma del sexo, sin saberlo. La boca fruncida se apretó más y sobre los ojos pequeños las cejas se arquearon, formando signos de interrogación. La monja tenía las blancas manos cruzadas; ahora extendió una y abrió el picaporte marrón de la puerta que daba a la sala de recepción.

—¿Es usted de la familia? —preguntó.

—Sí —dijo él.

Tenía lluvia y sudor en la frente. Al cruzar hasta la ventana para mirar afuera se preguntó qué pensaría ella. Se abrió el botón superior de la camisa y estiró el cuello, tamborileando nerviosamente con los dedos sobre la mesa y haciendo un esfuerzo por canturrear el comienzo de una canción. Cuando Isabel abrió la puerta, él sintió que en el corazón se le producía algo como electricidad. Se quedó sin aliento. Tuvo que henchir los pulmones para mantenerse de pie, porque el golpe que le produjo verla lo abrumó, privándolo de todas las palabras que había preparado ese día.

—¿Tú? —preguntó ella—. ¿Eres tú?

La monja seguía de pie, a su espalda, junto a la puerta, y por eso ella agregó:

—Sean.

Y lo envolvió con sus brazos en un abrazo que él no podría olvidar en el desasosegado insomnio de los dos días siguientes. Cuando la monja se fue, cerrando la puerta, ella se llevó las manos a la boca y dio un paso atrás, esperando, escuchando, sosteniendo la risa un momento más, hasta que los pasos se fueron alejando, y explotó.

—¡Tú! —estalló y luego se calló, susurrando y riendo. Él también sonreía. —Tienes mucha seguridad, ¿no?

Él abrió la boca para no decir nada, y se le quedó mirando. ¡Qué hermosa estaba! Se había arremangado a medio brazo el cárdigan. Mientras estudiaba había estado jugando con un mechón de pelo y ahora le colgaba frente a la cara. Lo apartó de un soplido.

—Ya estuve en penitencia toda una semana por tu culpa...

Él dio un paso hacia ella.

—Quizá vine a darte una mano —le dijo, dominando la debilidad de su interior con una exhibición de fingida bravuconada y acercándose a la muchacha abrigada con el cárdigan tejido por su madre, cuyo rostro, ojos y pelo lo habían atravesado como flechas.

—Pues tamaño descaro tienes —dijo ella—. De todos modos, no puedo salir. Debo estar adentro tarde y noche, sábados y domingos.

—Pero... ¿no puedes salir con tu primo?

Allí, de pie frente a ella en la sala inmaculadamente limpia, mientras el granizo azotaba los cristales, Peader O'Luing sonrió con esa ridícula sonrisa de la que ella se enamoraría, e inició la conspiración de su noviazgo.

El domingo fue a buscarla para llevarla a comer a lo de su tío. La traería de vuelta a las diecinueve, le dijo a boca fruncida y ojos pequeños, tomando a Isabel de la mano y transmitiéndole toda una inventada sarta de chismes de familia al dar la espalda a la monja y trasponer la puerta de la prisión para toparse con las ráfagas violentas de la intemperie y dirigirse al auto. Al salir del sendero de la entrada reventaron de risa, y cuando los limpiaparabrisas despejaron la lluvia, más allá de los portales, ya estaban entregados el uno al otro. La campiña a la que emergió el autito rojo estaba inundada y congelada, y era gris, no verde. Los oscuros muros de piedra se veían blancos bajo la escarcha endurecida. No se veía a nadie de pie o caminando. El cielo era un vidrio empañado que se agrietaba todos los días, dejando que se filtraran, oblicuos, los fragmentos de ese largo invierno que no se iba. Y sin embargo, para Isabel y Peader, con el ronroneo de la calefacción y el olor de los galgos, ése era el paisaje perfecto para el amor ilícito.

5

Esa noche, luego de dejar a Isabel en el convento, Peader se fue a su casa, devolvió la chaqueta a la percha de la tienda y entró en la taberna de Blake. Su madre estaba allí, con los ojos un tanto revueltos por la bebida y la gran papada sobre el pecho. En el vapor pardo de la taberna una rueda rubicunda de caras asentía sobre los jarros de cerveza. La música era rápida, alegre y ligera; había celebración y júbilo en ella. Cuando el trago de bebida le corrió por la garganta, Peader sintió que la oía por primera vez. Nada había sido igual antes. Dejó pasear la mirada por el arco y la caja del violín, por los agujeros de la flauta, por la ventanita de vidrios limpios y la vista de la lluvia, dorada por un instante, cuando le daba la luz de la calle. Observó la lluvia y oyó la música y sólo vio el recuerdo de la cara de la muchacha que le volvía a la mente.

Habían estado juntos un poco más de cuatro horas. Ni siquiera la había besado; ella rozó sus labios sobre él cuando abrió la puerta del auto y salió a la lluvia.

—Gracias, hasta pronto, Sean.

Y sin embargo la imagen de ella se había posesionado por completo de su mente. Era la muchacha que había salido a pasear en el peor día de toda una década. Era la muchacha con olor a lluvia y viento. Ahora, sentado frente al mostrador de Blake, oyendo la música y sintiendo el alcohol que entibiaba sus entrañas, se desplomó escalera abajo embargado por lo que creía que era amor, cayendo más hondo cada vez que rememoraba la imagen de su rostro y sentía el dolor vacío de su anhelo por volverla a ver.

Media hora después de entrar en la taberna estaba más enamorado de ella de lo que imaginaba que sería posible enamorarse de nadie. Quería hablar, contar acerca de ella, sacudirse y saltar, patear, gritar, reír, rugir, tirar cosas y romperlas; quería liberarlo todo, soltar ese globo repentino de belleza que ella había inflado debajo de su corazón, tirarse de espaldas, suspirar, cantar y sentir para siempre la dulzura de esta felicidad. Quería ser la música.

Cuando cerraron la taberna y su madre pasó junto a él, camino a la cama, lo vio en su rostro, ostensible como un sarpullido, y se tambaleó escaleras arriba sin una palabra, empezando ya a entretejer las arrugas de preocupación ante la inminente pérdida de su hijo. Peader no dijo nada. Salió a la lluvia por la puerta lateral, y se dirigió en el auto, patinando bajo la lluvia de la medianoche, hasta llegar al cobertizo de los galgos. Allí abrió la puerta galvanizada y entró. Bajo el techo sobre el cual el agua caía con un ruido estruendoso, en medio del clamor increíble de la lluvia, susurró a los perros el nombre de Isabel.

No durmió durante dos días. Sus ojos enrojecidos se llenaron de una mirada salvaje, enfermos ya por el temor de que ella pudiera no amarlo. Era el gusano en su rosa inverniza. Pues no había nada engastado en forma más profunda en el corazón y en la mente de Peader O'Luing que la sospecha insistente de que, en el fondo, él no valía nada. Llevó a los perros a dar paseos interminables, conduciéndolos a través de vientos y lluvias en las cuales él nunca se aventuraba. Por un momento, cuando el cielo se abría y el aire se tornaba limpio y fresco con un levísimo tremor de primavera, él llegaba al éxtasis, embargado por la esperanza. Al momento siguiente, él volvía a nublarse, ensombrecido en una perpetua oscuridad donde una piedra en su mano podría haber golpeado a los perros hasta darles muerte. Isabel, Isabel. Decía su nombre en voz alta por el sendero, dejando que las voces del viento y la lluvia lo llevaran al aire, hasta que se volaba delante de él y se esparcía por el campo.

Isabel, Isabel.

Ató las traíllas de los perros en la parte posterior del auto, subió solo y se sentó, dejando respirar la ropa mojada y cerrando los ojos en una búsqueda sin esperanzas para volver a sentir por un momento el aroma de Isabel bajo la lluvia.

Para Isabel no había sido igual. Pensaba en él, lo traía cerca a veces, cuando estaba sentada en una tediosa clase de gramática francesa o de historia de Rusia, para volverlo a dejar ir y enfocar la mente en las palabras y cifras escritas con tiza en la pizarra, y en las perspectivas de su futuro. Había sido una buena estudiante, podía entrar en la universidad, según le habían dicho las monjas, manifestándole también que si abandonaba ahora, el mundo no tendría nada para ella.

Un sábado por la noche, en la hora de estudio, las palabras de las hojas de repente se desvanecieron. No podía concentrarse. Descubrió que había pasado una hora sin hacer nada. Había vuelto veinte páginas de texto sin el menor recuerdo de lo que contenían. Levantó los ojos y vio la boca fruncida y los ojos pequeños que la observaban desde lo alto de la tarima. Miró la ventana, y sonrió.

Era el juego lo que amaba al principio, la comedia, cuando él llamaba a la puerta, enfundado en la respetabilidad de su chaqueta de tweed, y luego los golpecitos continuos de los zapatos de la Hermana recorriendo los largos pasillos para venir a buscarla para su primo. Los oía venir antes del golpe sobre su puerta, sentada al lado de su cama o ante el escritorio, donde durante una semana había intentado escribir una carta a su casa. Oía los pasos y reía, llevándose la mano a la boca para refrenarse, echando el pelo hacia atrás y poniéndose de pie para aprestarse, borrando esa mirada de sus ojos, llena de orgullo y de victoria, reservándola hasta estar en el pasillo y salir otra vez por la puerta de calle, con el viento como un abrazo y el desapacible beso de la libertad.

6

Viajaron hacia el oeste, hasta Connemara. A medida que el auto se lanzaba en el medio de caminos estrechos, a toda velocidad en el gran vacío de ciénagas y montañas, Isabel sentía el alborozo de la libertad y el peligro. Le encantaba la locura de todo eso, de esta escapada dominguera con esa casi desconocida, de la vertiginosa velocidad. Peader estaba tan nerviosamente contento en el asiento a su lado que las palabras de ella chocaban contra el conducto de su garganta, y mientras conducía, los canturreados fragmentos nasales de canciones de vaqueros traicionaban su burbujeante felicidad. No dijo nada durante quince kilómetros; cada minuto sentía que la distancia que iban interponiendo entre ellos y el convento era una prueba tangible de que ella lo quería. Era casi demasiado para ser verdad. Mirando hacia adelante, apenas se atrevía a decirse a sí mismo que era ella quien estaba a su lado. Condujo y canturreó y siguió el camino solitario, que no parecía llevar a ninguna parte. La tétrica soledad del paisaje de invierno también era hermosa, y aunque Peader no había pensado en ello, no lo había planeado, como podría haberlo hecho otro pretendiente, ni imaginado el efecto sobre una muchacha isleña encarcelada durante semanas en los cuartos de un convento, ése era el paisaje ideal.

Una hora después de salir de Galway le preguntó, adónde querría ir.

—A cualquier parte —dijo ella—. Me encantaría bajar y caminar —agregó luego.

Él sonrió, luego rió.

—Jesús, estás loca. —Y paró el auto al lado del camino.

—¿No es por eso que te gusto? —dijo ella, y ya estaba en el viento con el pelo sobre la cara antes de que él tuviera tiempo de pensar en una respuesta.

Caminaron lado a lado junto al borde del camino bajo un gran cielo blanco. Las montañas eran un azul pálido a la distancia. El agua corría por las acequias o brillaba como pedacitos de cielo caídos en medio de zonas pantanosas, pardas y negras por el invierno. No volaba ningún pájaro. Un solo auto pasó después de una hora de caminata, tan despacio, y desapareciendo tan gradualmente en la cinta curva del camino interminable ante ellos que al observarlo el tiempo y la distancia parecieron adquirir una forma distinta y el camino convertirse en una eternidad. Era la quietud lo que Isabel amaba, e inclusive la frigidez del viento. Y si bien la figura fornida del hombre envuelto en un pesado abrigo de tweed a su lado no era la figura con que podría haber soñado durante los soleados momentos de las tardes de colegio, era él quien la había llevado a todo eso, y no apartó la mano ni se estremeció cuando él se la tomó. Aun así, no habían dicho casi nada. Era un lugar sin palabras, ese camino a Connemara, tan impregnado de viento y silencio que parecía un lento paso sin paradas. El mundo estaba en alguna otra parte, con su movimiento y su ruido; aquí sólo existían la soledad y el silencio. La lluvia había amainado en las colinas a su alrededor. El viento estaba detrás de ellos; un centenar de manos sobre su espalda los empujaba hacia adelante, con ráfagas que los hacía trastabillar y chocarse en el camino desigual. A Peader le escocían los ojos. Sentía el peso fláccido de la mano de ella en la suya. Él se aferraba a ese pedacito como a una boya que impedía que su alma flotara sobre las montañas. Era como llevar de la mano a una muñeca y, sin embargo, el más leve movimiento de sus dedos dentro de los de ella, la menor caricia, lo hacía girar como un trompo, y estaba desesperado por besarla. Mientras caminaban, el sonido de sus pasos resonaba sobre el sendero, y el perfume de ella florecía y se refugiaba en el viento de Connemara. ¿En qué estaría pensando? ¿Qué sentimientos se transmitían de su pálida mano al apretón de los dedos de él? Si la soltaba, ¿se iría en busca del aire frío por un momento, para volver luego a su lado? Las preguntas aflojaron los pernos de su ánimo, haciendo aflorar su felicidad al instante. El insomnio de esos últimos días se desplomó encima de él, resonó su cerebro, sintió que se le aflojaban las piernas y apretó con más fuerza la mano de ella. Las palabras no dichas lo enfermaban por dentro. ¿Por qué, por qué no le había dicho nada? ¿Por qué no se lo había dicho? ¿Por qué no se atrevía a empezar? No podía. Estaba inmovilizado de miedo. El silencio lo atemorizaba. No era bello. El aire se oscureció. Las nubes ascendían y bajaban de las montañas como dioses malévolos. La quietud del momento se había ido y, como si el tiempo mismo hubiera vuelto y corriera más rápido que antes, Peader vio que Isabel entraba en el convento y empezaba una nueva espiral insomne de noches y días barridos por los sueños. No podía soportarlo. Levantó la cabeza y suspiró y le apretó la mano entre sus dedos. La apretó más y más fuerte, cerrando la de él con tanto vigor que pareció a punto de quebrarle los huesos y hacer que ambas pieles se juntaran. Isabel lanzó un grito. Se volvió hacia él, y un mechón del pelo de ella se alojó en la comisura de los labios de él, y como un hombre que se hace añicos, Peader O'Luing se encorvó y suspiró, volviéndose y extendiendo la mano para tocar su cara con la mano enrojecida y zozobrar por fin en la isla de su beso.

7

Una cadena de domingos durante los últimos meses de ese invierno helado y el despertar final de la primavera una vez más. Los sábados por la noche Peader limpiaba el interior de su autito rojo y lo preparaba para el domingo por la mañana. Le decía a su madre que iba a ver a sus amigos pero, por el cambio en su vestimenta y hábitos de higiene, Marie Mor adivinaba la verdad, tejiendo la imagen de una muchacha lo suficientemente inadecuada para su hijo para que él quisiera esconderse tras un escudo de la mirada de su madre. Después de la misa de la mañana, ella perseguía y detenía a las madres de los amigos de Peader. En el curso de un mes se plantó frente a cada una de ellas, por turno, con la misma línea de interrogatorio, delicadamente oblicua. Tenía un miedo mortal de tener que reconocer que su hijo mantenía a la chica en secreto, y por eso dejaba caer en la conversación una serie de referencias a medias, de insinuaciones e indirectas cuyas respuestas ella observaba, como un buitre, en los ojos y manos de sus interlocutores.

En el curso de un mes tenía a Isabel en el ojo de su mente. Era una chica de colegio, nada menos, una muchachita de diecisiete años que desde hacía semanas ya había transformado a su hijo en una mole arisca de silencio y cavilación.

Ya no decía nada. Comía, entraba y salía de la tienda envuelto en los agridulces vapores en que recordaba a la chica o anticipaba el siguiente encuentro. De lunes a sábado sacaba a pasear los galgos o iba solo a los lugares donde él e Isabel habían ido el domingo anterior. Cuando caminaba con los galgos por la ruta de sus paseos de amor imaginaba ver en su paso y porte una prisa e intensidad repentinas; les decía el nombre de ella y los perros levantaban los ojos de inmediato al oírlo, en mímica directa de la reacción del propio calor de él. Eran lo más próximo a él ahora, estos esbeltos animales de velocidad y gracia, que llevaban el vértigo de la carrera encerrado en su interior. En la deliberada agonía de cada caminata, ellos sentían un deseo terrible por largarse a correr, se decía él.

En cinco semanas de salidas domingueras, en cinco domingos de siete horas, con largos besos y al final frías despedidas como primos ante las puertas del convento, Peader seguía sin saber lo que Isabel sentía por él, si es que sentía algo. Él no le había dicho que la amaba, pero estaba seguro de que ella lo sabía, una certeza tanto más dolorosa por la incertidumbre de la reacción de ella. Venía por el pasillo con la misma mezcla de orgullo y rebelión y pasaba al lado de boca fruncida para reunirse con él en la puerta del convento todos los domingos, y todos los domingos se sentaba en el limpio auto para partir con él a los rincones más remotos del oeste. Por cortesía él le preguntaba cómo iba en sus estudios, y ella respondía: terrible. "No hago nada", le decía, y en eso Peader hallaba su mayor aliento, imaginando por un momento que ella pensaba en él tanto como él en ella. Se le ocurrían cosas tiernas que contarle sobre él, pero cuando estaba a punto de hacerlo, el fantasma de su padre se sentaba en el auto entre ellos y todo parecía tonto y ridículo. En el remolino de temor y anhelo que son las primeras semanas de amor, Peader O'Luing todo lo cuestionaba, encontraba fe en todo y la volvía a perder. Cuando bajaban del auto para caminar, si él no la tomaba de la mano, ella no lo hacía.

La desolación del invierno por fin se fue, y llegaron primero dos días sin lluvia, luego tres. Era el fin de marzo.

Desde el interior de la piedra gris la población de la ciudad volvió a emerger en sus calles con la mirada aturdida y el paso cauteloso de gente no acostumbrada a caminar en la luz. Se escrutaba el cielo para detectar señales de trueno, pero las nubes que llegaban desde las islas del oeste eran las sábanas color blanco pálido de la primavera. Revoloteaban, benignas, recorriendo el aire azul sobre los techos de la ciudad como soñadas por Dios, brillantes de luz solar. Los pájaros volvieron del invisible ningún lugar de su invernar, lanzándose como relámpagos, posándose con sus coros en las antiguas cornisas de piedra sobre las tiendas de la calle Shop. Grainne Halloran reabrió su florería. Colocó los primeros narcisos del año en un recipiente junto a la puerta, y el brillo irreal de su esplendor llevó a Peader a su mostrador a la media hora, y le entregó diez libras por un gran puñado de pimpollos que escondió a medias bajo la chaqueta mientras se dirigía al auto por la calle. Era el primer sábado verdadero de esa primavera y, animado por las flores y por la luz, decidió dar un paseo por la calle Shop que debía avanzar su noviazgo a la siguiente etapa o se volvería loco. Al pensar en ello le pareció tan simple y obvio como un movimiento en el juego de damas: el Miércoles de Ceniza podían decirle a las monjas que su tío viudo estaba enfermo, y que se necesitaba a Isabel para que ayudara. Ella podía salir del convento esa tarde y no regresar hasta el domingo de Pascua por la noche. Peader podía decirle a su madre que viajaría a alguna parte con sus amigos hasta el domingo de Pascua, o inclusive hasta el lunes. Podía llevar a Isabel en el auto hasta Donegal. Para cuando regresaran ya habrían traspuesto un umbral, él le habría hecho el amor, y desterrado para siempre la incertidumbre de sus sentimientos hacia él.

Era tan simple como un movimiento en una partida de damas, o así le parecía a Peader O'Luing mientras iba por la calle Shop con la despreocupada y etérea excitación de la primera luz de sol de la primavera. A la mañana siguiente del domingo llevó al convento, sobre el asiento a su lado del auto, el ramo de narcisos, que empezaban a marchitarse. Era un lindo día. La grava bajo la arcada de la entrada crujió bajo las ruedas del auto como caramelos infantiles. Los altos árboles que rodeaban los campos de juego empezaban a brotar, y lo que había parecido la gris prisión del invierno era ahora un parque tranquilo tiñéndose de verde en la primavera. Dejó las flores en el asiento delantero y subió corriendo los escalones de la puerta de entrada. Cuando boca fruncida y ojos pequeños la abrió, el aire muerto del tiempo perdido de las muchachas escapó por los pasillos como un suspiro, corriendo al encuentro de la temblorosa libertad del viento y los árboles. Ya no tenía que preguntar por Isabel. Ojos pequeños lo hacía pasar a la sala en medio del silencio, y él aguardaba junto a la ventana, hojeando ociosamente los ejemplares de *The Messenger* sobre la mesa. Fue cuando oyó los pasos que se acercaban que la trascendencia de su plan se hizo patente, y los dedos se le estrujaron de miedo.

8

Resultó que nunca hubo esperanzas de que Isabel pasara el fin de semana con él. La muchacha llegó a la sala con las manos hundidas en los bolsillos del cardigan y una mirada distante. No podía salir con él.

—No me dejan.

—Mierda. ¿Por qué?

—Salí mal en tres exámenes. Descubrieron que no tengo ningún tío en Galway. Debo ir a casa en el trasbordador el jueves.

—Mierda. Ellas no pueden ordenarte lo que debes hacer —dijo, enojado, con voz más alta que la deseada, dando rienda suelta al shock de ver que se derrumbaban hasta los paseos del domingo y sus besos, la base sobre la que, según creía, descansaba la cordura de su vida—. Mierda, carajo. Ven conmigo ahora. ¿Qué pueden hacerte, de todos modos? ¿Expulsarte? No lo harían, vamos... —La había tomado del brazo y empujado unos pasos en dirección a la puerta antes de darse cuenta de que la había oído decir no y suéltame el brazo me estás lastimando.

La manga del cardigan de Isabel, estirada, le cubría la mano. De pie frente a él, se refregaba el brazo.

Sintiéndose de repente herido y decepcionado y arrepentido, sin poder creer que había sido tan rudo con ella, Peader explotó:

—Quería que vinieras conmigo el próximo fin de semana. Quería que fuéramos a Donegal...

Isabel miró de frente al hombrecito fornido de redondos ojos apesadumbrados y nariz torcida. Era la primera expresión abierta de su amor. Se quedó asombrada, no por lo que él sentía, sino porque allí, en la sala, hubiera optado por declararlo.

—No puedo —le dijo, y oyó el golpecito seco que precedía apenas el instante en que se abría la puerta y aparecía la monja de los ojos pequeños.

—Perdón, Isabel, creo que la hermana Magdalen te está esperando.

La monja se quedó allí, tras una sonrisa, y esperó, esperó hasta que el silencioso peso de la delicada situación agobió con tanta fuerza a Peader que temió encogerse y, con la cabeza gacha, pasó rápidamente al lado de ambas, traspuso la puerta y salió al suave aire primaveral de ese domingo arruinado.

Al pensar luego en ello, Isabel se dio cuenta de que hasta la tarde del domingo de la semana anterior a Semana Santa todavía no se había enamorado. Era verdad que había descuidado sus estudios, que algunos compartimientos de su mente se tambaleaban bajo un cieno de ensueños indolentes. Se le había ablandado el cerebro, pensaba, estirándose hacia atrás en la silenciosa aula de estudio, donde después de dos horas no había aprendido nada. Más allá de su mirada fija no distinguía nada; no percibía nada en los párrafos que recorría con los ojos. Conocía mejor las marcas de pluma, el grano y los nudos de la tapa de su escritorio de madera que los libros de texto; las yemas de sus dedos podían reconocer sin mirar los lugares donde años de lapiceras y reglas ociosas habían dejado cicatrices en la madera. Era inútil: pasaban las horas. La misma Isabel era incapaz de comprenderlo. En el transcurso de todos sus años en el colegio no había hecho ninguna amiga verdadera; si bien muchas chicas la querían, había algo en ella que la hacía diferente y que impedía que se acercaran. Ahora, que sentía que iba para atrás en la clase y no podía estudiar, no tenía a nadie con quien hablar realmente.

No era Peader, se dijo, trazando una lenta curva azul de tinta en una página del libro de poesía. No estaba locamente enamorada, ni nada parecido a lo que ella imaginaba que era estar locamente enamorada. Él le gustaba, y le gustaban los domingos en el autito rojo. Era una especie de isla, ese auto con ellos dos viajando con tan pocas palabras a través del fabuloso paisaje de campos, ciénagas y montañas. Había algo en Peader que era parecido a ella; él también iba un poco a la deriva, aislado y separado de la corriente. Le gustaba su incomodidad tanto como cualquier otra cosa. Sonrió, siguiendo el arco azul hasta completar un círculo sobre la página y empezando a trazar de nuevo la línea, moviendo la lapicera una y otra vez sobre el mismo lugar y mirando con fijeza, como si allí fuera a encontrar una pista, una respuesta. No, no estaba locamente enamorada, y ese domingo por la tarde, cuando se dirigía a ver a Peader con las manos hundidas en el cárdigan, sabiendo que ya no podría volver a pasar por la puerta del convento hacia la libertad del auto, era el paseo y no el conductor lo que más lamentaba. Pero luego, sólo minutos después, al volver de la sala en medio de la atmósfera muerta, mientras oía los pasos suaves de la hermana Assumpta tras ella hasta desvanecerse en el cuarto lateral donde calculaba el presupuesto del convento y esperaba a que llamaran a la puerta, todo cambió. Él se había declarado, y en el momento posterior a su sorpresa por la ira de Peader, Isabel pudo ver cuánto la deseaba. Eso la sacudió. Acarició con la mano la balaustrada al subir la escalera para ir al aula de estudio. Sentía la cabeza liviana, y en las horas siguientes de ese domingo por la tarde su mente remontó vuelo como un barrilete en la fuerte brisa del viaje a Donegal con él. ¿Cómo hubiera sido pasar juntos días y noches completos en un lugar donde ella no había estado nunca? No podía pensar en ninguna otra cosa, y esa noche fue ella la que no pudo dormir, volviendo el rostro hacia la luna en la ventana con los ojos abiertos y la pálida excitación de una muchacha que sentía aflojarse la cuerda que la sujetaba.

9

Hasta el jueves vivió con emociones que golpeaban, tiraban, iban de aquí para allá, subían y bajaban en los veloces vientos de su corazón. Él había tenido la intención de llevarla a Donegal, y a medida que su mente daba vueltas y vueltas, el romance de esa idea empezó a adquirir la dimensión del amor. Durante cuatro días no hubo lugar para otra cosa en su cabeza, y el Jueves Santo por la tarde, cuando llegó el minibús a las puertas del convento para llevarla a ella y a otras tres muchachas de la isla al trasbordador, sabía que no podría irse de Galway sin hablar con él. Una vez que el ómnibus traspuso los portales del convento se levantó y se sentó al lado de Eibhlin Ni Domhnaill, y en un susurro le pidió que fuera hasta el Maestro en el muelle y le dijera que su hija se había enfermado en el ómnibus e iba a esperar para ir a la isla en el trasbordador del día siguiente.

Lo dijo sin saber siquiera qué intentaba hacer. Cuando el ómnibus se detuvo y ella bajó con su valija, el fuerte olor salado del mar la asaltó con la fuerza de viejos recuerdos y casi sintió deseos de ir a casa de inmediato. Pero no lo hizo, y cuando el conductor del ómnibus no miraba se escondió detrás de unos autos estacionados y de un camión de pescado y se dirigió al centro de la ciudad.

Había ahora algo familiar en esos momentos, los mismos latidos veloces que sentía cuando transgredía las reglas y seguía la dirección que ella misma imprimía. Esta vez, sin embargo, no era su libertad lo que buscaba, y mientras caminaba entre las calles de las tiendas de la ciudad vieja, mezclándose con la alegre multitud de la semana de Pascua, iba cerrando con mayor firmeza tras ella las puertas que la llevaban a la cárcel de la nueva relación. Tenía que hablar con él. La brisa ligera y la vivacidad de la tarde hacían florecer sus mejillas. Los ojos le brillaban al ser iluminados por las franjas repentinas del sol poniente entre las calles. Por todas partes reinaba una atmósfera de fiesta, y en las calles angostas había hileras constantes de mujeres, niños y unos pocos hombres. Dos veces Isabel pasó por la tienda donde trabajaba Peader, dos veces pasó por la vidriera sin mirar hacia adentro, conteniendo la respiración durante seis pasos, preguntándose si el azar querría que él levantara la mirada y la viera. Como el trasbordador ya había partido y no tenía dinero para pasar la noche en un hotel, la magnitud del riesgo que corría era un bulto en su garganta. Pasó por la tienda por segunda vez; cada paso que daba iba cargado de anhelo y del deseo de oír la voz de él que le decía que se detuviera. No se oyó ninguna voz cuando pasó. Volvió a cruzar la calle, y llegó a la puerta verde de la vieja librería donde él la dejara aquella primera vez. Una gentil señora anciana con anteojos de media luna y pelo de plata le sonrió detrás del mostrador cuando entró.

—Qué día agradable, ¿verdad? —le dijo.

Isabel asintió y miró a su alrededor. Peader no estaba allí. Por qué se habría imaginado que podría estar, no lo sabía. Estaba esperando una ayuda, una señal, algo que le revelara que todo no era obra de ella y que el amor tenía su propia volición y voluntad fuera y más allá de ella. Miró las paredes cubiertas de libros y dejó la valija en el piso. De la habitación del frente dos arcadas conducían por un declive a otro cuarto lleno de libros. Estaban apilados hasta el techo, viejos y nuevos; los verdes y azules y rojos de las tapas mantenían en inmóvil silencio los millones de voces de palabras, todo el vocabulario de pena, amor y sabiduría, más allá del oído.

Durante una hora allí, tras la puerta verde, en el corazón de la ciudad, Isabel miró los libros y tuvo un intervalo de paz, oyendo por un momento cada una de las voces de los libros que levantaba y abría. Cuando caía la tarde y afuera la luz se iba retirando a través del cielo hacia el oeste, la dama de los anteojos de medialuna salió de atrás del mostrador y se puso a devolver los libros a sus estantes. Había observado entrar a la muchacha y desplazarse por la librería, la había visto subir la escalerita y consultar los libros de literatura irlandesa hasta llegar a Poesía, y ahora, de pie a su lado, sacó una edición nueva de los poemas de amor de Yeats.

—Una bellísima edición, ¿no le parece? —le dijo, dándole a Isabel el libro de poemas y mirándola a la cara con ojos tan radiantes y comprensivos que por un momento pudieron haber sido los ojos del Amor mismo.

Diez minutos después Isabel salió de la librería con el libro en su bolso y cruzó la calle hasta la Tienda de tweed y lana de O'Luing. Al abrir la puerta sonó una campanilla sobre su cabeza; caminó por el piso de madera de la tienda vacía, cuyo olor ya le era familiar. Hubo un instante, un momento de nada absoluta; luego Maire Mor traspuso la puerta en un vaho de alcohol. Vio a la muchacha del impermeable de gabardina, la reconoció por las dos veces que había pasado despacio frente a la tienda más temprano, y supo de inmediato que era ella.

—Hola. ¿Está Peader?

—No está.

—¿Volverá pronto?

—No. ¿Para qué lo quiere?

—Me conoce. Soy una amiga...

—¿Está usted en dificultades? —La madre le espetó la pregunta como una flecha. Con las regordetas manos sobre las amplias caderas la dirigió a la cara de la muchacha, dejando que las cuatro palabras cubrieran la multitud de estupideces y errores que imaginaba que su hijo era capaz de cometer. La

pregunta tomó por sorpresa a Isabel; miró con ira a la pequeña mujer entrada en carnes.

—No, no estoy en dificultades. Sólo quiero verlo.

—Pues él no está. Está en Carmody's, emborrachándose
por una... —dijo con desagrado, haciendo una pausa para
escupir la palabra final entre las labios húmedos— ... perra.

10

Luego Isabel se daría cuenta de que la caminata hasta Carmody's fue la más breve de su vida, la distancia entre estimar a un hombre y amarlo abreviada a los pocos minutos que tardó en remontar la calle y cambiar su vida para siempre. Luego entendería mejor la ruta, sabría que mientras subía por la estrecha calle con la cabeza cargada de desafío y del cielo de la noche de primavera espolvoreado de estrellas, ya iba caminando en un trance. Ya había traspuesto el abismo de sus vacilaciones. La noche le infundió su talante, y para cuando entró en el salón de Carmody's con su tenue luz humeante y el sordo compás de la música, los ojos le brillaban con el estremecimiento de percatarse por primera vez de que estaba, por fin, enamorada.

Cruzó el salón como si estuviera lleno de los ultrajantes obstáculos con que el mundo intenta frustrar a los enamorados. Entonces lo vio, sentado allí, ahogándose despacio en los amargos mares de sus sentimientos no correspondidos. Isabel se detuvo, pero sólo por un instante. Pues el desafío y la audacia y el peligro estaban conectados ahora, colmándola más allá de toda vacilación o duda, y con una desesperanzada inevitabilidad le hicieron cruzar el resto del salón, sentarse al lado de él y tomarlo de la mano. Peader rió y lloró en el mismo momento, ahogando sus palabras.

—¿Cómo... ? Ay, Jesús, Issy.

Cuando caminaron por las calles de Galway, Isabel recostó la cabeza sobre el brazo de Peader. Tenía los ojos cerrados por la carga de la dulzura y la tibieza de él, y caminaba a ciegas, recibiendo los besos en el cuello, chocando con él y siguiendo camino: dos figuras bajo la luz de las estrellas, tomadas de la mano, electrizadas de deseo.

PARTE
3

1

Después que murió mi madre, espesos cortinados de gris silencio rodearon nuestra casa. Durante los seis meses de invierno, mi padre se quedó en casa, y en ese tiempo apenas si pronunció diez palabras. Se convirtió en una versión más delgada de sí mismo, fina como una lámina; sólo el brillo incandescente de sus ojos traicionaba la presencia de una emoción. Medía con sus pasos la intensa, oscurecida furia de sus sentimientos por los cuartos vacíos de la casa de manera tal que yo aprendí a interpretar la ira, la amargura y el fracaso por los sonidos de sus pies descalzos sobre las tablas desnudas. No hablaba de mi madre, ni de la forma de su muerte. Según sabía yo, no pintaba. Empecé a pensar que ese episodio de nuestra vida había concluido, que había sido una tentación satánica la que lo había enloquecido, obligándolo a irse con tanta frecuencia y por tanto tiempo, hasta que por fin, sin ninguna protesta ni rebeldía, el amor se hundió en la locura y murió.

Ahora nuestros días y noches tomaron una nueva pauta. Yo volví al colegio. Sentado en el aula tibia, de cielo raso alto, oyendo cómo la lluvia castigaba afuera, estaba en otro mundo y podía olvidarlo todo, excepto historia y geografía, las guerras gálicas de Julio César y la intrigante poesía de Yeats. Mi bicicleta se había deshecho en la brutal colina del camino, y después de colocar precariamente los guardabarros en su lugar, golpear las ruedas hasta darles forma y calzar los frenos de alguna manera, pude venderla en diez libras. Ahorré esto y todo el dinero al que echaba mano ante la perspectiva de alguna calamidad que seguramente caería sobre nosotros a continuación. Iba caminando a la escuela. Salía de casa cuando el azul empezaba a aclararse y volvía cuando caía la rauda oscuridad, pasando por los hogares felices de los barrios residenciales del sur de la ciudad. Me encantaba el frío de ese invierno, con la humedad adherida a mis pantalones todo el día y el capuchón de mi abrigo pegado al pelo. Sentía que me libraba de todo mientras caminaba bajo la lluvia y el viento. Ese invierno salía de la casa todas las mañanas esperando encontrarla vacía al volver. Pero de alguna forma mi padre siempre estaba allí, en la casa, retumbando en medio de la nada.

Pasaron los meses. Entramos en una temblorosa primavera, como contra nuestra voluntad. Mis estudios habían mejorado de manera dramática, y puesto que tanto los maestros como los hermanos cambiaron de tono, moviéndose como estatuas susurrantes en torno a mi tragedia, los días de colegio transcurrían más fácilmente. La emocionante promesa de la estación, todos los luminosos, titilantes mediodías y tardes de abril y mayo dieron paso a un incierto verano. La pradera de flores silvestres volvió a brotar frente a nuestra casa. Cada mañana, en mi cama, despierto, escuchaba el silencio, tratando de oír el más leve sonido de pies descalzos como indicación de que mi padre aún estaba ahí. Algunos días podía sentir su inquietud, que llenaba la casa. Subía y bajaba la escalera cinco veces en una hora, sin quedarse en ninguna parte, yendo y viniendo de su estudio como una criatura demente atrapada dentro de su anhelo de marcharse. Tenía el ralo pelo largo, como un velo blanco que le caía hacia atrás de la cúpula brillante de la frente y le daba el aspecto de una grave figura del Antiguo Testamento a la espera de una señal. De ser así, ninguna señal llegó ese verano. Empecé a imaginar que andaba buscando algo en la casa, o tratando de entrar en uno de los cuartos vacíos con suficiente rapidez para lograr captar la efímera presencia de alguien a quien había oído desde el piso inferior. Mientras junio y julio pasaban sobre una brumosa pantalla de lloviznas y nubes, mi padre luchaba contra el impulso de marcharse. Yo lo sabía. Y para agosto me di cuenta de que estaba ante un hombre que libraba un combate mortal contra sí mismo. La misma Voz que lo había impulsado a dejar empleo y familia para irse a pintar se había sumido en un total silencio. ¿Se suponía que ahora debía abandonarlo todo, dejar de pintar, rendirse ante la evidencia de que era un artista menos que brillante, o es que había desaprovechado la inspiración otorgada por Dios?

A través del verano vagaba por la casa vacía en busca de una respuesta. Hacía mucho que la cocina había pasado a ser el cuarto principal, y para el verano tenía el aspecto y el olor de un tugurio. Se habían usado todos los platos, que primero llenaron el fregadero y luego empezaron a apilarse sobre la mesada, como un recuerdo espantoso de nuestros meses de comidas quemadas. Todas las cacerolas estaban ennegrecidas, con una costra de hollín en su interior que el agua fría, sin jabón, no podía remover y que a su vez se espesaba hasta formar una sopa de salsa en la comida del día siguiente, acrecentándose como pecados en el fondo de un alma. Había que hundir la mano para buscar los cubiertos entre la fría inmundicia olorosa del fregadero y enjuagar lo que se podía enjuagar. Las manchas de tomate u otras sustancias irreconocibles se habían endurecido. Sin decreto ni discusión, parecía que después de la muerte de mi madre la noción de limpieza había muerto con ella. Sacábamos las porquerías que necesitábamos y las abandonábamos luego. Las migas se amontonaban alrededor de los pies descalzos de mi padre; los utensilios de limpieza tenían telarañas.

Pero luego, en el verano, cuando la húmeda bruma sin brisa se posó sobre la campiña, los olores de la cocina empezaron a trepar por la escalera, y una mañana a las ocho mi madre nos despertó a ambos. Golpeó las puertas con una especie de llamada urgente, sacó a mi padre y a mí de la cama y nos llevó hasta la parte superior de la escalera como si nos hubiera llamado por nuestros nombres. Nos miramos el uno al otro a través del espacio vacío. El sueño había transformado a mi padre en un abuelo. Tenía los ojos pequeños, perdidos en un lecho de arrugas, y el pelo ridículamente hirsuto. Me miró. Lo miré. No tenía que preguntarme si yo había golpeado a su puerta. Sabíamos que era ella, y nos quedamos transfigurados por la sorpresa, respirando despacio hasta que al mismo momento oímos el ruido de los platos entrechocándose en el fregadero abajo.

Muy lentamente, con un paso algo incierto y los dedos de los pies levantados con cuidado sobre las tablas del piso, mi padre pasó junto a mí por la parte superior de la escalera. Allí estaba otra vez: el mismo ruido de los platos.

Para cuando llegamos a la cocina esa mañana mi madre ya se había ido. Pero habían quedado algunos rastros de su presencia. De pie en la cocina sin cortinas, con el sol de la mañana entrando por la ventana grande, mi padre se volvió hacia mí y sonrió de una manera en que no sonreía desde la muerte de ella.

—Ve y compra artículos de limpieza —me dijo—, ¿quieres? —sacó un arrugado billete de una libra de lo más recóndito del bolsillo de los pantalones y me lo puso en la mano.

Corrí a la tienda en medio del tibio comienzo del día hasta dejar atrás sueño, cansancio, e inclusive miedo, negando la pesadilla de que quizá, quizá cuando yo regresara él estaría muerto. No fue así. Seguía de pie en el mismo lugar donde lo había dejado, con la luz del sol iluminando los canosos vellos del pecho que aparecían por el escote de la camiseta y el rastro de una sonrisa todavía jugando en su boca. Le brillaban los ojos; tenía la espalda recta y llevaba el pelo alisado hacia atrás de una manera que a los ojos de su hijo lo hacía parecer un rey vuelto del exilio. Saqué la botella de plástico de detergente y empezamos la tarea.

Si alguien hubiera pasado por la parte posterior de nuestra hilera de casas y mirado por encima del muro bajo del jardín, podría haber imaginado que era una escena común y corriente de la vida doméstica: un padre y su hijo lavando, secando y guardando los platos mientras la madre descansaba. Podría haber visto otra escena igual en otra casa calle abajo. Pero en nuestra cocina, esa mañana de verano, inclusive mientras nos pasábamos la vajilla de mano en mano, sacando de la pila cacerolas, sartenes, tazas y platos y volviendo a apilarlos sobre la mesada para lavarlos despacio en la tibia agua jabonosa del recuerdo de mi madre, no era suciedad, tizne o aceite lo que quitábamos, sino dolor. Juntos lavamos las ventanas entibiadas por el sol sobre el fregadero donde mi madre había estado de pie tantas veces, pelando, cortando o limpiando mientras veía cómo se iba el sueño de su vida de casada por la pequeña maraña del jardín y subía la pared hasta la parte de atrás del sueño de algún otro hogar. Cayeron lágrimas de los ojos de mi padre y se perdieron entre la espuma jabonosa. Mi madre había muerto en el sueño profundo de todo un frasco de tabletas, pero ahora, mientras estábamos en la cocina, parecía que sólo el dolor era lo que dormía y ahora empezaba a despertarse. Cuanto más lavaba mi padre, más lloraba, y mis lágrimas caían con las suyas. Estábamos allí de pie, los dos juntos, padre e hijo, incapaces de hablar y lavando los platos como la más explícita declaración de amor.

Después de la cocina nos trasladamos al vestíbulo. Mi padre buscó una escoba y barrió hacia la puerta una nube de polvo. Cuando la abrí, la casa suspiró y los pájaros volaron sobre el prado. La luz del sol me lanzó una estocada. Mientras tanto, mi padre había entrado en su estudio, y por primera vez en más de seis meses, lo seguí. La escoba estaba caída sobre el piso junto a la puerta, y él iba por la pared de atrás, juntando cuadros. Había más de los que yo esperaba. Docenas de telas. Se agachó y las miró, una por una, apilán-

121

dolas con cuidado mientras empujaba a otras al centro de la habitación.

—Saca todas éstas, ¿quieres, Nicholas? Buen muchacho. Ponlas en el vestíbulo.

Conté veinticuatro cuadrados y rectángulos grandes de furiosos colores en los que no se podía ver imagen ni figura, nada, salvo el esfuerzo y la pintura. Las otras telas, las que dejó en la habitación, eran diferentes. En dos o tres me pareció ver a mi madre, apenas el vislumbre de una figura moviéndose en el borde de la tela cubierta de azules y verdes y púrpuras. Había algo cálido en ellas, lo que resultaba nuevo en él. Se veían cielos y colinas, y otra vez la figura de una mujer, un recuerdo, una forma que la pintura parecía tratar de sugerir y abandonar al mismo tiempo. Suavemente mi padre me llevó afuera.

—Esos no están terminados —dijo.

—Me gustan —confesé, rápidamente.

—Bien —me contestó por encima del hombro y entregándome un pincel—, puedes ayudar. —Y luego, con una risa a medias divertida, por la ironía de su vida:

—Todas son merda.

Pusimos las veinticuatro telas en el piso del vestíbulo, y con tonos malva y grises pasamos la mañana cubriéndolas de pintura. Teníamos pinceles grandes, y mientras estábamos allí inclinados haciendo el trabajo yo podía sentir cómo la desesperación y la esperanza de los cuadros se escapaban con las largas, lentas pinceladas. Eran la obra del primer viaje de mi padre, aquella primera convocatoria que había terminado por parecer tan negra y malévola, la broma hecha por Dios a nuestra familia, la llamada a la tonta vanidad del talento. Para cuando terminamos mi padre parecía menos agobiado. Tomó las telas, una por una, sosteniéndolas con cuidado entre las palmas extendidas de las manos como grandes planchas y las apoyó contra las paredes del estudio en el mismo lugar donde estaban antes. Mi madre estaba observando desde el primer escalón de la escalera recién barrida. Podía ver las

telas por la puerta abierta, el semicírculo de pinturas borra-
das que esperaban para ser vueltas a pintar, y sonreía. O así me
pareció al sentir la oleada momentánea de su calor flotando
por todos los cuartos de la planta baja de la casa, el inefable
recuerdo del toque de su mano y el beso posándose en nuestras mejillas, levantándonos el vello de la nuca y haciendo
que padre e hijo se volvieran para mirarse con impotencia en
medio de la pulcritud de la casa a la que ella había regresado.

2

A las seis salimos a tomar el té. Parecía algo notable. Lo recuerdo como una aventura. Yo daba grandes pasos para no quedarme atrás de mi padre y mantenerme a tono con la tarde de verano, llena de un débil resplandor amarillo y cantos de pájaros. Podía llover o garuar el día entero, pero el verano volvía por las noches, noches suburbanas de hombres y perros paseando, partidos de fútbol en canchas duras, muchachas esperando el ómnibus, muchachos con bolsas de golf o raquetas de tenis inclinados sobre sus bicicletas cuando subían la colina hacia su casa o que andaban por ahí sin hablar de nada en especial, pateando las margaritas, y esperando, esperando que la increíble y persistente luz disminuyera y se desvaneciera. Eran las vacaciones. El aire zumbaba. Mi padre fue adelante al salir de casa, pasando ante la mirada de los vecinos en dirección al camino y al campo.

—Esto era una pequeña aldea antes —dijo—, y ahora es una maldita ciudad. Sin embargo... —siguió hablando y caminando hasta que el momento de mal humor se le pasó— allí tomaremos el té, ¿verdad?

—Verdad —dije yo.

Era un café pequeño, un lugar vacío e iluminado con cuatro mesas de plástico con azucareras y lecheras. Las sillas eran de plástico verde. Atrás, en el mostrador, una muchacha con algunos granos esparcidos por la cara servía el té y tartas.

—Tarta de carne, de pescado, de cordero o de pollo —dijo.

Las tartas tardaron cinco minutos. Mi padre trajo las tazas de té y las puso sobre la mesa. Tenía las piernas demasiado largas; cuando se sentó en la silla verde las rodillas le asomaban por encima de la mesa, así que se hizo hacia atrás y sostuvo su taza y pocillo balanceados sobre el pecho. Tomaba sorbos pequeños y sonreía una barbaridad. No podía evitar sonreír, y sin saber por qué yo también sonreía. Parecía ser lo correcto, como si una nube enorme se hubiera levantado de nuestra vida, y estuviéramos ante un nuevo comienzo, aunque yo no tuviera idea de qué comienzo se trataba.

—Eres un buen hijo, Nicholas —me dijo mi padre.

Sonreí, mirando mi taza de té. Llegaron las tartas. Pequeñitas y ovaladas, de masa marrón. Hundí el tenedor en la corteza de la mía y observé el humo que escapaba y olí el olor a la carne mientras mi padre mordía su tarta. Nunca, en ningún otro momento de nuestra vida, pensé, habíamos sido más padre e hijo que en ese momento. Nunca fui más feliz que en esos breves instantes, los dos sentados allí, en ese pequeño lugar común, con el olor a carne y el sonido de los autos que pasaban afuera, en la tarde de verano. Comí un bocado de mi tarta y me quemé. Mientras daba vuelta la comida en el interior de la boca, mi padre me dijo que debía volver a irse.

—No quiero dejarte, pero estarás bien por una semana, ¿no? Estaré fuera nada más que una semana —dijo—. En una semana progresaré lo suficiente para traer media docena de telas y terminarlas aquí. Diez días, a lo sumo.

No dije nada. Hice girar la carne en la boca, sintiendo la quemadura que viajaba a través del paladar hacia mi cabeza. ¿Se iba? ¿Me iba a dejar? Sentí que me empezaba a doler la cabeza.

—No lloverá durante seis días —anunció—. Y eres bastante grande para cuidarte solo una semana, ¿no?

Escupí la carne.

—¿Por qué no puedo ir contigo?

No podía creer que lo hubiera dicho. Lo estaba mirando fijo.

—No puedo pagar lugares elegantes, Nicholas. Duermo a la intemperie, o en un granero. Hace frío, hay humedad. —Hizo una pausa y me miró a los ojos a través de la mesa. —¿Quieres que busque alguien que te cuide?

—No.

—Más adelante —dijo—, cuando seas mayor, podrás venir.

La muchacha de los granos vino con la cuenta. Iba a cerrar pronto, dijo, y miró nuestras tartas a medio comer, y se fue.

—¿Por qué? —pregunté.

—¿Por qué qué? —preguntó mi padre.

—¿Por qué debes irte? ¿Por qué no puedes quedarte en casa, por qué no puedes ser...?

La tarde de verano se detuvo, como si inspirara el aliento. El silencio se esparció, se espesó. Mi padre cortó la corteza de la tarta. Miró el tenedor que tenía en la mano, mostrando la brillosa frente con pecas, donde de repente las arrugas eran más profundas de lo que yo recordaba. Tenía la cabeza llena de ellas, surcos esculpidos por respuestas a esa misma pregunta, no encontradas. Dejó el tenedor y se pasó la mano por las arrugas, moviendo los dedos hacia adelante y atrás.

—Nicholas —dijo.

El cuarto explotaba: la falta de aire, el encierro, la quemadura en mi boca, el olor de las tartas, la muchacha del mostrador, todo conspiraba para darme dolor de cabeza. De inmediato supe lo que venía. Tuve un relámpago instantáneo, oí de antemano esas palabras calamitosas que ya habían destruido una vez a mi familia. Supe, antes de que dijera nada, que no había otra respuesta. Yo no quería que respondiera. Pero lo hizo. Y sentados allí, en el pequeño restaurante, en la trémula quietud de la tarde de verano, oí a mi padre pronunciar las mismas palabras que le había oído decir a mi madre en la cocina.

—Tengo que pintar. Creo que es lo que se supone que debo hacer. No espero que tú lo entiendas. Pero es lo que Dios quiere que haga.

Lo dijo, y se detuvo. La muchacha en el mostrador lo oyó. Ahogó un sonido que pudo haber sido una risa, y cuando mi padre la miró, ella se atareó pasando el trapo al mostrador. Tenía un maniático en su restaurante, estaba pensando, un tipo alto, altísimo, un tipo calvo de largo pelo canoso. Cuando él se fuera llamaría a su amiga para contárselo. "No podrás creerlo. Espera a que te lo cuente. Es lo que Dios quiere que haga, dijo él. Dios, nada menos", diría, y se reiría ante el tubo del teléfono, mirando las mesas que habían quedado vacías y la puerta cerrada que había traspuesto la locura, ahora en la calle.

Yo deseaba odiarlo. Iba caminando unos centímetros detrás de su paso de jirafa, observando cómo nos miraba la gente. ¿Sabrían todos que estaba a punto de irse otra vez? La urgencia de su vocación, ¿dejaría rastros en el aire que atravesaba? ¿Qué clase de padre abandonaría así a su hijo? Después de todo lo sucedido, ¿cómo podía creer que a Dios le importaba un pepino? Así pensaba yo, y seguía caminando. Tomamos una ruta circular a casa, alejándonos más de lo necesario para ir por los caminos de la colina, con sus amplias vistas de la bahía. El mar se veía poco profundo y plateado a la luz del sol, los edificios brillaban, y nosotros parecíamos caminar por el borde elevado de la ciudad de verano. En el paso de mi padre asomó una ligereza y una agilidad que yo casi había olvidado; él ya no estaba allí, o casi. Había recuperado la fe. Desde sus escondites entre las hojas, los pájaros cantaban, y a pesar de que yo quería odiarlo, no podía. Cuando dimos la última curva y llegamos a casa, mi madre nos esperaba. Estaba allí, en la casa limpia, sin que nadie la viera, salvo nosotros, sentada en la escalera bien barrida, sonriendo en medio de las brillantes tazas o moviéndose ligeramente en el crujido de las tablas del piso superior. Había esperado que volviéramos, para ver si él me lo había dicho.

Esa noche, mientras yo arreglaba mi cuarto, ella estaba de pie junto a la puerta. No tenía que decirme nada. Yo conocía su mensaje sin oírlo, sabía lo que había venido a decir, trasponiendo los ilimitados horizontes del cielo, azules y dorados, más allá de las gélidas ventanas de vidrio del millón de estrellas para pararse junto a mi puerta y decírmelo: que mi padre estaba en lo cierto, que era Dios quien quería que lo hiciera.

3

Por la mañana mi padre describió su itinerario. Iba hacia Clare, hacia el mar. Tomaría el tren hasta Ennis, y desde allí se dirigiría a la costa. Yo tenía suficiente comida en la casa, y para comprar leche o cualquier otra cosa debía gastar del billete de diez libras que estaba enrollado dentro del frasco del dinero en el alféizar de la ventana de la cocina. Él se había aprestado antes de que yo me levantara, y vi en el vestíbulo un montón de telas atadas juntas. Se percibía un fuerte olor a óleo y tinturas: el aroma de la aventura. La puerta de entrada estaba abierta a la mañana, y el delicado equilibrio del día, suspendido entre el sol y la lluvia, temblaba como mi fe. Mi padre, en mangas de camisa, era una astilla de energía, una delgada rapidez que subía y bajaba la escalera en un alboroto de preparativos. Cuando me miró yo miré sus arrugas.

—Volverás en una semana —le dije, de pie junto a mi madre en la puerta de calle.

—Correcto —dijo él, extendiendo la mano hasta mi hombro y dándome un breve y tibio apretón, haciendo que las arrugas se le alisaran por un momento y los ojos le sonrieran.

Cuando le llegó la hora de irse, se detuvo en la puerta, cargado de telas, pinceles y pinturas, y alargó la mano. Yo extendí la mía y él la tomó, enviándome una conmoción de amor que me recorrió el brazo con fuerza y me arrancó lágrimas de los ojos.

—Una semana —dijo.

—Una semana —dije yo, y sentí el fresco del aire en la palma de mi mano que él tuvo que soltar. Echó a andar por el sendero y, tras un saludo de su mano, como quien agita una bandera, desapareció.

Tardé dos minutos en decidirme. Y otros diez en sacar el dinero del frasco, juntarlo con lo que yo había ahorrado, buscar mi abrigo y un maletín de mano con un pulóver, medias y calzoncillos, y encaminarme a la estación de trenes. Mi padre iba caminando, tratando de conseguir que lo llevara parte del trayecto algún conductor lo suficientemente curioso o absorto para detenerse. Yo tomé el ómnibus, decidiéndome a hacer el gasto por la necesidad de alcanzar el mismo tren que él. Me senté en el primer asiento, escrutando el lento tráfico con la esperanza de divisar la alta y flaca figura que llevaba su lío como un trapero por las calles que conducían a la ciudad. Pero no vi ni señales de él. El ómnibus se detuvo en los muelles y bajé al tremendo flujo de color y ruido que era Dublín en el verano. Nubes altas navegaban cubriendo el sol, proyectando sombras verdes sobre el río. Me latía con furia el corazón. ¿Y si ya estaba sentado en el tren, viendo cómo el andén retrocedía despacio? Me aparté de la senda atestada de gente y eché a correr.

El tren salía a las diez menos diez. Me senté en el último coche, del lado más apartado del andén, observando los últimos pasajeros rezagados que avanzaban con torpeza con bolsas de plástico, mochilas y valijas pequeñas. Para las diez menos diez mi padre no había pasado junto a mi ventanilla. Se oyó un anuncio: éste era el tren a Nenagh, Limerick y Ennis. Y luego se cerraron todas las puertas del tren, se oyó un silbato, la broma de un guardia a través de la ventanilla abierta de la puerta, y llegaron los tres primeros sacudones, los rápidos y tensos estremecimientos cuando se soltaban los frenos. La locomotora avanzó traqueteando a lo largo del andén, salió de la estación y haciendo una curva se lanzó hacia la campiña con su rítmico latido. Nos deslizamos por un campo que yo nunca había visto, pasando junto a viejas casas a la vera de las vías, con sus sogas para tender la ropa y sus jardincitos, lugares con la impronta del ruido y la vida de los trenes, con la regularidad de relojería de los silbatos como exhalación rigiendo sus días y sus noches. Los niños no levantaban la mirada ni saludaban con la mano. Más allá se extendían los barrios más nuevos de la ciudad, blancos bloques de vida que no eran ni aldeas ni ciudades, sólo hileras tras hileras de casas juntas, unidas por una pared medianera, o separadas. Tardamos media hora en dejarlas atrás, antes de que las grandes extensiones de gris y los terraplenes dieran paso a los enmarañados zarzales y zanjas de Kildare, luego de Laois. Llegó el guardia, caminando por los vagones, meciéndose de un lado a otro, agujereando los boletos y diciéndoles a los estudiantes españoles que bajaran los pies de los asientos. Estaba prohibido fumar, dijo, atravesando cortinas de humo y abriendo una ventanilla para dejar entrar la ruidosa embestida del aire y el olor a heno y a madreselva. Todo era nuevo para mí. Estaba sentado al lado de una mujer pequeña con un abrigo grande que no levantaba las manos de su bolso, que cabeceaba al tamborileante ritmo de su sueño con ladrones. De repente se irguió con una sacudida, bajó los ojos, vio que el bolso estaba a salvo en sus manos sudorosas, cerró los ojos y volvió a su sueño, en que la robaban en medio de la paz. No me dirigió la palabra. Yo estaba demasiado excitado para poder dormir. Temía que mi padre no estuviera en el tren, y temía también que estuviera. No estoy seguro de lo que pensaba hacer, en uno u otro caso. La magia del tren lo resolvería, imaginaba yo, la novedad y la inocencia de la llegada a destino, el fresco comienzo, todo eso. Me recosté, mirando por la ventanilla. Estábamos en el medio del campo, de una vasta inmensidad verde que se ondulaba en colinas y montañas que lucían las sombras del cielo. Las vacas eran formas inmóviles en el paisaje. La sensación de

131

espacio era increíble, la abierta enormidad de todo. La distancia que se extendía a través de los campos me atraía, y me daban ganas de andar corriendo por ahí o estar sentado o acostado en la infinitesimal dulzura de la hierba de verano. A medida que el tren corría más y más hacia el oeste, el paisaje se tornaba más extravagantemente remoto, y el cielo se agrandaba. El traqueteo sobre las vías inducía a un trance, y después de un rato el relampaguear de la campiña avistado por la ventanilla disminuyó hasta convertirse en un rodar continuo, en un vasto panorama que mi padre estaría contemplando diez coches más adelante. Por dos horas nos desplazamos por el mismo sueño. Luego, en Limerick, trasbordamos para Ennis.

—Trasbordo aquí —retumbó el guardia, avanzando con sus grandes pies en medio del humo y abriendo de un golpe la ventanilla que habían cerrado dos curas con frío.

Demorándome, observando desde la puerta todo el largo del andén, fui el último en bajar. Aferrando mi valija descendí y me paré junto a una columna detrás de la cual se oyó un grito de alarma: era la mujer pequeña con el abrigo grande, sosteniendo el bolso sobre el pecho. Me disculpé y me oculté.

Había menos de cuarenta pasajeros siguiendo viaje a Ennis, un grupito de gente de campo que aguardaba, expectante. Busqué con la mirada a mi padre, pero no lo vi. Luego, despacio, desde el extremo de la estación vino una vieja locomotora arrastrando tres coches de madera. Avanzaba con esfuerzo, rechinando y empañando el aire con el olor a petróleo. Desde la ventanilla de la locomotora asomaba la cara sonriente y manchada de hollín del maquinista, hacedor del milagro, que detuvo el tren.

—Parece de ciento noventa años —musitó la señora del bolso, levantando sus pertenencias y subiendo en busca de un asiento. Me aparté de la columna y ya estaba en el escalón del coche cuando lo vi: un relámpago de pelo blanco, una figura alta con un bulto debajo del brazo que salió de la sala de espera y trepó al tren. Estaba allí. Mi padre. Él estaba tan concentrado en no perder el empalme que no miró ni una sola vez a derecha o izquierda. Subió al tren, se dirigió al primer coche, y se sentó. Un momento después avanzábamos traqueteando hacia el oeste.

4

Mi padre estaba en el tren. Me ubiqué en el pasillo entre coches y sentí una oleaginosa descompostura en el estómago. Me parecía que mis pies subían y bajaban, muelles. No podía pensar, o no podía pensar en una cosa por vez. En la cabeza se precipitaba una miríada de fugitivos pensamientos de pánico. ¿Qué hacer? ¿Qué haría él, qué diría? ¿Debía revelar mi presencia sólo cuando llegáramos? ¿Me enviaría de vuelta de inmediato? Y ¿qué estaría pensando ahora él, sentado a cuarenta pasos delante de mí, viajando por la isla? ¿Estaría pensando en el hijo que había dejado solo en la casa con el fantasma de su madre? Me deslicé hasta sentarme. ¿Ya no pensaría más en lo que había dejado atrás? ¿Habría cruzado ya, abandonando todos los pensamientos de la otra vida, centrándose con anticipación en la semana que se había dado para cubrir las telas con las imágenes del oeste? Yo no lo sabía. Durante dos horas viajé sentado en el piso del coche de tren, dejando que la marea de las dudas y las náuseas me recorrieran las entrañas hasta que sonó el silbato, levanté la cabeza, y vi que habíamos llegado a Clare.

La estación era pequeña. Un tren llegaba allí sólo una vez por semana, y su resonar mecánico se oía junto a los corrales del mercado de hacienda. Los pasajeros bajaron con cierto alivio, dirigiéndose de prisa a automóviles u ómnibus y al bullicio de la ciudad de campo camino abajo. Desde la parte posterior del tren vi cómo descendía mi padre. Cruzó el pequeño andén en medio de una brisa de verano, una atmósfera estimulante que lo detuvo en una pausa para acomodar sus telas antes de encaminarse a la carretera posterior detrás de la ciudad. Esperé tres minutos y luego lo seguí. Parecía saber exactamente adónde iba, y marchaba con ese mismo sentido de propósito que lo había llevado por las distintas crisis de su vida.

El camino iba a lo largo de una hilera de casas y luego pasaba junto a un muro alto que no ofrecía refugio y que me obligó a seguirlo a una distancia de más de medio kilómetro. Era un temblor momentáneo de pelo blanco a lo lejos, la ondulación del faldón de la chaqueta. Una brisa avivaba la tarde, las nubes volaban, el aire mismo era diferente. Todavía estábamos a kilómetros del mar, pero yo ya podía sentirlo, allá, delante de nosotros en alguna parte. El océano que nunca había visto. De vez en cuando mi padre le hacía una seña con el pulgar a un auto que pasaba, pero ninguno se aventuró a parar por él, ni él interrumpió el paso regular para mirarlos, esperanzado. Caminaba, y yo lo seguía. Caminaba por un costado del camino que llevaba hacia el norte, al mar, por momentos desapareciendo de mi vista en una curva, hasta que me di cuenta de que ningún auto lo levantaría, por lo que podía permitir que se alejara hasta un kilómetro, siempre que recuperara camino antes de llegar a la ciudad. Toda esa tarde, entonces, caminamos en dirección a la costa. Se detuvo una vez. Frente a la pared baja de un jardín en que los arbustos crecían en ángulos frenéticos para alejarse de las quemantes tormentas del invierno se quitó las botas y se frotó las plantas de los pies. Cayeron al suelo pedacitos de cartón, y él hizo una nueva plantilla con el cartón que llevaba en el bolso y luego prosiguió su camino. Yo recuperé terreno entonces, me detuve luego y comí los primeros tres bizcochos de un paquete que había comprado en una tienda en el camino. Estaba en una loma, mirando hacia el oeste, y al contemplar la figura diminuta de mi padre que avanzaba, me di cuenta de que, en el reborde del horizonte, más allá de una curva de pasto con casas rodantes blancas como puntos, estaba el mar.

Pasaron dos horas más antes de que llegáramos. Para entonces el cielo de la tarde se había entregado a las nubes del crepúsculo, y el viento soplaba con ráfagas violentas, haciendo estallar las sábanas tendidas en las sogas detrás de las casas rodantes. El mar estaba en el viento: mi sudor sabía a sal. Mientras caminaba, mis ojos dejaban a mi padre y se perdían en las olas y en las islas distantes. Me gusta pensar que ya entonces había algo que me atraía, algo que nada tenía que ver con él: un sentimiento que las horas de caminata, el aire del mar y los sonidos mismos habían infundido en mí, la emoción de la frescura salvaje de esos parajes occidentales que no me abandonaría por el resto de mi vida. Me gusta pensar que me enamoré en cuanto lo vi, que supe que el final del viaje estaba a la vista no bien levanté los ojos desde aquella loma en el camino. Sea como fuere, cuando mi padre traspuso dos hileras de alambre de púa y avanzó por la pequeña playa en el atardecer, yo lo seguí, cauteloso, e hice lo mismo, a hurtadillas por el empenachado pasto de las dunas.

Para cuando llegué a la orilla mi padre ya estaba desnudo. Y ya en el momento en que vi enfilar la delgadez de su persona hacia el estallante estruendo de las primeras olas que le abrazaban el diafragma con su blanca, helada espuma, mientras lanzaba gritos de júbilo o furia y sacudía el pelo, yo empecé a desvestirme y a correr, gritando y aullando, saltando las olas para evitar que se ahogara en el mar.

5

Mi padre no se mostró ni contento ni enojado al verme. Al menos, no de una manera que pueda yo describir. Más adelante me dije que quizá se sintió contento y enojado a la vez, ya que tenía una amplísima gama de emociones. Por el rugido de las olas y sus propios gritos no me oyó llamarlo, y se volvió cuando llegué a su lado, trastabilló en medio de la espuma, y ambos nos hundimos en la marejada que nos llegaba hasta el pecho con el mismo jadeo y la misma sorpresa en la mirada. Subimos escupiendo. Al hacerlo, quitándonos el agua con una mueca, la marea me chupó las piernas, y la contracorriente me empujó con tanta fuerza que me levantó y de inmediato me arrastró unos metros mar adentro. Pateé y me sacudí, recordando cuando una segunda ola bajó y me permitió gritar que no sabía nadar. Yo estaba diez metros lejos de él en ese momento, boyando y hundiéndome, estupefacto, en la veloz correntada, con un pie y el talón asomando en forma ridícula en dirección al cielo, cayéndome hacia atrás, hundiéndome como si tuviera un ancla tremenda, con el horror pintado en los ojos, hasta que el agua me corría por el puente de mi nariz. Mi padre aparecía y desaparecía en la escena. Yo lo veía. Él me veía, o veía el blanco cuerpo desnudo que al principio tomó como un fantasma. Al principio creo que imaginó que, como tal, yo no necesitaba ser rescatado, sino que había que luchar contra mí. Juntó las manos y se sumergió, como para rezar. Desapareció y yo me hundí. El mundo se esfumó como una burbuja. Sentí que unas manos me agarraban y que mi cuerpo se deslizaba entre ellas. Él no me podía sostener, yo estaba boca abajo, con los pies en el aire y la cabeza debajo del agua. El cielo giraba y giraba en los jadeantes momentos finales de mi vida, y luego me hundí por última vez, cayendo a plomo en medio de la espuma remolineante, más y más abajo a través de las frenéticas aguas hasta llegar al fondo, todavía claro del mar, donde por fin los dedos de mi padre encontraron mis cabellos y me subieron de un tirón.

Estallé hacia la luz del día, con la mirada enloquecida, devolviendo el mar a sí mismo. Estábamos mar adentro, en medio de la marea, alejándonos, y por primera vez vi la maravilla de la playa, perfectamente protegida más allá de la cresta de las olas, y sobre ella los diminutos y tristes bultos separados de nuestra ropa. Los brazos de mi padre me rodeaban. Yo sacudía las piernas, que pataleaban inútilmente, haciendo una espuma que se llevaba el mar. Creo que grité o chillé, tragando más agua, jadeando y esforzándome para llenarme de aire, separándome otra vez de los brazos de mi padre, hundiéndome, saliendo a la superficie, agitándome y sacudiéndome hasta que una mano se estrelló contra mi mandíbula y por un momento el mar desapareció. Estrellas plateadas volaron desde el agua, el sonido se esfumó, y luego la mano de mi padre bajo mi mandíbula me arrastró, nadando hacia la costa. Cuando pudo hacer pie se irguió y me alzó: dos figuras desnudas emergiendo al aire de repente helado, con el mar escurriéndose. Me acostó sobre la arena. Yo seguía tosiendo y escupiendo, con los ojos en blanco, cuando él se puso de pie con todo el cielo detrás y mirando hacia abajo dijo:

—Bien. Dios quiere que vivas, Nicholas.

6

Fue el comienzo de una semana de sorpresas. Si había sorprendido a mi padre al aparecerme de repente desnudo a su lado en medio de la marea cuando él esperaba que yo estuviera en el otro extremo del país, eso no fue nada comparado con lo que nos aguardaba esa semana al oeste de Clare. Empezó despacio. Mi padre, al parecer, no tenía la intención de ahogarse. Su acto fue una especie de bautismo occidental, un sumergirse como renovación.

Al principio yo no me di cuenta de que fuera un hombre diferente, de que se hubiera liberado ahora de las prisiones de su vida para hacer lo que, por momentos, creía que era la voluntad de Dios. Me secó con su camisa hasta que me dejaron de castañetear los dientes, me pude poner la ropa y contarle cómo lo había seguido. Mirando la arena, se rió. Luego se levantó y se alejó, dejándome sentado junto a las telas y valijas, contemplando el extraordinario poder seductor del océano con sus rompientes olas. ¿Cómo era posible que el feroz desplomarse de sus atronadoras olas sobre la oscura playa, una y otra vez, pareciera tan lleno de suavidad y calma? ¿Cómo tanta fuerza podía parecer tan pacífica? Las mismas aguas que me habían aterrorizado, ahora, en la tarde que se desvanecía lentamente, eran como la invitación al sueño. Podría haberme internado otra vez en ellas, de tan fabulosas que parecían, de no haber sido por el sonido de los pasos de mi padre que regresaba, cargado de palos y papeles para la breve y pequeña fogata que encendió entre las dunas. Era nuestro primer campamento al atardecer. Comimos bizcochos, pan viejo y queso. Mi padre compartió la leche conmigo. Volvimos a tener hambre y frío, por supuesto, pero al menos a mí no me importó. Envuelto en toda la ropa que llevé, acurrucado en la hondonada de una duna, estaba en medio de un sueño de muchacho, de noche con su padre bajo las estrellas del verano, cerca del suspiro constante del mar nocturno, con el maravilloso conocimiento de que la vida era real y que Dios no quería que muriera todavía.

A la mañana siguiente me desperté a las cinco y descubrí que mi padre no estaba. Había entrado la marea y las olas hacían más ruido. Las gaviotas chillaban en el cielo azul, y la brisa del mar soplaba en la ensenada con un suave vacío susurrante, recorriendo las dunas y volviendo al agua, alisando las huellas de nuestras pisadas hasta dar a la playa a la mañana el aspecto del primer lugar en el mundo. Me levanté rápido. Las valijas de mi padre seguían donde las había dejado. Imaginando que, de alguna manera, en una pesadilla habíamos intercambiado lugares y que ahora él era arrastrado mar adentro, corrí a la línea de la marea alta, escudriñando las olas. Por un momento pensé que seguramente se habría ahogado. Recorrí una y otra vez la arena mojada, hundiéndome, sin dejar de mirar mar adentro, gritando su nombre mientras el agua cubría alegremente mis zapatos y el mar empequeñecía el sonido de mi voz. ¿Dónde estaba? ¿Se había ahogado? ¿Era su cuerpo esa oscura media figura en las olas distantes, ese relámpago blanco su cabeza? Miraba, poniéndome bizco, seguro de que era, seguro de que no era, y me hubiera desnudado y zambullido otra vez, tentando a Dios a que volviera a salvarme, de no haber sido por el vuelo al ras de una gaviota que me llamó la atención, que me hizo darme vuelta y ver allá, alto en las dunas y el pasto inclinado, que mi padre había armado su caballete plegable y estaba atareado pintando.

Me hundí en la arena. "Él debía de haberme visto, debía de haberme oído llamarlo —pensé—. ¿Por qué no me contestó?" Me quedé sentado en la arena mojada unos cinco minutos. No agitó la mano, ni gritó, no dio ninguna señal. Sólo su larga figura inclinada extravagantemente sobre la tela y la mano que se movía con el pincel con rápidos movimientos repentinos. Volví al campamento y me acosté. Eran las cinco de la mañana, tenía los pies mojados, me ardían los ojos y acababa de aprender mi primera lección en arte de la semana: una vez que se empieza, nada más importa, ni el amor, ni la pena, ni nada.

Cuando mi padre pintaba, el mundo más allá de su visión se esfumaba en la nada. Día tras día, en cualquier parte de esa bella playa donde estuviéramos, él establecía el mismo patrón: se levantaba cuando yo aún dormía, instalaba su tela con vista al mar, y pintaba durante cuatro horas con tonos combinados de amarillo y rojo y azul y verde, creando turbulentas imágenes de color que, según me di cuenta al tercer día, en un relámpago repentino, no eran otra cosa que el mismo mar. Todo lo que pintaba era el mar, pero nunca azul ni verde. El cielo jamás era esa suave y límpida extensión horizontal que yo veía al mirar hacia occidente. Para él, en sus cuadros, mar y cielo eran la expresión de alguna otra cosa, el constante y sin embargo siempre cambiante monólogo de Dios mismo, el remolineante lenguaje de la Creación, lo más próximo a la esencia de la vida. Pintaba cuatro horas y volvía al lugar donde yo me estaba despertando, con el rostro contraído y exhausto, los largos y disparatados pelos de las cejas volando como alas sobre los ojos empequeñecidos e hinchados y lagrimeantes a causa del viento. Se acostaba cuando yo me levantaba, me daba dinero para que fuera hasta las tiendas a comprar la comida del día, y mientras yo estaba ausente, dormía. Más tarde, hacia el mediodía, se despertaba. Y si estábamos cerca del mar se desnudaba y entraba a nadar. A veces me llevaba con él, para enseñarme a respirar en el agua. El clima era incierto. Amenazaba llover, pero la lluvia nunca caía, manteniéndose en enormes nubes pálidas, lentas formas que sobre mi recostada cabeza se unían entre sí y se deslizaban juntas la tarde entera hasta que el cielo era una inmensidad de blanco y los fragmentos de azul meras grietas diminutas inalcanzables en lo alto del cielo. Después del pan y bizcochos y queso, o a veces jamón, y el litro de leche compartido, si no nos desplazábamos a alguna otra parte, él volvía a trabajar, empezando la segunda etapa pictórica del día. Jamás tocaba la tela de la mañana hasta el alba siguiente, y ya para entonces, si soplaba viento, miles de granos de arena se habían incrustado en la pintura, y el pincel las hundía más en la textura del cuadro.

Mientras mi padre trabajaba, yo salía a caminar, yendo hasta la playa popular o a la ciudad de veraneo donde todo era esperanzado y brillante. Había familias por todas partes, cadenas sueltas de personas que vagaban por las calles, entraban y salían de las tiendas, niños con anillos de helado alrededor de la boca y un reguero de pecas en la nariz. Yo los seguía algunas veces, como un hermano desconocido, el último de la familia, por un instante en el borde mismo de la vida común y corriente.

Cuando yo volvía, mi padre seguía pintando. Las telas de la tarde eran diferentes de las de la mañana. Al principio yo creía que era su cansancio y la presión a la que había sometido su mente lo que hacía que las segundas pinturas del día parecieran tanto más desesperadas y urgentes. Un gris plano formaba una cinta que se trocaba en negro en todas ellas, todos los tonos se ensombrecían, los amarillos y azules que chisporroteaban y corrían en las telas de la mañana estaban semiocultos, las llamas de luz desaparecían en el remolino agitado de los tonos más oscuros. Después que pintó cuatro o cinco, yo me calmé, dándome cuenta de que no eran el producto de una ira o un dolor personal, sino sólo las imágenes de lo que veía mi padre, el humor cambiante de Dios en la tarde o el crepúsculo, cuando el cielo sobre el mar era como un rostro envejecido.

La mayoría de los días pintaba hasta las ocho de la noche. Yo lo observaba desde la distancia, levantando los ojos de la playa para ver su alta figura encaramada e inclinada sobre una tela que la brisa del mar hinchaba como la vela de un barco. Ponía piedras en la base, que lo anclaban durante el día en el lugar escogido y lo mantenían inmóvil bajo los anchos cielos occidentales, cuya majestad y raudo cambio parecían burlarse de cualquier esfuerzo por capturarlos o domesticarlos. A veces un auto se detenía en el camino de atrás y los turistas, alemanes o americanos, se acercaban lentamente entre los copetes de pasto para mirar. Llegaban, inciertos, sin saber si el hombre de la blanca cabellera era alguien que debían conocer, o alguien de quien debían huir. Como mi padre nunca se volvía para mirarlos, sino que seguía mezclando colores y aplicándolos sin el menor signo de reconocimiento, los turistas se alejaban, tan inciertos como habían llegado, partiendo por el alto camino y apartándose de mi sueño infantil de que al ver las telas se quedarían alelados, ofrecerían grandes sumas de dinero, y saludarían a mi padre como un genio.

Nuestras noches eran frías y tranquilas. Hasta el día más tibio se trocaba en noche gélida. El viento del mar nos empujaba hasta las dunas. Yo no tenía libros, ni radio, y me quedaba sentado, acurrucado sobre la arena, observando durante horas la forma gibosa de las islas. Por lo general, mi padre se dormía temprano. Pero a veces, después de comer, y antes de que se acurrucara bajo su abrigo en la arena, cantaba el trozo de una canción, o más bien recitaba las palabras con un ritmo de verso. Yo nunca lo había oído cantar, y sentía con más fuerza que éste era un hombre diferente del que se sentaba en la sala de nuestra casa. Aquí todo en él parecía liberado, y yo me imaginaba cuánto habría tenido que soportar en silencio en la cárcel de su oficina. Una de las primeras noches me preguntó, de repente, qué sabía yo cantar o recitar, y en un medio susurro vacilante que se fundía con el rumor de las olas nocturnas, yo recité unos poemas escolares que sabía de memoria y después, sin pensarlo, empecé las lentas e intrincadas fabulaciones de un culto pasaje de Ovidio, y luego de Virgilio.

Dine hunc ardorem mentibus addunt, Euryale, an sua cuique deus fit dira cupido.

Eran sonidos tan dulces y plenos en mi boca que el sólo decirlos era una especie de magia, una forma de desaparecer, hacia arriba y a lo lejos, más allá de la rompiente de la marea y el distante vislumbre de las luces en las islas. Yo pronunciaba el latín y las palabras flotaban en el viento. Le dije que recordaba una línea, y luego otra. Mi padre tenía los ojos cerrados pero estaba escuchando, como si fuera una música delicada que hacía el viento al tocar las estrellas.

Cuando terminé, él se había quedado dormido. El mar golpeaba sobre la antigua playa.

7

Después de esa vez, dije las citas en latín todas las noches. Él cantaba algo con mala voz, se detenía, y entonces empezaba yo. Me saltaban los poemas escolares, y repetía las palabras en latín como si fuera un conjuro mágico o algo compartido en silencio por dos amantes. Yo estaba tan sorprendido como él, y durante el día recorría los pueblos de veraneo deseando que llegara la noche. Mirando retrospectivamente ahora, me doy cuenta de que se trataba del comienzo de mi propia identidad, de la primera, temblorosa emergencia de mi propia forma de la gran sombra proyectada por mi padre. Yo tenía algo en esas frases en latín. Que al mismo tiempo pareciera absolutamente foráneo y extrañamente adecuado para los salvajes espacios abiertos de la noche occidental lo hacía mucho mejor aún. Yacíamos en el rincón de una duna, con el embate del viento sobre nuestras cabezas, y yo pronunciaba las palabras en latín. Por supuesto no se me ocurría que hubiera alguna otra razón para recurrir a Virgilio u Ovidio que el hecho de no saber más poemas. No pensaba en otra cosa, excepto el pánico momentáneo que sentí por tener algo que decirle a mi padre al habérmelo pedido él. No sabía que los sonidos que provenían de la boca de su hijo le parecieran un símbolo, que aquella primera noche llegaron como ángeles heráldicos, haciendo sonar la trompeta en sus oídos, como confirmación —si es que era necesaria una confirmación— de que Dios había viajado a la costa occidental de Clare y que en la repentina dulzura del lenguaje sagrado le llegaba el revelatorio mensaje de que, sí, precisamente para esas pinturas del mar él mismo había conducido allí a William Coughlan.

8

El último día de la semana caminamos hacia el sur y luego al este, en dirección de la estación de trenes. Todas las telas que había traído mi padre estaban ahora empezadas. Vistas todas juntas eran notables: el mismo estilo las unía, la misma visión subyacente de mañanas y atardeceres, con la luz luchando por extenderse o perdurar contra el embate de la oscuridad, los mismos tenues reflejos replicantes de aire y agua que en estas pinturas parecían haber aspirado a la condición del fuego. Yo llevaba los dos últimos cuadros, con la pintura fresca todavía, reverso contra reverso, separados de los otros, en una especie de portador de cuerdas que parecía hecho de medida para transportarlos. Como todos los demás, eran delgadas franjas del mar que estábamos dejando atrás.

Había una tristeza en el regreso, a la par que una sensación de victoria. Mi padre había hecho lo que fue a hacer, y estaba ansioso ahora por estar de vuelta en su estudio. Sin embargo, mientras marchábamos tranquilos por el camino al hogar, yo podía sentir los recuerdos del mar y el verano que ya empezaban a cambiar de lugar y a suspirar en el interior de nuestro ser. Había algo imposible de dejar en esa costa occidental, y a medida que caminábamos dando la espalda al horizonte azul, con las telas apiladas flameando un poquito en el viento, cada paso era un triunfo sobre la tentación de volver.

En el café de las tartas mi padre había dicho que no iba a llover durante seis días. Fue la primera vez que lo oí hacer una predicción, y al principio lo tomé como una apresurada manifestación de deseo, y no un hecho. Era la clase de cosas que se podría anhelar al iniciar un viaje, me dije después, y no quiere decir nada. Los cielos bajo los que dormíamos eran demasiado inciertos para cualquier pronóstico. Cambiaban con las caprichosas ráfagas del Atlántico, trayendo media docena de climas diferentes en una misma tarde y tocando los cuatro movimientos de una sinfonía eólica —allegro, andante, passionata y adagio— sobre los quebrados lomos de las blancas olas. Las nubes, aporreantes notas graves o brillantes arpegios bravíos, nunca tardaban en llegar. Parecía que iba a llover en cualquier momento, pero nunca llovía. Mi padre no se veía preocupado, y el quinto día, al despertarme y ponerme en el acto a observar el cielo para ver el tiempo, me di cuenta de que para él la predicción no había sido un deseo, sino un hecho. No llovería durante seis días: era tan simple como eso. Nuestro viaje, sin embargo, cubrió siete días, y en la mañana del día que íbamos a caminar a la estación mi padre sacó de la valija las fundas de plástico con que habíamos envuelto cuidadosamente las telas. Envolvimos aparte las dos del portador de cuerdas.

—Cuando llueva, Nicholas —me dijo—, te daré también mi chaqueta para que las cubras.

Esa mañana el cielo estaba pálido, sin señales notables. Había una nota de frescura en el aire que anticipaba un nuevo mes, el signo tembloroso de septiembre. Salimos del campo, traspusimos tres hileras de alambre tejido, e iniciamos el ascenso por la ondulada colina, alejándonos del mar. Los autos pasaban junto a nosotros. Mi padre no les prestaba atención y miraba hacia adelante, aminorando el paso de vez en cuando para que yo lo alcanzara, o haciendo una pausa en una pequeña loma y dándose vuelta, midiendo la larga cinta gris del camino para ver cuánto trecho habíamos ya cubierto. El tren no salía hasta la mañana siguiente, temprano; teníamos una noche más para acampar en algún lugar, no lejos de la estación, y era allí adonde nos dirigíamos con las telas colgando sobre la espalda como enormes y extrañas estampas de un país lejano; y el viento haciéndonos apretar el paso. Para el mediodía habíamos dejado atrás el último vislumbre del mar. A comienzos de la tarde, en un lugar llamado Kilnamona, empezó a llover.

Mi padre se quitó la chaqueta para cubrir sus dos últimos cuadros, envolviéndolos apretadamente contra el paisaje que nos encerraba y cuyos colores se apagaban bajo la llovizna. Con cuánta rapidez cambiaba todo. Las nubes se asentaron, la luz se fue del día, y el verdor pastoril de los campos rodeados de muros bajos de piedra se entregaron a un gris y desolado vacío. Llovía en varios kilómetros a la redonda. En los bordes del cielo se podía ver las nubes deshilachándose y el agua cayendo como trazos de un pincel de marta. Seguimos avanzando pesadamente sin hablar; los autos pasaban, cargados de veraneantes. Yo tenía un agujero en el zapato izquierdo y me entraba el agua; las piernas de los pantalones se ensanchaban y pesaban más, pero después de un rato me acostumbré, pues el caminar bajo el agua inducía a una especie de calma y de paz. Uno se imaginaba que se dirigía al otro lado de la lluvia, y ponía un pie delante del otro en una suerte de trance silencioso, mientras los kilómetros desaparecían debajo y la lluvia caía sobre la cara. Mi padre no decía ni una palabra. Tenía un sombrero blando en el abrigo de la chaqueta y se lo había puesto como única protección; los largos cabellos se amontonaban, largando chorritos de agua sobre la camisa. Yo alcanzaba a ver las clavículas apretadas contra la tela mojada, con sus altos ángulos empujando hacia la intemperie como si en cualquier momento fueran a extenderse y a expandirse, convirtiéndose en alas emplumadas que lo harían remontar vuelo adelante. Tales cosas imaginaba yo mientras caminaba detrás en la lluvia. Todo en él me parecía mítico: la larga figura agobiada, la ancha frente, los ojos que parpadeaban para oscurecer la visión del zurrante tiempo, observando el camino. Lo amaba ahora de una manera distinta a la de antes, y llevaba sobre los hombros el peso de las pinturas envueltas, que aumentaba bajo la carga de agua, como evidencia y prueba de mi amor. Cada vez que mi padre se detenía para que yo lo alcanzara y caminara a la par era para mí un momento de satisfacción y felicidad, un instante henchido de amor y de orgullo por haber llegado a su lado, porque él me hubiera permitido quedarme, por haber podido ver el otro lado de él y por ayudarlo ahora a llevar a casa las mejores pinturas de su vida, y por todo eso yo quería echarme a reír, allí en el camino.

Él puso su mano en mi hombro y enderezó las correas de la valija.

—¿Quieres descansar? —me preguntó.

—Estoy bien.

—Pasaremos la próxima loma, ¿está bien?

—Muy bien.

Y seguimos camino. La lluvia seguía cayendo, el camino serpenteaba cuesta abajo a través de una aldea cercada de quietud, y mi padre iba unos cuantos metros delante, incapaz de acortar el paso o quitar los ojos del horizonte. Para la media tarde tenía el aspecto de haber nadado en el cielo. Las nubes estaban más espesas y bajas. Los pozos del camino eran charcos grises, y los autos salpicaban el agua en su prisa, para alejarse de la lluvia. Debajo del goteo de un gran castaño verde nos detuvimos a comer. El pan y los bizcochos estaban húmedos. El tronco del árbol tenía el olor pesado y dulzón del otoño, y nos sentamos sobre su base, observando el rastro oscuro abierto por nuestras pisadas en el plateado pasto. Eso es algo que recordé, años después, cuando volví y traté de encontrar el mismo árbol. Aquel breve mojón en nuestro recorrido al apartarnos del camino y refugiarnos debajo del castaño, aquel lugar donde todo fue perfecto por un momento, donde nos sentamos bajo el leve chapoteo de las hojas, padre e hijo, y comimos de prisa, donde mi padre escondió la cara en el hueco formado por sus dos manos manchadas de pintura, secándose la lluvia antes de levantar su mirada libre, surcar el breve espacio que nos separaba y decirme:

—Has sido de gran ayuda para mí, Nicholas. Me alegra que vinieras.

Tan simple como eso, aquel momento al final del sendero entre el pasto y bajo las ramas goteantes del castaño. Si pudiéramos haber sido izados entonces, llevados a una nube, yo habría sido feliz para siempre. Si hubiéramos reposado allí o buscado una madriguera, envueltos por el dulce aroma marrón del árbol mismo, protegidos del mundo por los velos de la lluvia y los perfumes del otoño, todo habría permanecido como era. Habría habido paz.

9

Cuando terminamos de comer nos quedamos sentados un rato, sin decir nada, escuchando, observando. Era como si ninguno de los dos quisiera arrancarse de ese momento, de ese verde y resplandeciente refugio con su rezumante serenidad. Luego, por último, mi padre cambió las piernas de posición y dijo:

—Supongo que nos pescaremos un resfrío si nos quedamos demasiado tiempo. Vámonos. Tomaremos un té caliente por el camino.

Nos fuimos del campo, dejando atrás el árbol. Reanudamos la marcha por el camino, llevándonos sólo el recuerdo. La lluvia parecía más fría y nuestro progreso más lento, pero para el atardecer ya vislumbrábamos, a lo lejos, los techos de las casas de la ciudad agazapados bajo las nubes. Nos detuvimos en la última colina, luego salimos del camino principal y bajamos por un pequeño sendero. Había vacas pastando en los campos blanquecinos de rastrojos, donde habían cortado el heno. Los mirlos revoloteaban de un lugar a otro, delante del ganado.

—Hay un viejo granero por este camino —dijo mi padre, conduciéndonos entre los setos de arbustos hacia un lugar donde había heno apilado bajo un techo corrugado color rojo. La vieja cabaña contigua era una ruina en desuso, con el techo de paja caído como una boca jadeante. El granero era usado por un granjero vecino, pero esa noche, ahora que el heno ya había sido recogido, nos proporcionaría refugio nocturno y protección contra la lluvia. Además, no había nada mejor que poder dormir en un lecho de paja, me dijo mi padre, desembarazándose de la carga de sus pinturas y dejando caer con un suspiro su larga figura sobre el heno. Lo miré. Había cerrado los ojos. Estaba tan inmóvil que por un momento pensé que ya dormía, que en algún instante entre que se dejó caer sobre el pasto y su cuerpo llegó al suelo ya el sueño se había apoderado de él. Me quité el portador de cuerdas con cuidado y deposité en el suelo las telas aún envueltas en su chaqueta. Pasó un minuto. Mi padre no se movió. La lluvia se deslizaba por encima del techo del granero. Otro minuto. Bajé los ojos para mirarlo. Estaba dormido. Tan silenciosamente como pude me senté y esperé. Mi padre se incorporó.

—Nicholas —dijo—. Ven, debemos irnos.

—¿Qué?

—Té.

Se levantó de su sueño de dos minutos con los ojos bien abiertos y extendió las alas de sus brazos antes de tomarme del hombro y guiarme hacia la lluvia una vez más.

—Deja todo —dijo—. Hay un lugar aquí cerca. No tardaremos.

Me arrastró con él, apretando el paso. Pensé que era como si estuviéramos abandonando la escena del crimen, corriendo casi por el estrecho camino hasta llegar, mojados y sin aliento, a la puerta de una pequeña taberna y almacén. Entramos en un recinto iluminado por una luz marrón, dejando caer gotas sobre el piso de piedra. No había otros parroquianos. Una mujer gorda, de guardapolvo azul, salió detrás de una cortina desde otro cuarto de la casa.

—¿Sí? —dijo, arrastrando la palabra.

—Querríamos una tetera llena —dijo mi padre, dejando marcas de sus pies mojados sobre el piso hasta llegar al mostrador.

153

La mujer lo miró, luego a mí.

—Sí —dijo, se volvió con rotundez y volvió a pasar detrás de la cortina. Mi padre y yo nos sentamos ante la única mesa. Él se había despertado de su sueño con una sensación de urgencia, y al principio pensé que simplemente se debía a que había estado a punto de olvidarse de su promesa de tomar el té. Pero ahora, sentados frente a frente, una semana después de nuestra tarde en el pequeño café, supe que había algo más. Yo ya empezaba a leer los signos ahora, los mensajes que me llegaban de entre los profundos surcos de su frente y la mirada de sus ojos. Mi padre estaba sentado dando la cara a la puerta de entrada, y cuando llegó el té bebió el líquido de sabor polvoriento en un jarro marrón manchado, sin apartar los ojos de la puerta. Tamborileaba o enroscaba los dedos, formando nudos y haciéndolos chasquear en el aire. Tomó el té de un sorbo. Estaba demasiado caliente; hizo la cabeza hacia atrás con la boca abierta, soplando para aliviar la quemadura, y luego volvió a mirar la puerta. Yo no tenía idea de qué, o a quién, esperaba. Yo estaba acostumbrado a los humores cambiantes de mi padre, acostumbrado a la sorpresa y el misterio que animaban y magnificaban su carácter y que parecían ser una parte de él, como sus brazos o sus piernas. Seguía mirando por encima de mi hombro. Alguna razón tendría, supuse, y permanecí sentado, esperando descubrir qué sería lo que debía hacer a continuación.

Esperó hasta que hube terminado. Yo sabía que estaba ansioso por irse, por estar ya del otro lado de esa puerta, pero logró controlarse lo suficiente para preguntarme si quería más. Luego preguntó cuánto debíamos, sacó el dinero mojado del bolsillo de los pantalones, pagó a la mujer y volvimos a la lluvia. Yo esperaba que él me dijera algo mientras, con el corazón latiendo con fuerza, avanzaba de prisa a la par de sus galopantes piernas. ¿Qué era? ¿Qué estaba pasando? El agua empapaba los hombros de la camisa de mi padre. Alcanzaba a ver su piel bajo la tela, lo que lo hacía más expuesto y vulnerable que si estuviera desnudo. La lluvia salpicaba desde los setos de arbustos. Íbamos caminando rápido, y luego, de repente, corríamos, corríamos tan frenéticamente ligeros que me di cuenta de que no era por el mal tiempo, sino por volver a las pinturas.

Las pinturas, las pinturas.

Yo no podía mantenerme a la par. Él iba dos, luego tres metros más adelante, chapoteando entre los charcos del sendero como un animal salvaje, extendiendo los brazos y agitando los codos con furia. Estábamos a cien metros del granero cuando empezó a gritar. Era un alarido, un largo rugido jadeante que se nos anticipaba por el sendero bajo la lluvia, un grito contra el miedo y la duda y el mismo Dios. Traspusimos el último recodo del sendero, pasamos junto a la cabaña destartalada y llegamos al borde del granero. Mi padre se detuvo, como si hubiera recibido un golpe. Se quedó inmóvil allí, bajo la lluvia, mirando con fijeza las seis vacas que se habían apartado del campo, que habían metido el hocico entre el heno y el papel de plástico y hundido las pezuñas y arruinado todas las telas, excepto las dos que yo llevaba en el portador de cuerdas.

Mi padre se detuvo al verlas. Se quedó allí hasta que llegué a su lado. Se había quedado inmóvil, y siguió sin moverse cuando conduje a las vacas y las hice pasar por el agujero del alambre por donde habían entrado. Él se quedó bajo la lluvia, en el mismo lugar, como un hombre que esperara que lo derribaran. Cuando vio que no pasaba nada, entró en el granero. Estaba sentado sobre el heno, sosteniendo los pedazos rotos de tela cuando volví. Las lágrimas se me mezclaban con el agua de la lluvia sobre las mejillas.

—Siéntate, Nicholas —dijo, tan despacio que las palabras casi se perdieron bajo el martilleo sobre el techo—. Siéntate —volvió a decir. Se hizo una pausa, menos una pausa que un agujero en el vientre de nuestra vida. Sangraba por todas partes, en medio de la lluvia que caía sin palabras. Luego mi padre murmuró algo. —Es una prueba —dijo. Y después, soltando las telas y echándose sobre el heno, cerró los ojos para no ver el increíble y ultrajante proceder de Dios en su vida. Volvió a hablar. —Di el latín, Nicholas, di el latín.

Caía la lluvia. Yo pronuncié las palabras que no creo que él entendiera, dejando que su sonido recorriera el granero, misterioso y secreto y de alguna manera tranquilizante, palabras que expresaban, en el temblor de mi voz, algo acerca del incognoscible enigma del amor. Mi padre cerró los ojos, pero no pudo contener las lágrimas.

10

Margaret Looney sabía lo que era el amor. Lo había decubierto por casualidad, un radiante día de primavera en Killybegs, muchos años atrás. Hacía sólo una semana que Muiris estaba en la ciudad, sustituyendo al maestro McGinley, que estaba enfermo. Un soleado martes fue al puerto y entró en la tienda de Doherty a comprar el diario. Margaret era la muchacha ante el mostrador, con tres manzanas, y se precipitó de sopetón en su vida. Intercambiaron unas palabras, no más, pero en el momento en que cada uno de ellos siguió su camino ya llevaba consigo, como una espora, el comienzo de su vida juntos. Toda vez que Margaret lo veía, después de entonces, el corazón se le llenaba como un estanque. Al cerrar los ojos, imaginaba que sus entrañas rebosaban de felicidad, y que no era posible sentir más aún. Cuando lo hizo, al tomarla él del brazo una semana después y caminar con ella por el puerto, donde los altos cascos de los barcos azules y rojos esparcían el fuerte perfume a pescado por el aire, pensó que iba a estallar. Ella era una muchacha de Donegal, él un maestro y poeta, de una de las islas. Le recitaba versos cuando caminaban junto al mar. Con su baja estatura, él se movía con un inusitado sentido de propósito y una especie de indolente galantería que ante los enamorados ojos de ella lo hacían parecer una parte encarnada de la poesía misma. Lo amaba más cada día, le decía al espejo de su cuarto cuando llegaba tarde y se sentaba a la luz de las estrellas a contemplar con asombro lo que estaba sucediendo en su vida. El mar se agitaba junto a su ventana, el cortinado volaba como un velo de novia. Margaret se ceñía el cuerpo con ambos brazos en la penumbra y se sumía en sueños en los que Muiris aparecía y desaparecía como la luna tras una nube. Por la mañana, cuando abría los ojos, tenía el corazón en la boca. Los dedos le temblaban cuando se abrochaba el vestido. Dios, ¿qué podía hacer?

La medianía misma de un día común y corriente estaba fuera de su comprensión. Se tocaba el brazo con los dedos, imaginando por un momento que eran los de él. *Ay, Dios*. Sentada junto a la ventana del piso superior de la casa marina en la que se había criado, tomó la pluma para tratar de decirle algo. Todas las palabras de él, todo lo que decía era tan interesante y colorido y maravilloso, y ella era tan simple, tan común ante sus propios ojos. ¿Qué podía decirle ella a un hombre como él? Dibujó círculos y espirales en las esquinas del papel. El viento arremetía. Ella dejó el papel. ¿Qué era lo que quería decir? De repente el viento amainó y en un momento que recordaría con una risita y un rubor el resto de sus días, le escribió a Muiris Gore la única carta de amor de su vida:

Querido Muiris, querido, querido, querido.
Llévame contigo.
Tu amada,
Margaret

Tomando una canasta que estaba junto a la mesa de la cocina, salió precipitadamente de su casa y caminó por el pueblo esa mañana, luciendo el profundo rubor de su sentimiento y la sonrisa que todo el tiempo le estallaba en los labios. El mar de ese día de primavera permanecería siempre en su recuerdo; su suspirar constante, día y noche, sería un acompañante apasionado, y hasta los espesos aromas de las relucientes y aleteantes vasijas de peces, la plateada vida del océano atrapada, expuesta y esparcida sobre el salado muelle, participaría del recuerdo del noviazgo. El amor lo cambiaría todo. Se movía por la ciudad donde había crecido, haciéndola parecer notable, cargada de vida. Dejó la esquela, dentro de un sobre, en la casa donde él se alojaba, y corrió a su casa a aguardar su llamada.

Él llegó una hora después de la campana de la tarde. Muiris la tomó de la mano y caminó con ella junto a las goletas y las jábegas en el puerto de Donegal, como si sus bandas de hierro oxidado y crujiente fuesen las maderas rojas y negras de góndolas venecianas meciéndose en el crepúsculo.

Margaret Looney conoció lo que era el amor. De inmediato supo que su corazón hacía equilibrios como una hostia sobre su lengua. Y cuando besó al maestro de escuela en la pared posterior de O'Donnell's, supo que él le había tomado todo, salvo la vida. Al fin de esa tarde, cuando le pidió que se casara con él, ella supo que no había otra respuesta posible, excepto sí, y cuando, tres semanas después, él empezó a hablarle con excitación acerca de enseñar en una isla, oyó las palabras con una mezcla de familiaridad y estupefacción, como si se las estuviera leyendo de los capítulos anteriores de la historia de su propia vida.

Cuando viajaron a la isla para que él se hiciera cargo de su empleo, Margaret no había estado nunca allí, no había visto su millón de piedras, ni sentido sobre la cabeza la presión del absoluto y gris silencio de su húmeda quietud invernal. Era la calma, no las tormentas, lo que asustaba, la sensación de que la isla había soltado amarras y se iba flotando lentamente en un marea de olvido. En aquella época Muiris todavía no había empezado a beber, o por lo menos no en la forma en que lo haría después, después que nacieran Isabel y Sean y se despertara una mañana para descubrir que la poesía había quedado atrás. En el libro de su matrimonio Margaret tendría muchas páginas llenas de recuerdos. Habría un antes y un después, Donegal y luego los días en la isla. Recordaría y se asombraría, pensando que al principio su marido había llevado a la isla del Atlántico un aire soñado de vida y arte y cultura de Grecia, fundando un grupo de escritura creativa en la escuela, convocando la tarde de los helados martes del invierno a casi toda la población de la isla, que permanecía sentada, pluma en mano ante los cuadernos regalados, esperando componer mientras los ventarrones amenazaban con volar los techos de sus casas. Cuando, dos años después, el primer delgado libro de su trabajo fue publicado en Galway, no había nada escrito por Muiris Gore, excepto un breve prólogo en gaélico que a los pocos comentaristas que lo leyeron o lo entendieron les pareció un ataque vitriólico contra el gobierno irlandés y su magro apoyo de los isleños. Cuando Margaret lo leyó, sentada en la cama debajo de una espesa capa de edredones y frazadas, fue más que eso, pues en esa ira ella leyó la historia de su propia vida, preguntándose cómo el amor y el noviazgo de Donegal se había transformado en esos capítulos. Supo que ahora jamás se marcharían, que la isla seguiría siendo su hogar y que para su marido, con su decepción por la veloz y terrible muerte de la poesía dentro de él, su misma desolación era apropiada, que esa roca en el mar era en parte paraíso y en parte cárcel.

Fue entonces, acostada en la cama al lado de su marido que dormía, cuando Margaret Looney se dio cuenta de que debía haber un vacío en su corazón, así como hubo una plenitud de amor, y de que por mucho que su corazón se hubiera expandido y crecido en sus primeras semanas de amor en Donegal cuando muchacha, llenándola hasta casi estallar, ahora, en los años que quedaban, habría un lento desangramiento del amor, gota por gota. Todo tendría que ser devuelto, y día tras día, mientras la penuria de su vida se opacaba en rutina —con vidrios que traqueteaban en las ventanas bajo el látigo del viento durante interminables meses, lluvia que se filtraba debajo de las puertas, su marido afuera, bebiendo, sin electricidad y con la radio apagada, con el tedio, la quietud y la increíble soledad— Margaret Looney recordaría cuando descubrió el amor y se asombraría de lo inmenso que debió de haber sido para durar tanto tiempo.

11

Cuando Isabel volvió a su casa en el trasbordador para Pascuas, su padre la llevó del brazo desde el muelle hasta su casa, apretándole la mano, aliviado al ver que había regresado a salvo y que su sombría inquietud y premonición de meses atrás hubiera resultado no ser nada. Los whiskys que tomaba para el almuerzo mantenían a raya al mundo. Condujo a su hija por las piedras hundidas del sendero como si ella fuera el trofeo de una victoria fabulosa. Sin embargo, cuando se abrió la puerta de calle y Margaret Gore vio a Isabel, ella supo de inmediato lo que sucedía. Con un movimiento rápido enjugó con la mano las lágrimas que le asomaban a los ojos y atravesó la cocina de prisa para rodear a su hija en un abrazo.

Esa tarde, todos los hombres, mujeres y niños de la isla se reunieron en la iglesita de piedra que se alzaba junto al mar bajo la sombra de una colina gris. Era Semana Santa, y bajo la amenaza de las nubes y de la lluvia que caía por momentos, la iglesia susurraba sus plegarias. Isabel estaba sentada con Sean al lado de su madre y de su padre. Decía las oraciones y miraba las estaciones de la cruz, pero sólo pensaba en Peader y entonces, al recordar el roce de sus manos, un hormigueo le subía desde los pies. Si miraba demasiado tiempo las velas, las veía bailar y eso le hacía mal. De repente se sintió acalorada y descompuesta. Los bancos estaban atestados, y la calefacción demasiado alta. El aire parecía pálido y gris con los rezos y el olor de otros cuerpos. De pronto el rostro de Isabel perdió el color, y sintió que se desplomaba. Se enderezó y vio la veloz mirada preocupada de su madre, y la percepción repentina de que Margaret ya lo sabía penetró en el alma de Isabel como una flecha. La hija se ruborizó, y luego, con lentitud, empezó a caer hacia adelante, hasta que su madre la tomó del hombro del abrigo y la salvó.

Isabel permaneció en cama hasta el lunes después de Pascua. Sean cabeceaba en su silla junto al lecho de su hermana. Su padre iba y venía, preguntándole cómo se sentía. ¿Era alguna enfermedad que había en Galway? Margaret Gore no hacía preguntas. Hacía sopas y preparaba guisados, y luego, ahogando el lenguaje secreto de su propio amor, daba de comer a su hija toda clase de pescados. Durante cuatro días Isabel no pudo levantarse de la cama. El miedo era como una mano puesta sobre la húmeda plancha de la frente, haciendo presión hacia abajo. Imaginaba que estaba embarazada, que había una cierta expresión en su cara que las madres podían leer en los rasgos de sus hijas. Se daba vuelta y hundía el rostro en la almohada. Luego, con la fe y la fiebre del amor bullendo otra vez en sus entrañas, volvía a ver la cara de Peader y recomponía su futuro hasta que todo se resolvía bien: dejaba el convento y se casaba, su hija sería una niña que crecería para ser bailarina en la casa sobre la tienda en Galway. Todo esto por fin se lo contó a Sean. Se lo contó susurrando sin aliento en el dormitorio mientras la lluvia caía con fuerza y su madre freía pescado. Se lo contó con tanta urgencia y pasión que las mismas paredes blanqueadas del cuartito resplandecían y su corazón parecía yacer, estremecido de vida, sobre las frazadas de la cama. Cada vez que ella se detenía, quería volver a empezar. No podía evitar el retrotraerse, retrocediendo una y otra vez como lo hacía su madre en la cocina al rememorar el misterio de cómo se había enamorado.

Sean permanecía sentado, escuchando, y cuando Isabel le tomaba la mano y se la apretaba, él devolvía la presión.

Cuando ella se recostaba sobre las almohadas en medio del oscuro oleaje de su pelo, suspirando y dormitando, agitándose en recuerdos y ensueños, él permanecía sentado en su silla junto a la ventana que daba al mar y, a veces, sin un sonido, lloraba por haber perdido a su hermana.

En el trasbordador del martes vino una carta del convento. Cuando llegó, Margaret Gore se dio cuenta de que la había estado esperando, y la llevó desde la cocina a la intimidad del húmedo cuarto de baño cuando su marido dormía. Le temblaban las manos mientras la leía: la concentración de Isabel era deficiente, los resultados de los exámenes simulados eran muy pobres, un primo la visitaba los fines de semana y, en base a los resultados de los exámenes de junio, era seguro que no entraría en la universidad.

Dobló la carta con cuidado y la volvió a guardar en el sobre. Era la prueba —no necesaria— de que su propia intuición era acertada: era amor, después de todo. Margaret se quedó quieta donde estaba. Por la ventana abierta veía las gaviotas que trazaban arcos en sus vuelos y gritaban ante un gran panorama de roca y mar. Una de ellas se alejó volando, llevando en el pico algún desperdicio de la parte posterior de una casa vecina. Sin dejar de mirar la ventana, con el aire del mar y los ásperos sonidos de las aves marinas que llenaban el cuarto con sus recuerdos de Donegal, la madre de Isabel lentamente rompió la carta en dos, luego en cuatro, después en ocho, arrojando al viento los fragmentos para que la verdad pereciera y el amor sobreviviera.

Margaret Gore no le dijo nada ni a su hija ni a su marido, e Isabel regresó al convento después de las vacaciones de Pascua sobre el liso mar del alivio. No estaba embarazada. Su madre la abrazó, con lágrimas, en la puerta; Sean se quedó en la cama y recibió su beso de despedida con un estremecimiento y ojos suplicantes, y el Maestro la acompañó, una vez más, hasta el trasbordador. Pensaba que ella estuvo enferma y que ahora se había mejorado: quizás eran los nervios antes de los grandes exámenes. En el muelle presionó su barba contra la mejilla de ella, y con el feroz brillo de su orgullo de isleño le dijo que la próxima vez que la viera ya iría rumbo a la universidad.

Desde el muelle saludó con la mano, mientras Isabel navegaba de vuelta a su amado. Cuando descendió en Galway, Peader la estaba esperando. Él tomó su valija y abrió la portezuela del auto. El motor estaba andando, y cuando Isabel se sentó en el asiento del acompañante del conductor, el olor a galgos y a tweed le asaltó la memoria como un golpe, venciendo en un instante su ansiedad y su miedo. Estaba de regreso. Nada había cambiado. El corazón le saltó a la boca al verlo, y tuvo que llevarse una mano a los labios para esconder una sonrisa. Peader ocupó el asiento contiguo e hizo sonar los cambios, también sonriente. Ni él ni Isabel podían preguntarse todavía el uno al otro cómo lo habían pasado ni ofrecer el menor cumplido ni broma, de tan fuera de sí que estaban con lo que consideraban el peso de su atracción. Pero algo había cambiado. Si Margaret Gore hubiera hablado con su hija, se lo habría dicho. Con el amor todo cambia, y sigue cambiando todo el tiempo. No hay inmovilidad, no hay un reloj detenido en el corazón en el que el momento de felicidad permanezca para siempre, sino sólo el constante movimiento zumbante de deseo y necesidad, que sube y baja, sube y baja, lleno de dudas, luego de certezas que momento a momento cambian y vuelven a convertirse en dudas.

En el instante en que Isabel vio a Peader supo que nada había cambiado. Quería tocarlo para estar segura, pero cruzó las manos sobre la falda de su vestido verde y echó atrás el pelo, sonriendo por la ventanilla del auto y embebiendo el extraño aliento de ese amor en el que había caído tan profundamente.

Peader la llevó más allá del convento, fuera de la ciudad. Detuvo el auto de repente a la vera del camino y apagó el motor. No aguantaba más. Durante diez días había dado vueltas alrededor del espetón de su deseo, acalorado, insomne, provocado por el sabor de sus besos y el recuerdo de su piel. Si antes sólo deseaba estar cerca de ella, caminar a su lado por aquellos largos caminos silenciosos y desolados bajo la lluvia, ahora su sentimiento se había trocado en algo más perentorio y exigente. Durante los diez días anteriores a la Pascua había deambulado sin propósito por la tienda y por la ciudad, cargando grandes rollos de género de un lugar a otro, tropezándose contra los objetos, subiendo pesadamente la escalera cuando su madre entraba en la tienda, sofocándose bajo el aroma de polvos y cremas y abriendo las ventanas del techo a la lluvia torrencial. No comía nada y lo bebía todo. No hubo noche en que después de caminar hasta el cansancio no fuera a sentarse ante la barra de la taberna y empezara a beber jarros de cerveza negra y con ellos el olvido y la paz. No es que pudiera dormir. Su piel seguía vibrando con la sensación de ella. No podía evadirse del recuerdo de los sentimientos que, como ya iba descubriendo, eran más fuertes que los sentimientos mismos. Durante los diez días que rodearon la Pascua, la vida de Peader había sido un infierno llamado Isabel. Ahora, deteniendo el auto en un lugar donde las grandes rocas esparcidas por el pasto le hicieron recordar a ella los trozos destrozados de corazones antiguos, él se volvió hacia la muchacha que se había apoderado de su vida y poniendo una mano detrás del laberinto de su pelo la atrajo hacia sí con la fuerza de la furia.

Su amor fue más rudo esta vez. Esta vez había más urgencia que ternura, e Isabel, sentada luego en su cuarto del convento, pensó que había traspuesto un nuevo umbral, irrumpido en un nuevo sitio de peligro y excitación del que no le resultaría fácil salir. Cuando se apagaron las luces se quedó acostada en su cama bajo el cielo sin estrellas, cerrando los ojos y tocando los primeros moretones de la boca de Peader en sus senos.

12

I ba a ser un verano cálido. En junio Isabel rindió sus exámenes, y salió de la sala con la sensación de que acababa de desechar un cascarón en su vida. ¿Qué podían importar ahora todas esas preguntas y respuestas? Estaba enamorada. Caminaba orgullosa del brazo de Peader, se adentraba en las noches estivales en el autito rojo, enloqueciendo a las monjas y provocando en ellas furias silenciosas de rencor e ira al ver que los últimos días escolares se esfumaban y su poder mermaba. Le dijeron que no se le permitiría terminar de rendir los exámenes si no se quedaba sentada escribiendo en su pupitre hasta que sonara el timbre. Pero ella no podía hacerlo, le dijo a la hermana Magdalen, de pie ante la monja en el vestíbulo de entrada y esparciendo un nuevo perfume bajo el impulso de una corriente de aire que entraba por la puerta abierta. Estaba tan hermoso afuera, ¿verdad, hermana? ¿No quería Dios que todos salieran al aire libre para admirar la gloria de su creación? La monja dio media vuelta ante la insolencia de la muchacha. Escaleras arriba se oyó el traqueteo precipitado y el susurro de las muchachas que, después de escuchar, desaparecían en sus cuartos. A la hermana Magdalen le hubiera gustado darle una bofetada, pero se conformó con recorrer el pulcro pasillo con los golpes sin dar e hirviendo de rabia. Desapareció de la vista de Isabel a través de la pesada puerta que conducía a la capilla, y allí se arrodilló a rezar, hallando consuelo al fin en la serena fe de que Dios mismo se ocuparía de castigar a esta muchacha sobre la cual ellas habían perdido ya todo control.

Galway bullía, rosada bajo el sol. Las mañanas de junio se levantaban, azules y deslumbrantes, en la ciudad de piedra, y desde los muelles los barcos se hacían a la vela sobre el espejo sin ondas del inmóvil Atlántico. Era un tiempo para estar enamorado. El aire mismo del verano parecía conspirar para ello, y una vez terminados los exámenes, Isabel les escribió a sus padres diciéndoles que se había empleado en una de las mejores tiendas de venta de telas de tweed y de lana, llamada O'Luing's.

(Cuando la carta llegó a la isla, otra vez fue Margaret quien la abrió y la leyó. Su marido había salido con unos pescadores en su bote al alba, y ella se quedó sentada sola en la cocina, con la puerta abierta, sosteniendo en la mano la única hoja, un largo rato después de leerla. Ahora sabía quién era el muchacho. Le bastaría ir de compras por la ciudad para verlo con sus propios ojos. Pero, ¿qué le diría a Muiris? Dobló la carta, la guardó en el bolsillo de su delantal y fue hasta la puerta de la cabaña. Por encima de la pared de piedras hasta la altura de los hombros se puso a mirar otra puerta en la que estaba Maire Conaire, cuya hija acababa de volver del convento, y que ahora también la miraba.)

Fue idea de Isabel más que de Peader. Con los exámenes de cada día tenía una sensación de fin. Una parte de su vida había concluido, y por primera vez no quería volver a la isla, a ver a los estudiantes que llegaban en el trasbordador para el verano y oír el acento insulso y áspero del gaélico de su infancia flotando sobre la ribera. Quería que se iniciara una nueva vida, y de repente se aferró a Peader O'Luing, improbable salvador. (El amor, como le podría haber dicho su madre, era en parte imaginación, una tela tejida tanto en las oscuras noches solitarias del anhelo como en los momentos compartidos. El regreso de Isabel a su casa no hubiera debilitado el amor, sino que

168

quizá, por el contrario, lo hubiera fortalecido. Pero Margaret no le escribió esto a su hija. Permaneció sentada con la lapicera en el aire sobre el papel durante dos horas, pensando una docena diferente de cartas, y luego sólo le escribió que la echarían de menos y que esperaba que Isabel escribiera con frecuencia.)

Habían estacionado el auto en el camino al norte de Oughterard cuando ella se lo preguntó. "Peader —le dijo—, no volveré allá para el verano. Quiero quedarme en Galway." Él supo, por supuesto, lo que seguía, y por primera vez se sintió verdaderamente superior. Después de todo, ella no era poco más que una colegiala. Sintió que Isabel se le acercaba en el auto, lo que le produjo un escalofrío. Un mes antes se había preocupado por el verano; si los diez días de la Pascua habían sido tan brutales, ¿qué le depararía el verano? Pero ahora, con Isabel a su lado, besándole un costado de la cara y pidiéndole un empleo en la tienda de su padre, Peader de repente sintió desasosiego. Mientras oía que ella le decía que podrían necesitar ayuda extra durante la atareada temporada turística, y aun cuando él estaba de acuerdo en darle el empleo, a pesar de que sabía que no habría necesidad pues no entrarían más de diez turistas en la tienda oscura a encargar un traje o a comprar lana, experimentó sentimientos encontrados que no lograba entender. Algo en él había cambiado la noche que Isabel llegó a la taberna. Sí, seguía pensando que era la muchacha más hermosa que había visto, ella era aún una llama en su interior y no podía estar diez minutos en el auto sin anhelar tocar su rostro. Sin embargo —como les dijo luego a sus galgos, acostado junto a ellos sobre una frazada en el cobertizo y descubriendo con un estremecimiento el desagradable misterio de su propio corazón— era como si en el momento mismo en que Isabel se enamoró de él, él se hubiera desenamorado.

13

Peader O'Luing le dio un empleo a Isabel Gore y despertó a la mañana siguiente con la tarea de decírselo a su madre. Casi de inmediato a ella le dio un ataque, gritó "¡Cristo!" y se cayó, pegándose en la cabeza contra una viga del bajo cielo raso sobre la escalera y cayéndose de bruces. Rodó escalones abajo y aterrizó en el piso inferior como un gemebundo ovillo. Se había quebrado una pierna. Estaría incapacitada de trabajar en la tienda durante ocho semanas, según le informó el anciano y sordo doctor Hegarty, rugiendo ante sus narices.

Así fue que cuando Isabel llegó a la tienda, Maire Mor estaba confinada a la cama en la fétida atmósfera de su cuarto en el piso superior, dándose vuelta cada media hora y comiendo dátiles. (Una vez, cuando era niña, un marinero de paso le había dado de comer un dátil de su boca. Era un fruto prohibido, le dijo, entrándolo en la boca de ella y hurgando con la lengua hasta que los dos se cayeron al piso de la risa. Después de eso, los dátiles fueron el sabor del sexo. Tenían algo, y sin embargo durante todo el tiempo que estuvo casada con el padre de Peader los comió en muy pocas ocasiones. Hubo momentos excitantes con dátiles, y luego comía dátiles nueve meses después, cuando nacían sus hijos.)

—Mi hijo está enamorado —siseó en el aire inmóvil, burlándose de la ridícula idea, escupiendo un pedacito de dátil hacia una arpía invisible. Podía oírlos hablando abajo, se despertaba con el sonido de su risa, masticaba la punta de otro dátil mientras su mente corría, lasciva, hacia el piso inferior donde imaginaba verlos haciendo el amor en el suelo. Maire Mor masticaba los dátiles, succionando la dulzura como vino; día tras día su pierna se iba soldando, mientras su secreto cáncer de colon crecía.

14

Después del primer día, Isabel no volvió a visitar a la madre de Peader en su cuarto. Limpiaba y barría, recibía un rápido beso de Peader mientras él se atareaba alrededor de la tienda, levantaba un rollo de tweed y desaparecía. En el silencio y el polvillo de la silenciosa tienda, Isabel esperaba que sonara la campanilla de la puerta de entrada para sacudirse y reanudar su trabajo cada vez que se encontraba observando inmóvil a la gente que pasaba por la calle. La luz de la bella mañana disminuía y se esfumaba. Peader no volvía, e Isabel no sabía si cerrar la tienda durante el almuerzo, o dejarla abierta. Imaginaba que Peader volvería en cualquier momento y extendería una tela sobre el limpio mostrador, e intentaba en vano desechar la nube de decepción que ya se había depositado en su corazón.

Ese primer día Peader no volvió para las seis, y cuando Isabel salió de la tienda y cerró con llave la puerta, caminando calle arriba con el estómago vacío y doblando en la esquina de la catedral para ir a la casa donde se alojaba, ya no era la muchacha del vestido amarillo que pasaba como el perfume del primer amor. Durante las ocho horas en la tienda no había hablado con nadie ni vendido nada. Apenas si había visto al hombre por quien se había quedado en Galway, tan sólo para estar cerca de él. Esa noche, mientras esperaba que llegara, escribió una carta a su casa: acababa de terminar su primer día de trabajo, excitante y agotador; había atendido a los clientes, escogido telas, medido y cortado... La imaginación le falló en la mitad de la carta, y llenó el resto con una descripción detallada de su cuarto. Isabel volvió a leer la carta, agregó en una postdata saludos especiales para Sean y la metió en el sobre que su madre abriría dos días después, leyendo las palabras en alta voz para su marido y su hijo, pero viendo entre líneas las sombras de la verdad.

Para Isabel iba a ser el primer verano después de su infancia, el verano cuyos largos y vacíos días azules pasaban por la vidriera de la tienda como sobre una pantalla, el verano en que por primera vez se dio cuenta de las complejas dimensiones de su corazón. Peader iba y venía por sus días y noches como un estallido de Sol o de luz de Luna. El tener que corresponder al amor de Isabel había ocasionado en Peader profundos cambios en su estado de ánimo, momentos de inquietud y de ira que no llegaba a comprender. Cuando Isabel le decía que lo amaba, él no quería creerle; cuando ella cruzaba la habitación, sonriente, él deseaba huir. Y, sin embargo, la amaba. La amaba, le dijo a su madre, discutiendo ante la puerta de su dormitorio antes de bajar la escalera como una tromba, mudo de rabia, incapaz de hablar, apretando los puños y abriéndolos al detenerse en el medio de la tienda para observar a la muchacha cuyos ojos se iluminaban al verlo, como no había sucedido antes con nadie. Miró a Isabel como si fuera un misterio, y ella cruzó la habitación hasta él, sonriendo, extendiendo una mano que lo hizo temblar al tocarlo. ¿Qué era? ¿Qué había pasado? Él no podía soportar que ella se recostara sobre él y se alejó, impaciente, saliendo de la tienda a toda prisa con un adiós repentino y dejando a Isabel ensimismada durante horas en el desesperanzado laberinto del amor.

Día tras día, Peader O'Luing se dirigía en su auto fuera de Galway como si fuera en una misión y corría a toda velocidad por la soledad del norte de Connacht, debatiéndose con el monstruo de sus sentimientos. ¿No la amaba, después de todo? Resultaba imposible creerlo. Arriba, en el cuarto de su madre, discutía con los argumentos de un hombre que perdería su vida si perdía a Isabel. Y, sin embargo, no bien bajaba y la veía allí, en la luz débil de la tienda, algo se desprendía en la intrincada maquinaria y daba vueltas en su interior, y sentía un rechazo. No entendía aún que era en realidad el que ella lo amara lo que él aborrecía, que en el momento en que ella se entregó a él cayó del alto lugar en las estrellas donde él la había puesto primero, que en alguna parte, dentro de él, una voz burlona de su infancia le instilaba la creencia inamovible de que era un idiota y un inútil, y que amarlo a él era algo estúpido e inútil. Peader no entendía aún nada de esto. Pasarían tres años y sesenta y ocho días antes de que ese pensamiento lo asaltara con claridad. Entonces, con la arremetida de un vaso de whisky, se percataría de la inevitable tristeza del resto de su vida. Aquel primer día pensó que era otra cosa; no culpó a su padre. Miró a Isabel, esa salvaje beldad de las islas, y sólo vio a una dependiente de tienda. Era fea, era común, era una muchacha igual a como habría sido su madre y, en el acto, a pesar de que el rostro de Isabel se iluminó al ver el aire vagamente cómico de su actitud, Peader sintió la necesidad de escapar de ella, de irse y poder respirar. Detuvo el auto y pasó el día sin hacer nada, contemplando por la ventanilla abierta la forma púrpura de las montañas, mientras Isabel se movía entre los rayos moteados de polvillo de la luz del sol, frunciendo la frente y esperando, esperando que él volviera.

Cuando lo hizo, después de recorrer los caminos serpenteantes de las montañas, se sobrepuso a sus demonios interiores y entró rugiendo en la noche estival de la ciudad con el sueño realimentado de la belleza de la muchacha. Descendió del auto y corrió por las calles de Galway con la antigua urgencia de estar al lado de ella, besar sus labios, tocar su cara que —no lo notó— ya estaba empalideciendo. Abrió la puerta y sonó la campanilla. Isabel no levantó la mirada. Era demasiado orgullosa, y estaba herida, pero le temblaban los dedos cuando dobló por decimoquinta vez el largo de un tweed marrón.

—Lo siento —dijo él—. Por Dios, Isabel, cuánto lo siento.

Permanecieron de pie, a unos pasos de distancia, en el inmovilizado momento que estaba destinado a convertirse en un episodio familiar en su relación, ese momento entre el dolor y el perdón, en los segundos del corazón detenido antes de que Isabel renunciara a su orgullo y lo mirara.

—Soy un idiota —dijo él, y sonrió, extendiendo las manos en una línea que atrajo a Isabel a su lado, sonriendo y perdonando con el alivio repentino de que su corazón no había sido destrozado. Traspusieron la puerta y dejaron que se cerrara a sus espaldas, tomados de la mano, y caminaron juntos rápidamente por las calles vacías. El sol todavía brillaba sobre Galway. El aire tenía el estímulo y el vigor del mar. Una música de violines llegaba desde un callejón de adoquines y Peader e Isabel bailaron un momento con su música vivaz, separándose y volviendo a juntarse, alejándose más y más de la tristeza de aquel día.

—Debí haberte traído flores.

—Deberías haberlo hecho.

—Lo digo en serio.

—Yo también.

—Lo haré, entonces. Te compraré flores.

—Y, ¿dónde las conseguirás, a esta hora?

—Aquí. Siéntate, espera aquí.

Estuvo ausente diez minutos, no más. Dejó a Isabel sola junto a la avenida, contemplando las aguas inmóviles del Claddagh y un barco azul con su casco reflejado en el espejo del agua, y ella imaginó un mar tan calmo que podría haber caminado sobre él para volver a su hogar. Peader se internó en la ciudad. Debía hacer algo para reconquistarla, pensaba. Ése era un sentimiento con el que se sentía cómodo, el sentimiento de que necesitaba volver a estampar su imagen en el corazón de ella, y regresó de prisa por las calles con un ramo

175

de las últimas caléndulas, lobelias y petunias cortadas de las macetas de las tiendas y los barriles de la Municipalidad de Galway. A los diez minutos estaba de vuelta con un despliegue de flores a punto de marchitarse ya. Se lo dio a Isabel y ella se rió, oliendo las flores una vez y tirándolas luego a las ondas doradas y plateadas del agua.

—¿Por qué hiciste eso?

Isabel se mordió el labio inferior, y luego levantó la mirada hacia él, inclinado sobre ella. Volvía a ser la muchacha de las islas, la que atravesaba el corazón de Peader con el refulgir y la brillantez de una daga, la muchacha que no estaba enamorada de él, pero de quien él sí estaba loca, desesperadamente enamorado, la muchacha con una veta salvaje. Le contestó:

—Para ver si las buscarías si te lo pidiese.

Cuando Peader se zambulló, minutos después, el dorado camino de sol que llevaba a la isla se astillaba en la superficie del agua. Las flores brincaban en las olas e Isabel aplaudía y se reía, sonrojada, mientras él iba recogiendo los pimpollos uno por uno, y formaba un ramo, una prueba de que, después de todo, estaban enamorados.

15

Fue en agosto cuando llegó la carta. Margaret Gore la estaba esperando, y llevó su sobre marrón desde el muelle como un medicamento amargo que ella sabía que necesitaba. No fue directamente a su casa, sino que caminó con el sobre sin abrir a lo largo de la costa norte, dirigiéndose a los riscos negros de roca que asomaban entre la suave espuma del mar azul. El rocío le mojaba las piernas desnudas en el lugar donde estaba y leía que Isabel había reprobado dos materias en sus exámenes. Leyó las calificaciones, arrojó a la marea la nota explicativa de las monjas que decía que Isabel no estudiaba desde la Navidad, y se preguntó cómo decírselo a su marido.

Era un día totalmente azul, claro y sin nubes. Más allá de la curva de arena blanca, el mar se veía salpicado de niños nadando, y recostada contra el fondo oscuro de un páramo cenagoso, la figura de Muiris Gore que los observaba. Cuando su mujer lo vio aún no había decidido cómo decírselo. Caminó despacio a lo largo del muelle y bajó a la arena. Se le metió en los zapatos y se los sacó, caminando descalza por la fresca humedad de esa costa que se había convertido en su prisión. "Va a ser un golpe —pensó—. Me oirá decírselo y en un instante sentirá el derrumbe de su último sueño, el fin de su esperanza y su fe de que, de alguna manera, con Isabel había logrado lo que su vida no había podido tener." "Voy a privar- lo de su último amor", pensó ella, acercándose a él con la carta en un costado. Él todavía no la había visto. Tenía la mirada fija en los niños y el mar. Llevaba puesta la vieja chaqueta de tweed que ella ya le había arreglado una docena de veces, una chaqueta que él prefería a otras mejores y cuya tela, según había terminado por creer su mujer, era parte de su persona. Mientras Margaret Gore recorría los últimos metros a través de la arena, sintió el deseo repentino de lanzar un grito, hacer que él se volviera, sorprendido, y que la viera allí a su lado sin otra razón de su llegada que el sentarse y esperar que él le pasara el brazo alrededor de la cintura y ella sintiera el olor a whisky de la chaqueta. Al dar los últimos pasos deseó que la carta no existiera y poder caminar en medio de un mundo más simple en el que los niños nadaran por siempre en mares de verano bajo cielos azules y ella y Muiris Gore sólo fueran padres de sueños.

Su marido se volvió cuando dejó de oírla. Ella estaba a un metro de él, inmóvil, de pie sobre la arena. No se podía mover. "No se lo diré —pensó—. No, no se lo diré."

—Dime —le dijo él.

Tres semanas después, Margaret fue a Galway a ver por sí misma la cara del hombre que había robado el corazón de su hija y sellado el alma de su marido dentro del pálido y delgado oro de una botella. No había recibido carta de Isabel desde los exámenes, ninguna respuesta a sus tres pedidos de que volviera a casa, y al descender del trasbordador con el abrigo abotonado hasta el cuello que le mantenía la orgullosa barbilla en alto, se adentró en el bullicio y ajetreo de la ciudad con la intención —nada menos— de decirle a su hija que había destrozado el corazón de su padre.

No estaba acostumbrada a la excitación de la ciudad. Su tráfico constante la desasosegaba; sentía que los autos la rozaban si caminaba a lo largo del estrecho sendero del lado de la calle, de manera que se mantenía del lado de las vidrieras, apenas permitiéndose el lujo de mirar las cosas de que el amor la había privado tan despiadadamente, y siguiendo su camino con la cabeza ladeada en busca de la tienda de O'Luing. Era una mujer dividida en dos. Su hija estaba enamorada, y por el recuerdo y la comprensión de su propio noviazgo en Donegal sabía que Isabel estaba inmersa en uno de los momentos más importantes y apasionados de su vida. Éstos eran los que importaban, estos días de verano en Galway en que, como sabía la madre, el corazón de su hija latía de prisa y la piedra gris de la isla ya se iba hundiendo, como la infancia, en lo más apartado de su mente, donde aguardaría con su pálido vislumbre hasta que Isabel fuera una mujer vieja y su memoria más larga que su vida. La muchacha estaba enamorada: no había pensado en otra cosa, se decía la madre. Y sin embargo.

Margaret Gore cruzó la calle. ¿No estaba por allí?

Y sin embargo, durante tres semanas ella había presenciado la lenta y agonizante desintegración de su marido. El día de los resultados, se aventuró allá en la costa y le dijo a Muiris que Isabel estaba enamorada. Si los recuerdos se agitaban en ella —imaginó Margaret— con seguridad los mismos fragmentos arrebatados a la dulzura del pasado también alzarían vuelo y aterrizarían para alojarse en los grandes espacios vacíos del alma de su marido. ¿Qué otra cosa importaba?, se preguntó Margaret, y se respondió: nada. ¿Importaba que Isabel ya no fuera a la universidad, pues estaba enamorada y se iba a casar con el dueño de una tienda de Galway? ¿Importaba, Muiris, si ella era feliz? Margaret había subestimado el peso de la esperanza que durante diecisiete años en la isla su marido había colocado sobre los hombros de su hija, peso que se duplicó cuando Sean tuvo su primer ataque y Muiris ya no pensó más en mudarse de esa casa.

(Muiris no recordaba el amor como su mujer. Hasta el momento en la costa él no renunció a la vanidad ni a la ambición, no dejó de mirar adelante a través de las olas entrantes de su vida. Pero luego, bajo la memorable pureza del cielo azul, llegó el golpe. Trozos de él cayeron al suelo. Había sido un tonto. Su mujer acarició el borde remendado de su chaqueta; le habló en voz tan baja que él pensó en la imagen de su voz como el sonido del mar. Era el mar el que se lo decía, el mar al que él había ido esa tarde de agosto, ya encendido por el whisky, tropezando por las rocas hasta el lugar en que Isabel había bailado para Sean y el mundo empezó a ir mal. Sosteniendo el cuello de una botella iluminada por la luz de la luna, se dio cuenta de que no había comprendido el mensaje entonces. Era un imbécil vano y tonto. Lo encontró un niño a la mañana siguiente, dormido entre las rocas. Durante una semana no pudo enfrentarse a los isleños. Las otras muchachas del convento habían aprobado sus exámenes; era probable que tres de ellas fueran aceptadas en la universidad. Pero la hija del Maestro había sido reprobada. Él se quedó en la casa, donde su mujer podía verlo y sentir tanto como él el vaivén y el pesado golpe de la almádena de la vida sobre las murallas desmoronadas de su tonto corazón.)

Todo esto, entonces, pasó por la mente de Margaret mientras caminaba por la calle con la cabeza ladeada y el mentón levantado. Según ella lo veía, todo apuntaba a ese hombre, O'Luing, que había entrado en la vida de su familia como una tormenta que se fue formando despacio. Lo imaginaba fuerte y romántico, un hombre de Galway de oscuro pelo rizado y tórax poderoso, quizá con una voz musical, una boca sensual y profundos ojos azules. Cuanto más apuesto fuera más fácil se volvía la lucha dentro de ella, y cuando Margaret pasó al lado de Peader por la calle, a diez metros de la tienda, era dudoso que ningún habitante de la ciudad pudiera haber satisfecho la medida de su imaginación. Pasó al lado de Peader sin parpadear, y fue él quien miró por segunda vez por encima del hombro antes de seguir camino y preguntándose la mañana entera, lejos de Isabel y de la tienda, si sería la madre o la tía de alguien.

Fue una visita llena de sorpresas. Cuando Margaret encontró la tienda, se sorprendió. Cuando se hizo hacia atrás y cruzó la calle para ver si en realidad no estaba abandonada y si sus ojos no habían imaginado ver el nombre de O'Luing sobre la antigua y sombría tienda, se sorprendió. Fue una sorpresa ver que no había clientes. Y también fue una sorpresa que hubiera habido alguno en toda una década. Todo le resultó sorprendente: el extraño aroma rancio que la envolvió al abrir la puerta, la campanilla estridente, la repentina penumbra, la pulcritud y pulido del interior, en marcado contraste con el exterior, el aspecto intocado de los rollos de tela, el piso de madera sin una mota de tierra, que acababa de ser furiosamente barrido luego de una discusión, y el aire cargado de danzarinas partículas de polvo que se habían levantado, pero sobre todo la mirada de su hija.

En el primer medio minuto, Margaret supo dos cosas: su hija estaba enamorada, y su hija no era feliz. Caminó por el piso de madera todavía indecisa, todavía dividida en dos. Pero para cuando Isabel estuvo entre sus brazos y apoyó la cara con fuerza sobre el áspero tweed del abrigo de su madre, Margaret supo por cuál de los dos lados había optado. Desabrochó el primer botón verde grande de su abrigo y bajó el mentón. Sintió la presión de la muchacha contra su cuerpo y en el momento antes de que Isabel se hiciera atrás, su madre comprendió todo. Sólo restaba que Isabel completara los detalles.

—Dime —le dijo.

Como madre e hija, Margaret e Isabel Gore no habían sido nunca particularmente íntimas. Siempre había habido entre ellas las islas de dos hombres, Muiris y Sean, alrededor de cuyas necesidades, y de cuya presencia, ellas siempre habían ido y venido como mares silenciosos. Cuando Isabel se fue a Galway, fue a su padre y a su hermano, y no a su madre, a quienes echó de menos. Necesitaba ser necesitada. En cuanto a Margaret, lo que ella echaba de menos era la parte soñadora y esperanzada de su marido, que se había marchado con su hija. Ahora, en la sombría planta baja de la tienda de lana y tweed de O'Luing, madre e hija se encontraron por primera vez como mujeres. Se sentaron sobre las duras sillas de madera detrás del mostrador, y mientras la fría luz otoñal aparecía y se ocultaba entre las nubes, Isabel le dijo a su madre que estaba enamorada. No podía explicarlo, le dijo. Él no se parecía en nada al hombre que ella había soñado y, sin embargo, nada podía hacer. Algunas veces, cuando estaba enojada con él, cuando desaparecía de la tienda y no volvía por la tarde y ella se iba a su casa sin verlo, no podía imaginarse que volvería a verlo. Luego, algo sucedía. Algo siempre sucedía. Él llegaba. Ella lo miraba. Lo amaba. ¿Qué podía hacer? Él era maravilloso y gracioso y haría cualquier cosa por ella. Mientras Isabel seguía hablando, dando voz por primera vez en meses a sus sentimientos no expresados, su madre escuchaba y asentía y trataba de no dar señales de la tristeza que la embargaba. Ansiaba que su hija no tuviera ya nada más que decir antes de que las lágrimas le llenaran los ojos, pues en la hora en que Isabel desnudó el corazón ante su madre de una manera que no se repetiría en el resto de su vida, Margaret supo, sin ninguna duda, que el amor terminaría en infelicidad. Escuchó y no dijo nada. En el dormitorio del piso superior, Maire Mor, con la cabeza inclinada sobre el borde de la cama, escuchó y tampoco dijo nada.

—Todavía eres muy joven, Isabel —dijo, por fin—. Deberías... pues, ¿dice él que te ama?

Era inútil, y su madre lo sabía, y no podía advertir a su hija lo que le esperaba. Más tarde, mientras caminaba de regreso al trasbordador, percibiendo un notable frío en las calles, Margaret se diría que había fracasado en su deber como madre, actuando como amiga y sin darle suficientes consejos. Debería haberle instado a Isabel a que fuera más cuidadosa, que se restringiera, que salvara esa parte de su corazón que (Margaret lo sabía) ya había entregado. Pero era inútil, tan inútil. ¿Cómo podía ella, sentada frente a la viva imagen de sí misma, decir que no había que sentir lo único que en su vida había significado algo en los milagrosos días del primer amor?

La luz se fue apagando, y Margaret había escuchado. Antes de ponerse de pie y volver a abrocharse el primer botón de su abrigo, ya se había dado cuenta de que no iba a hablar del Maestro. Isabel no pensaba en la universidad y los exámenes ahora; pensaba en una especie de juego del matrimonio, acerca de trabajar en la tienda indefinidamente, cambiar esto y aquello, pintar las paredes, pensaba en nuevos estantes, y mientras ella hablaba su madre veía una corriente constante de compradores entrando por la inocencia esperanzada de sus ojos. Se puso de pie, y se abrazaron. Pidió a Isabel que escribiera una carta a casa, y luego, con el abrigo bien abotonado contra su pecho, Margaret Gore salió de la tienda —según imaginaba— por última vez en su vida. Oyó el tintineo de la campanilla al cerrarse la puerta y derramó abiertamente sus lágrimas al emerger a la calle con su barbilla levantada. Isabel se quedó de pie en la tienda y buscó el escobillón.

Le había dicho mucho a su madre, pero no el único secreto, la intrincada conexión en su mente entre Peader y un momento vívido en su pasado; pues cuando el amor de Peader se enfrió y salió de la tienda, Isabel pensó que ella se lo merecía. Era el inevitable precio que debía pagar por lo que le había hecho a su hermano: era el juicio de Dios.

Cuando se hubo ido su madre, bajó la mirada bajo el peso de su culpa y empezó a barrer con fuerza, mientras observaba levantarse el polvo inexorable de su vida, que seguiría cayendo tres años y veintiocho días después, cuando el extraño llegara a su puerta.

Parte
4

1

No existe el azar. De esto mi padre parecía más o menos seguro, optando por ver el caos azaroso de su vida simplemente como un orden de una clase diferente. Si uno creía en Dios no creía en el azar, me decía. El ganado que había volteado la cerca y arruinado todos sus cuadros, menos dos, no era el instrumento de la fatalidad o la coincidencia. Era una señal, un mensajero, y sólo era cuestión de tiempo para que mi padre pudiera descubrir cuál era el mensaje. Igualmente, la llegada de mi tío John a nuestra casa tres semanas después de nuestra vuelta no era cuestión de la casualidad tampoco. Antes que nada, él no era mi tío John. Era el señor John Flannery, antiguo colega de mi padre en la administración, y cuando entró en el limpio pero vacío vestíbulo de nuestra casa en el frío comienzo del otoño dudo de que él supiera el papel que estaba destinado a desempeñar.

Según mi interpretación, fue un golpe de buena suerte, pero para mi padre fue algo así como la revelación del orden divino. Cuando el señor Flannery se sentó en el estudio, en una de las duras sillas de madera de respaldo duro, y escuchó lo que había sucedido con las pinturas, casi no pudo creerlo. De inmediato lo asaltaron dos pensamientos: que el accidente —como lo consideraba él— era una coincidencia increíble, y que mi padre había creído en sus pinturas con tanta fe y pasión que ahora estaba loco por completo, o era un genio. Se recostó y sorbió el fuerte té sin leche que le llevé, mirando a mi padre con fijeza y esperando para formularle una pregunta.

Dadas las creencias de mi padre, a él no se le ocurrió cuestionar la repentina aparición de su viejo amigo en el vestíbulo. Dio la bienvenida al señor Flannery, como lo había hecho antes en un par de oportunidades, sin la menor vacilación ni pensando cuál sería el propósito de su visita. Esperaba que de manera misteriosa le fueran revelados designios más importantes, y se sorprendió cuando Flannery dijo:

—De hecho, tenía la esperanza de comprar un cuadro.

Mi padre no dijo nada. El señor Flannery le explicó. Era miembro de una organización nacional para la promoción del arte irlandés, y se le había comisionado la compra de un cuadro para ser obsequiado como premio. Yo escuchaba junto a la puerta. Esperaba una nueva calamidad, cuando luego de una larga pausa de silencio oí responder a mi padre:

—Hay sólo dos. Están aquí. Mira.

El señor Flannery miró. Yo podía oírlo mirar. Podía sentir en el silencio cómo la lenta magia de esos cuadros fabulosos actuaba sobre su mente, le transmitía la sensación y el olor del mar que bullía en ellos, el desasosiego y la belleza que, para mi padre, eran el desasosiego y la belleza de Dios. Las pinturas conquistaron al señor Flannery. Yo lo supe porque en las semanas transcurridas desde nuestro regreso, cuando yo ya había vuelto al colegio y visto el trabajo que había hecho mi padre para terminarlos, sabía que eran extraordinarios. Quizá no se adecuaran a un concepto reconocido del arte, pero había algo innegable en la disposición de los colores. Mi padre también lo sabía. Debía de haber sentido la sensación en la mano al sostener el pincel. Sabría que por el resto de su vida de pintor no tendría otro tema que estas marinas, que pintaría una y otra vez, intentando volver a hallar en cada tela los momentos en la costa occidental de Clare en que creía que su pincel se movía con la presencia de Dios. Cuando el señor Flannery habló fue con un nudo en la garganta.

—Pues tienen algo —dijo.

Mi padre no respondió. Imaginé que también los estaba mirando con asombro.

—¿Cuánto cuestan?

Me pareció sentir a mi madre correr escaleras abajo para oír la respuesta. Podía ver el brillante y repentino fin de toda la penuria allí, delante de mí: la derrota final de la pobreza y de la duda y de las privaciones y el comienzo de la recompensa de Dios. Luego mi padre respondió.

—Son gratis —dijo.

—No, no, William. ¿Cuánto cuestan?

—Son gratis. No están en venta.

Se me fue el corazón a los pies. Conocía ese tono de voz. Mi madre conocía ese tono de voz, e inclusive el señor Flannery se dio cuenta como para no objetar más que dos veces. La única concesión de mi padre fue entregar sólo uno de los dos cuadros, pero insistió en que su viejo amigo eligiera uno de ellos, haciendo un invisible gesto interior cuando el hombre de inmediato señaló su favorito. Sonrió ante ese golpe y levantó la tela. No quería oír hablar más de ello; estaba de pie, en el desnudo centro del estudio, haciendo equilibrio sobre una delgada cinta de fe cuando el señor Flannery lo tentó por última vez.

—¿Estás seguro, William? —dijo—. No me parece correcto. Tengo el dinero. Toma. ¿Quieres aceptarlo? O, escucha, dame algún otro, ¿quieres?

Una pausa. Mi oído apretado contra la puerta percibía el rumor de aquel mar distante. Luego:

—No.

El cuadro se fue de casa momentos después. Observé desde la ventana de mi cuarto cuando el señor Flannery lo llevó, envuelto en papel marrón, hasta su auto. Mi padre cerró la puerta del vestíbulo y volvió a su estudio. Se sentó en su silla, miró su último cuadro, y se rió.

2

Muiris Gore no lo esperaba. Era como un guiño desde arriba, les dijo a dos hombres en la taberna adonde fue a celebrar. Cuando llegó la carta fue su esposa, como de costumbre, quien la leyó. Su marido sabía que era uno de los placeres de Margaret ser la primera persona en abrir y leer la correspondencia, sentarse delante de él, sabiendo que él estaba esperando y observando su rostro para ver una sonrisa o un ceño que le permitieran interpretar, y no diría nada hasta terminar y él le hubiera preguntado "¿Bien?". Entonces le daría la carta. Mientras él leía, luego, su mujer dejaba que la noticia recorriera su interior. Si era mala, penetraba en un hondo y veloz silencio hasta un lugar inalcanzable, e inclusive cuando su marido dejaba de leer, ella no decía nada, tragando el nudo de pena y poniéndose de pie para lavarse las manos. Si era buena, como esta vez, la noticia explotaba y le hacía burbujas en la boca. Intentaba una especie de risa cautiva, tratando de contenerla entre los labios hasta que Muiris hubiera terminado de leer y levantara los ojos con una sonrisa que le infundía una tibieza que comenzaba en los pies y liberaba la facilidad de su risa.

Sin embargo, esta vez Muiris no sonrió. Arrugó la frente. Al bajar la hoja de papel y mirar a su mujer, su entrecejo de misterio y asombro indicaba que, por primera vez, se daba cuenta de que ella era, simplemente, un ángel.

¿De qué otra manera podía explicarlo? Había presentado uno de sus viejos poemas a un concurso nacional de poesía, y él había ganado. Debía ir a Dublín a recibir el premio.

Cuando Muiris partió en el trasbordador dos semanas después, sentado en la cabina descubierta con su mejor traje y notando cómo el aire salado ya opacaba el brillo de sus zapatos, se resignó a no ir a visitar a su hija en la tienda. Este no era el momento de ir a hablarle a Isabel, se dijo, y se sentó en un vagón para fumar. El viaje a través del campo pasó en medio de una pesada nube de olvido. Esa tarde asistió a la ceremonia de entrega de premios. Oyó su poema leído por el presidente, Sean O'Flannaire, y pensó en su esposa, allá en la isla, con la sonrisa de arcoiris en la mirada. Tragó saliva y se puso de pie para saludar, volviendo a enamorarse de la joven Margaret Looney al extender la mano para recibir como premio un cuadro del mar occidental pintado por el señor William Coughlan.

A la mañana siguiente, Muiris Gore subió de vuelta al tren en Dublín, se sentó junto a la ventanilla con el cuadro envuelto en papel marrón a su lado, y en el reverso de una factura de la ferretería y bazar Nesbit y O'Mahony empezó su primer poema en trece años.

3

El tiempo no pasa, pero el dolor aumenta: tal es la condición de la vida, decía mi padre. El tiempo existe sólo si se tiene un reloj. En nuestra casa las baterías del reloj del antepecho de la ventana de la cocina hacía ya mucho tiempo habían dejado escapar el ácido del Tiempo, así que mi padre y yo vivíamos en una especie de trance, distinguido por el ruido seco que hacían las hojas muertas en la puerta o la repentina alegría de los chubascos de la primavera en la ventana. Después de nuestro viaje juntos al oeste, él pareció abandonar toda idea de volver allá. Era como si estuviera seguro de que el mejor cuadro que fuera capaz de lograr siempre sería pisoteado y agujereado por Dios. En cambio, se refugiaba en su cuarto y sin encender la luz meditaba acerca de la brutal aceptación de su fracaso. Me imagino que mi madre lo visitaba allí. Él no me mostraba ningún cuadro. Su dolor crecía.

A veces, cuando nos sentábamos a tomar el té y las tardes se iban aclarando, me invitaba con una mirada a salir a caminar con él. Y lo hacíamos. Siempre apresurándonos, siempre sin la posibilidad de una conversación verdadera. Mi padre no conversaba: hacía declaraciones.

—La vida es un misterio; no podemos entenderla. Una vez que uno lo acepta, duele menos. —Una pausa. —O debería doler menos.

Caminábamos a la carrera con nuestras propias heridas, enérgicos y callados, llevándolas hacia la orilla de los barrios más apartados, como si los kilómetros pudieran actuar como bálsamo y todo pudiera verse mejor con el agotamiento. Pero no era así, y mi padre, que ya parecía viejo cuando yo tenía doce años, volvía a la casa cada vez como un abuelo. Iba a su cuarto y se sentaba; su aliento silbaba en su delgado pecho y contemplaba los cuadros que no podía pintar. ¿Dónde estaba Dios ahora?

Transcurrieron seis estaciones. Llegaron las vacaciones escolares por última vez, pero no fuimos a ninguna parte. Por la mañana nos quedábamos acostados y esperábamos una señal.

Pero no llegaba.

Cómo terminé trabajando en la administración pública no lo sé. Puede haber sido a causa del señor Flannery. O de mi padre. Llegó el fin del curso. Los maestros, de pie frente a la clase, se turnaron para advertirnos acerca de la Vida. Yo leí el anuncio sobre los exámenes y envié la solicitud completa. Para la entrevista en la ciudad me puse mis pantalones grises y una vieja chaqueta escolar a la que le quité el distintivo sobre el bolsillo. Creo que mi padre pensó que yo iba a una fiesta. "Diviértete", me dijo desde su estudio, pero no salió para asegurarse, ni entré yo. Vagamente, yo sabía que no era algo para decirle a él. Dos meses después de terminar la escuela, él no tenía idea de lo que yo intentaba hacer, ni parecía preocuparle. Nunca me dijo que me levantara de la cama, buscara un empleo, o que hiciera algo con mi vida. Me dejaba estar y, en cierta forma, quizá desplegara el arma secreta más poderosa que poseía. Permitió que la Vida llegara a mí cuando yo no la esperaba, y me desperté en la mañana de la entrevista con la sensación repentina de que era mi vida, y no la de él, la que estaba fuera de control. Debía hacer algo. Y mientras mi padre usaba sus pinceles o esfuminos en su estudio, atareado en borrar la pintura del día anterior y volviendo a fallar, yo transponía la puerta para adentrarme en el misterio laberíntico cuyas curvas y bifurcaciones él ya había superado.

Era una luminosa mañana de fines de verano, un día tan bañado de luz y esperanza que hasta el sol, al brillar, parecía dejar grabado su lugar en el recuerdo. El día en que comencé el resto de mi vida era un día cuya luz hacía resplandecer la ciudad como si fuera un sueño medieval de almenadas torres relumbrantes, un lugar cuyas catedrales gemelas y edificios públicos de techos verdosos emergía junto a la serpentina del río a mis pies con toda la promesa y excitación de un nuevo descubrimiento. Sentado en el asiento delantero del piso superior del ómnibus, me dejaba conducir en medio de los cambiantes reflejos y el brillo del sol, imaginando durante más de un momento que algo extraordinario estaba sucediendo. Algo se había iniciado, y era proclamado por el azul del cielo. Recuerdo mi esperanza como la luz de sol de esa mañana. No notaba las expresiones perdidas o fijas de los que estaban a mi alrededor, ni el tránsito que se espesaba en las confluencias de las avenidas, haciendo el lento avance aún más lento. Todo se unía en un centro, se cerraba como si fuera el funeral de la ciudad. Tampoco noté cuando la puerta del ómnibus se cerró hermética con un suave ruidito metálico al descender los escalones y apreté el paso en medio de la luminosidad, traspuse las puertas de las oficinas que reflejaban la luz del sol, y dejé atrás, para siempre, la niñez y la inocencia. Sólo estaba consciente del nuevo comienzo que había sido escrito para mí. Entré en el edificio y salí del gran vacío atemorizante de esos días de fines del verano con el corazón tan lleno de esperanzas y expectativas como nunca volvería a repetirse.

Cuando se me ofreció un empleo, un mes después, no imaginé que hubiera existido ninguna duda. Era lo que yo iba a hacer. Iba a trabajar en la administración pública, ganaría un poco de dinero, arreglaría la casa, pagaría las cuentas, alimentaría a mi padre y a mí mientras él terminaba los cuadros, que eran cuadros que él no había nacido para hacer. Todo encajaba con prolijidad. Sólo el tener que contárselo a mi padre representaba una dificultad.

Decidí que lo mejor era darle la noticia mientras tomábamos el té. Todas las tardes, alrededor de las dieciocho —según creía yo— mi padre dejaba de trabajar (o de no trabajar) cuando yo llamaba a su puerta. Iba despacio a la cocina, la cabeza erguida sobre su alto cuello y los ojos entrecerrados. Me reunía allí con él como por un arreglo previo, y nos sentábamos a comer pan con manteca y mermelada suspirando como obreros, comiendo en medio del silencio y mirando la casa frente a nuestro jardín posterior por la ventana de la cocina, sin visillos. Mi padre mojaba el pan en el té, un hábito que había adoptado desde que encontró dos de sus dientes en su tostada, a comienzos del verano. Observaba la vista a través de la ventana y masticaba despacio la masa blanda. Primero yo debía contarle que había enviado una solicitud.

—Tengo noticias —le dije.

—Te han ofrecido un empleo, Nicholas —dijo él—. Acéptalo, si lo crees conveniente. Haz lo que creas mejor.

Y así fue. Su tono era tan tranquilo y práctico, tan lleno de calma y cortés comprensión, que lo consideré como la destilación de la sabiduría misma. No le pregunté cómo lo sabía. Mi padre no era un hombre a quien se le podía formular preguntas, y esa noche, cuando escribí aceptando el empleo, me di cuenta de que su mano podría haber estado sobre mi hombro desde el comienzo.

Empecé a trabajar un lunes. Ocupaba uno de los extremos de un gran escritorio de caoba; MacMahon ocupaba el otro. Éramos administrativos subalternos, usábamos trajes azules baratos, camisas blancas de cuello duro y una corbata (teníamos tres en total) que para el martes ya estaba manchada y llena de migas. En el gran rectángulo largo de una habitación, dieciséis empleados ocupaban escritorios compartidos. Nuestras lociones de después de afeitar se confundían. Abríamos carpetas con tapas de cartulina verde y leíamos durante horas el ilegible tedio del gobierno. El reloj hacía tic tac. Detrás de los altos ventanales al final de la habitación la luz llegaba y se iba. La tos y pastillas para la tos marcaron el comienzo del otoño. Todas las mañanas llovía. Yo iba en bicicleta, y llegaba al centro de la ciudad lleno de salpicaduras negras y el agua corriéndome por la cara. Pasado el gran felpudo junto a la puerta de entrada, un rastro oscuro de galochas mojadas conducía a la escalera. A mitad de camino ya nos íbamos secando, y cuando entrábamos por la pesada puerta a la larga oficina verde pálido ya no quedaba humedad ni traza de viento o de lluvia: sólo el saltar de las agujas del reloj cada dos minutos y el rechinar del primer archivo que nos impulsaba a través del paso mismo del tiempo. El recreo del té, la hora del almuerzo, la caminata de las tres de la tarde hasta el cuarto de archivo, las colillas de cigarrillos flotando en la orina del cuarto de baño de los hombres, el ascenso por la escalera posterior, transportando la carpeta que no se necesitaba, el volver a sentarse sobre las doloridas nalgas, y luego el primer osado se ponía de pie y se colocaba la chaqueta un minuto antes de las cinco.

El otoño transcurrió en aquella larga habitación como un momento de mi vida. Llovía; había olor a pies húmedos. Magros puntos salientes eran el viernes al mediodía y los almuerzos con cerveza, que devolvía a los dieciséis empleados, retrasados, al aburrido y soñoliento rectángulo de la tarde a sostener carpetas delante de la cara enrojecida y esperar el fin de la jornada.

McCarthy era nuestro supervisor. Él no compartía un escritorio, sino que tenía uno para sí en la parte delantera de la habitación. Su traje, según se decía, provenía de Italia. Nos decía "señor", y algunas veces nos miraba desde arriba con tal congelada beatitud grabada en el rostro que hacía pensar que el garrapateo y las tachaduras de nuestras lapiceras bajo su mirada eran para él el secreto funcionamiento íntimo del Estado mismo. Podía vigilarnos por siempre, y mientras lo hacía movíamos las lapiceras más rápido aún, remedando una intrincada habilidad caligráfica de primer orden y dando vuelta hojas de nada como si buscáramos en su blanco las runas del tiempo. Sin ninguna regularidad, el señor McCarthy se levantaba y recorría la oficina, desplazándose detrás del gran tamaño de sus solapas con importancia ajena y trasponiendo la puerta, urgido por asuntos de Estado. Pasaron seis meses antes de que nos diéramos cuenta de que no iba a ninguna parte, excepto al cuarto de baño, y que sus entradas y salidas del cuarto del supervisor eran su propia actividad inventada para evitar que se acumulara el polvillo sobre su traje. Sucedía que, no bien salía, nosotros hacíamos atrás las sillas, aflojábamos el control de la Vida sobre los maderos transversales de nuestros hombros y aguardábamos, vigilando la puerta con las lapiceras preparadas para su regreso.

Todos los otoños eran húmedos o lluviosos. Las hojas se atascaban en los desagües o danzaban con pasos fantasmales en la puerta posterior mientras mi padre y yo tomábamos el té. El invierno llegaba rápidamente. Congelaba los caminos bajo mi bicicleta, y yo pedaleaba tan despacio hacia la ciudad durante la mañana que cada vuelta de las ruedas parecía cepillar otra incomensurable viruta de mi vida y llevarme a la oficina semanas más viejo y más cansado que la gélida hora en que salí de casa. Los días se esfumaban, las tardes eran oscuras y espesas de humo de carbón, nubes brumosas giraban bajo el amarillo de las luces de la calle y ocultaban las estrellas. No había un rastro de gotas en las escaleras de la oficina; el cielo que se deslizaba por los altos ventanales cerrados sobre la cabeza de McCarthy era como pinceladas trazadas sobre el color de los días. Por un momento el azul era profundo e inmóvil y sin nubes, y era verano. Contemplábamos ese parche de perfecta promesa haciendo equilibrio en la ventana, luego agachábamos la cabeza, hundíamos la lapicera, y era otoño otra vez.

Una mañana McCarthy me llamó a su escritorio. Era un hombre meticuloso. Estar de pie cerca de él era percatarse de su afeitada inmaculada, su prolijo peinado, su traje bien planchado. Se sentaba, sin sentarse, cuidando la raya de los pantalones, apoyando apenas unos centímetros de nalgas sobre el asiento e inclinándose sobre el escritorio, como listo para abocarse a su trabajo o ponerse de pie de un salto y emprender una de sus repentinas marchas a través de la habitación hasta la puerta. Era un hombre que había encontrado su lugar y que había alisado en la única y perfecta arruga de su trabajo todo lo que le había arrojado el mezclado y frenético revoltillo de la vida. Me miró y bajó la voz a un susurro.

—He recibido una palabra acerca de usted —dijo, y se hizo más adelante aún en su asiento hasta que sus rodillas tocaron las mías—. De arriba.

En el brillo firme de sus ojos pardos pude verlo apropiándose de mi vida y plegándola, alisándola hasta darle forma y devolviéndomela.

—Una pregunta —susurró, juntando las manos entre las piernas y dejándolas ahí, asintiendo, sólo asintiendo y mirando en el corazón del muchacho que estaba a punto de ascender como un astro en las ordenadas y perfectas constelaciones del gobierno.

—Una alentadora pregunta, señor Coughlan —susurró, mirando de repente para supervisar las cabezas inclinadas sobre su escritura—. Muy alentadora —dijo a través del pliegue de su boca mientras sus ojos corrían en marcha libre por la habitación.

Después, me senté ante mi escritorio, miré el reloj sobre la pared, levanté mi lapicera, y la mantuve en el aire. La luz se desvanecía por la ventana. Miré la carpeta frente a mí, y cuando volví a levantar los ojos, me di cuenta de que parecían haber pasado tres años de mi vida.

4

Al comienzo de la semana en que Isabel recibiría la propuesta de matrimonio de Peader O'Luing, se sorprendió de pie con un plumero en el centro de la tienda, escuchando, no por primera vez, la voz de la duda. Habían pasado tres años. Maire Mor había muerto, y el manejo de la tienda había recaído, más o menos por entero, en manos de Isabel. La limpió y la hermoseó, cambió los estantes, aireó las telas y guardó en la trastienda los rollos más antiguos de tweed, que se desplomaron con un ruido sordo, y al levantar tierra liberaron las polillas del tiempo. Pero todavía, de lunes a sábado, la tienda de lana y tweed de O'Luing seguía vacía de clientes. Prácticamente todas las ventas que se hacían eran llevadas a cabo por Peader desde el asiento posterior de su Ford rojo. La tienda seguía siendo un limbo silencioso habitado por los fantasmas de la familia O'Luing.

En tres años, Isabel se había acostumbrado. El amor —descubrió— era como todo lo demás. Un hábito del corazón. Una se entregaba a él, y luego seguía, día tras día, rastreando en lo más hondo la huella inalterable de las emociones. Todas las mañanas se levantaba en el apartamento y caminaba por Galway, entrando en la tienda con la expectativa de un beso fugaz cuando Peader bajaba la escalera y la abrazaba ligeramente antes de irse. Era su manera de amar. Era lo que ella se merecía. Sus sentimientos habían marcado un patrón: la frialdad de la mañana, luego el amor de la noche que los unía como si fueran extraños y horas después los dejaba en el asiento trasero del auto, cada uno respirando el olor del otro bajo las exhaustas lunas del amanecer. Peader no quería que ella fuera a vivir con él. Cuando murió su madre, Isabel vio cómo la culpa rezumaba como aceite en él. Durante un mes estuvo lleno de furia. Culpaba a su madre por haberse muerto, como si la muerte fuera su último esfuerzo por imponer su voluntad sobre él, por desplazar a la muchacha a la fuerza. La noche del velorio bebió seis litros de cerveza, siete whiskies y dos grandes vasos de vodka, cantando y bailando de taberna en taberna para luego vomitar y desplomarse sobre el piso de la tienda. Isabel le lavó la cara a la mañana. Lo vio como un pájaro herido, con las alas rotas, que ella podría hacer volver a volar, e imaginaba que sin su madre ambos podrían, por fin, alcanzar las nubes de una felicidad más estable. Durante una semana, después del entierro, Peader pareció más aliviado y feliz que nunca. Le apretaba la mano entre las suyas antes de partir por la mañana. La llevaba a bailar bajo los primeros cielos azules del cielo de junio.

Luego, a mitad del verano, la culpa hizo erupción. Ella le hizo una pregunta en la mañana, y él le gritó. Ella le dijo que era injusto, y él le pegó con la mano abierta en el costado de la cara.

La roja llamarada de dolor permaneció con ella el día entero. Sentada detrás del mostrador, lloraba, restregando los dedos sobre el calor del golpe e intentando odiar. No, no podía odiarlo de verdad. Su enojo estallaba demasiado pronto, y en el curso de las siguientes seis horas de silencio, en las que caminó, adelante y atrás, en la trampa del amor, sólo comprendió que escapaba a toda comprensión. Había caído prisionera, y ahora no podía salir. Así como había sido atolondrado que la colegiala traspusiera la puerta de la trampa y entrara en la vida de él, era igualmente atolondrado ahora no tratar de escapar. Pero debía quedarse, se decía; luego, abruptamente, decidía abandonarlo. Dio vuelta el letrero de cartón de la puerta de entrada, erosionado por el tiempo, y se quedó un momento mirando el CERRADO con una lúgubre expresión de triunfo efímero que nadie notó. Se volvió y miró los rollos de género a su alrededor, cuyos colores pardos y amarillos de repente le parecieron sofocantes. Al principio pensaba sólo tirar uno al piso, para dar rienda suelta a su enojo. Pero en un momento tiró media docena y empezó a desenrollar los largos de tweed sobre el mostrador y por toda la tienda. Levantando la caja registradora, la empujó; cayó al piso con un patético sonido metálico de monedas y de campanilla rota. Sin embargo, todavía no tenía sensación de triunfo. Ni de liberación. El lugar era sólo un revoltijo ahora, no demasiado diferente ni destrozado, aunque sí reflejaba el aturdimiento del corazón de Isabel. No bastaba. Tomó su abrigo y salió a la calle. ¿Qué podía hacer? ¿Qué podía hacer para mostrarle a él? ¿Para derrumbar la terrible prisión levantada por su corazón? Él no era lo que ella quería. Había tanto que él no era. Y sin embargo... Caminó por la calle principal, sin saber adónde iba ni si intentaba regresar. Llegó al puente y sintió la frescura del mar. Caminó por el camino del mar pensando cuán lejos había llegado en todas sus caminatas junto al océano en la isla de su infancia. ¿Qué podía hacer? Un auto se detuvo, y un hombre con acento alemán le preguntó dónde quedaba la carretera a Spiddal. Ella subió y se sentó a su lado. En la radio se oía una música con silbidos.

La misma música se oía dos días después, cuando él la llevó de vuelta a Galway, con el cuerpo todavía tibio de ella, y le preguntó por última vez si no quería ir con él a Donegal.

Isabel caminó hasta la tienda sabiendo que era incapaz de liberarse de Peader O'Luing; que su amor por él era un espeso nudo de contradicciones y culpa, pero que nunca le permitiría que le volviera a pegar.

Su auto estaba en la calle frente a la tienda. El letrero de CERRADO seguía en la puerta. Isabel estaba girando la llave para entrar cuando Peader le abrió la puerta. El olor a cerrado y la penumbra de la tienda la asaltaron como si hubiera recibido un golpe. Las telas no habían sido enrolladas. Él estaba de pie. En su mirada se reflejaba la compunción desesperanzada que lo caracterizaba. Con un gesto mudo alzó el ramo de tulipanes moribundos que le había regalado hacía dos días. Habían sido trofeos de su arrepentimiento, pero ahora los ofrecía como testigos. Isabel los tomó de su mano, y mirando de frente la expectativa de sus ojos, los dejó caer en un montón sobre el piso de la tienda.

—¿Qué te crees que soy? —le preguntó ella con mucha calma.

—Te amo.

—¿Qué te crees que soy? —volvió a preguntar ella.

—Lo siento.

—Me pegaste.

—Por Dios, Issy.

—Me pegaste porque me odiabas.

—Lo siento. Lo siento, carajo. Issy, por Dios.

—¿Qué se supone que debo sentir? —le preguntó. Él había apartado la cara. —¿Se supone que me debo sentir maravillosamente por éstas? —Levantó las flores marchitas y las sostuvo frente a la cara de él. —¿Se supone que debo sentir que está bien? Peader, ¿es así como se supone que debo sentirme?

Peader aguardó un momento, aturdido por el dolor. Su padre estaba a su lado, riéndose. Peader sintió que le quemaba la cara. Se llevó las manos a los ojos, y gritando con rabia contra los fantasmas, cayó de rodillas.

—¡Ay, Dios!

No era lo que ella esperaba; hubo un ruidito metálico dentro de la máquina del amor, un chirrido de contramarcha allí, en la destartalada tienda en el mediodía de verano que condujo a Isabel de vuelta hacia él en el mismo momento en que podría haberse sentido libre para escapar de ese amor imperfecto.

—¿Me odias? —le preguntó él.

Era un momento que volvería una y otra vez, que giraría y giraría en las cámaras de la mente de Isabel. *¿Me odias?* Recordaría la manera en que Peader estaba de pie, y su expresión quebrantada y sus labios gruesos, una imagen que nada tenía que ver con la Arabia principesca de sus sueños de muchacha. Sin embargo, sólo un momento después, lo estrechaba entre sus brazos, renovando el mundo con una especie de terrible ternura sostenida por el dolor, y sus desesperados besos ardían con la urgencia de reparar el cielo.

5

Isabel dejó flotando en el aire la propuesta de matrimonio de Peader durante una semana. Le escribió una carta a su madre, decidiendo por primera vez declarar por escrito parte de sus sentimientos hacia Peader. Equivocadamente, no creía que Margaret Gore pudiera comprender las contradicciones de su relación, y sólo se refirió al aspecto del amor en ella. Era una manera de preparar el terreno, se dijo, de infiltrar poco a poco la idea del matrimonio que, como sabía, mortificaría a su padre. Por otra parte, podría ser pronto. Temía estar embarazada.

Cuando Margaret recibió la carta, leyó de inmediato su verdadero significado, y supo que la boda podría ser inminente. Muiris estaba en el cuarto revisando el noveno borrador de un nuevo poema cuando ella apareció en el vano de la puerta —a sus espaldas se veía el mar— pensando aún cómo decírselo. Temía cortar de un golpe la delicada hebra de felicidad que él había encontrado en su trabajo, y guardó la carta en su batón hasta decidir qué hacer. Luego, esa tarde, cuando su marido salió, se sentó junto a Sean a mirar televisión. Sean era un hombre delgado, pálido, que había perdido la infancia como una botella arrojada al mar, y, con ella, su amor por la música. Nada parecía animarlo ahora, y subsistía, mudo como una isla, en el vasto mar inexplorado de su incomprensión. Nunca salía de su casa, y su madre lo atendía sin reproches, viendo en el irremediable misterio de su condición una evidencia ulterior de los obstáculos puestos en el camino del amor. Ella no estaba segura si Sean seguía los programas de la televisión, pero al menos ellos parecían traerle una especie de paz, así que noche tras noche se quedaba frente al televisor, con la cabeza hacia un costado, contemplando las imágenes de otros mundos. Esa noche, sin saber exactamente por qué, Margaret abrió la carta y le dijo que era de su hermana. Mientras Sean miraba hacia adelante, a la pantalla del televisor, ella le leyó la carta.

Sean no reaccionó, y Margaret supuso que no significó nada para él. Pero al día siguiente, el doctor Connell vino de visita, y dijo que Sean estaba peor. En la cocina, Muiris y Margaret miraron a su hijo, sentado en una silla con una frazada sobre las rodillas. Ambos se daban cuenta de la intrincada y enmarañada red en que él se estaba envolviendo. No quería comer; permanecía hecho un ovillo, la mirada fija en el distante sitio de la pena. No era la primera vez que se aconsejaba a los padres enviarlo al continente para su atención, y no fue la primera vez que se negaron a hacerlo. No parecía correcto, dijo Margaret, enviarlo lejos, como si fuera una vergüenza para sus padres. Él era su hijo, y se quedaría allí con ellos, en la isla, mientras ellos vivieran allí. Muiris salía al jardincito del frente cuando algún vecino venía a preguntar por el enfermo. No le resultaba fácil tolerar el círculo de personas que traían sus condolencias, ni los que rezaban por su restablecimiento mientras tomaban una taza de té, de modo que prefería quedarse afuera, bajo la llovizna, dejando que su desesperación se cristalizara en las primeras palabras y frases de un nuevo poema. Miraba cómo el mar y la garúa hacían desaparecer el continente, y rezaba para que sucediera algo, para creer que el mundo no era fortuito, con la esperanza de recibir una respuesta de una infinita y divina majestad.

Una semana después Sean no estaba mejor. Por el contrario, parecía adentrarse más y más en un mundo invisible, y su madre decidió escribirle a Isabel para decírselo. La carta llegó a la tienda la mañana en que Isabel iba a dar su respuesta final a la propuesta de matrimonio. La abrió, cerró la tienda y tomó el trasbordador a su casa.

Cuando su padre la recibió, tomándola de la mano para ayudarla a hacer pie en el muelle, se puso a llorar, emocionado, pero disimuló las lágrimas tosiendo y ahogándose. Ella caminó a su lado. Era una mujer hermosa, deslumbrante, de porte erguido, con el pelo al viento.

—¿Cómo está? —preguntó.

Cuando él le respondió, vio su cara aquella tarde en que ella llevó a Sean a su casa desde los acantilados. "Su mente se puso tensa. Y ahora esto iba a juntarlos", pensó. Era algo así como un secreto de familia, un vínculo extraño, pues si bien ni Muiris ni Margaret habían vuelto a hablar con su hija del accidente, estaba allí cada vez que los cuatro se reunían.

Padre e hija caminaron hacia la casa, cada uno levemente inclinado bajo la carga de su vida, sin hablar. Muiris ensayaba discursos enteros, pensaba en una frase para empezar una conversación, en lentos abordajes al cenagoso terreno de la otra vida de Isabel en el continente, pero no podía hablar. "Pero, ¿por qué no? —pensaba—. ¿Por qué no puedo hablar?" Daba vuelta una frase, la preparaba, pero dejaba que el aire se la llevara. Era inútil; no podía arriesgar esta tibia, aunque tácita, incandescencia entre ellos, y cuando llegaron a la casa y Margaret les abrió la puerta, él supo que lo que hubiera pasado en ese instante entre ellos nunca sucedería ahora.

Isabel se abrazó a su madre, y juntas encajaron como piezas en un rompecabezas.

—No está bien, Isabel —dijo Margaret, haciéndose hacia atrás cuando Isabel entró en el cuarto de Sean. Con Muiris a su lado, presenciando la honda ternura que Isabel brindaba a su hermano, Margaret Gore no podía aún animarse a decirle a su hija que temía que lo que estaba mal con Sean tuviera que ver con la carta que había enviado. Padre y madre permanecieron mudos, mirando cómo Isabel acunaba la cabeza de su hermano y susurraba saludos que no podía saber si él recibía.

El viento silbaba en las ventanas. Cayó la noche. Cuando Isabel fue a la cocina a comer y Muiris desapareció tras la puerta batida por la ventisca, avanzando velozmente hacia la taberna, a estribor, Margaret le preguntó por primera vez cómo estaba.

—Estoy bien.

—¿Cuesta tanto decírmelo?

—¿Decirte qué?

—Que quizá te cases con él.

Isabel balanceó en el aire, frente a la boca, una cucharada de sopa. La voz de su madre era baja, para que Sean no alcanzara a oír desde el cuarto contiguo.

—Me lo ha pedido.

—Ya lo sé. Ya lo sé. Y, ¿qué le has contestado?

—Nada.

—Ya veo.

—Le dije que le contestaré en una semana.

—Y, ¿cuándo será eso?

—Hoy.

—¿De modo que no estás segura?

Margaret supo, no bien lo dijo, que se había aventurado a un lugar donde no pensaba entrar, y que su propia y desesperada ansiedad por su hija recorría la habitación, dispuesta a aullar como un demonio ante el advenimiento del error y la pena. ¿Por qué, por qué, aquella vez, no había sofocado este amor, cuando tuvo la oportunidad?

—Nunca estoy segura de nada —dijo Isabel sencillamente—. Algunas veces sí, pero luego, al día siguiente, me siento perdida. Entonces me pregunto a mí misma: "¿Alguna vez estás segura de algo?".

—Puedes estar segura de lo que sientes por él. —Otra vez, Margaret percibió su insistencia como un sonido metálico.

—¿Puedes tú? Yo no puedo.

—Entonces no deberías casarte con él.

Ya lo había dicho. Había pronunciado las palabras que arriesgaban alejar a su hija. Ya se veía como una suegra, esa figura desaprobadora que vivía en la isla que él jamás querría visitar. Ya era su enemiga, y si su hija optaba por él, ya no habría forma de volver atrás. Pues la parte de Isabel que amaba a Peader seguramente debía de odiarla. Estaba zozobrando en el conocimiento de lo desesperanzada que era su situación cuando Isabel le respondió con una pregunta.

—¿Estabas segura tú?

—Sí —dijo rápidamente, remontándose a Donegal convertida en la muchacha que llevaba la canasta con la carta calle abajo, recordando con un dolor agridulce la celeridad con que volvía después de verlo, como con alas en los pies.

—Sí, sí, lo estaba —dijo—, y tú debes sentir esa seguridad, Isabel, por todas las cosas que te aguardan. La necesitas. Porque habrá pruebas, y necesitarás saber que estabas segura de que él era el hombre cuando debas enfrentarte a ellas.

Sean se quejó en su cuarto, con un gemido suave, e Isabel se puso de pie para acudir a su lado.

—No lo sé —dijo, y salió.

6

La lluvia cesó a la mañana siguiente, e Isabel llevó a
Sean afuera en su desvencijada y tosca silla de
ruedas. Los caminos de la isla eran como antiguos
senderos y la silla de ruedas traqueteaba y se sacudía a medida que se alejaban de la casa y se acercaban al mar, donde el
viento arreciaba. Él iba sentado en silencio, ladeado, e Isabel
sintió su peso muerto al empujar la silla. Sin embargo, siguió
empujando, alejándose de la casa tanto en beneficio propio
como de él.

Cuando se despertó esa mañana, el aire de la casa estaba
tenso con las preguntas de la noche anterior. Había dormido en
la cama de su infancia y abierto la ventana a las voces del mar
en la noche. No había estrellas, y las oscuras nubes que iban y
venían flotaban como fantasmas meditabundos. Su sueño fue
irregular, y durante el desayuno la sensación de haber llegado
a un precipicio en su vida se tradujo de inmediato en un deseo
de llevar a Sean al mar.

Pasaron junto a las últimas casas y a los últimos saludos
mañaneros, como un par de figuras silenciosas, hermano y
hermana, volviendo a hacer el viaje de hacía años, cuando tuvo
lugar el accidente e Isabel empezaba a creer que su vida sería
una herencia de sueños estropeados. Estaba enojada consigo
misma por no saber qué hacer con respecto a Peader, y luego,
al ver a su hermano en la silla de ruedas, se despreció por la
pequeñez de sus preocupaciones. La vida, pensó, era un lío sin

sentido que se arremolinaba a su alrededor. Todo el asombro y la excitación de su niñez en la isla se iban con la marea: Sean no recuperaba su salud, Peader era como un barco de colores brillantes, medio hundido y que hacía agua, y que ella, al parecer, debía reparar. Los dos estaban íntimamente relacionados en su mente; si no se casaba con Peader, quizá...

Avanzaban despacio hacia el precipicio y borde de la isla. Isabel no estaba segura si Sean podría siquiera recordar el accidente. Por cierto no había vuelto allí en todos esos años, y aunque su hermana no podía explicarse por qué, esa mañana ella quería con desesperación que ambos regresaran a ese lugar. Las gaviotas volaban desde el precipicio, haciendo sonidos estridentes mientras Isabel luchaba por empujar la silla entre las piedras. El cielo estaba interrumpido por nubes, y el viento daba al aire una consistencia de vidrio. Las aves marinas revoloteaban y caían, volviendo a ascender con maravillosas curvas, como siguiendo las huellas invisibles del corazón de Dios. Sin aliento y acalorada, con el pelo amordazándole la boca, Isabel puso los frenos de la silla y se sentó sobre las rocas antes de mirar a su hermano.

—¿Sabes dónde estamos? —le preguntó—. Éste es el lugar al que vinimos ese día después de la escuela. —Miró el mar.

—Ése fue el día en que todo empezó a andar mal. —Sean se hizo a un lado en la silla y clavó los ojos en el horizonte lejano.

—Nada salió bien para mí después de ese día. Tampoco para ti. ¿Sabes? Yo querría que tú volvieras a estar sano. Que te mejoraras y te pusieras de pie y dijeras: "¡Ey! ¿Cómo estás, nena?", o algo así, y que pudiéramos volver a casa caminando los dos y yo pudiera contarte sobre Peader y tú me ayudaras. Sé que lo harías.

Dejó que las palabras se fueran con el viento, y se quedó sentada un momento, dándose cuenta de pronto de que había vuelto a ese lugar a la espera de un milagro. Eso era lo que estaba aguardando, el momento en que Dios pasara otra vez por los acantilados e hiciera una seña para que Sean se recuperara.

Pues en ese instante la grieta en su mundo se cerraría y su casamiento con Peader sería el cielo soñado que una vez había imaginado. Ésa era la señal que estaba esperando.

—Sabes que me ha pedido que me case con él —dijo—. Sé que lo sabes. Mamá piensa que es por eso que estás mal ahora. ¿Es verdad, Sean? Porque no sé si me casaré con él. No lo he decidido. No sé si lo haré alguna vez. En cierto sentido lo amo, y en otro no. No lo amo en absoluto. De modo que supongo que eso significa que no debería casarme con él. ¿Qué crees tú?

Sean no hizo ningún movimiento, e Isabel no dijo nada más. Esperaba en la lenta mañana, contemplando el horizonte inalterable de ese mar occidental para ver una señal de que Dios se acercaba. Desde que dejó la isla abandonó el hábito de ir a la iglesia, y ya no rezaba. No obstante, creía que existía un Dios en alguna parte de los ignotos cielos, que de vez en cuando visitaba la vida de algún inocente. Era tanto la superstición como la fe lo que la mantenía allí, al borde del precipicio, a la espera de una señal, algo que resolviera esta maraña de su vida. Pasó una hora. Y otra. Empezaron a tener frío. Hasta las gaviotas abandonaron y remontaron vuelo hacia otras partes. "Vamos, vamos, vamos —instaba Isabel con un ruego mudo que pedía que los cielos se rasgaran y mostraran clemencia—. Vamos, vamos."

Nada llegó, excepto la tarde y el hambre, y los fantasmas de la desesperación. Sean no hacía ningún sonido y permanecía sentado sin moverse, los ojos fijos en el aire vacío, en una especie de trance, como si todo el tiempo circunvalara a los ángeles.

7

Isabel le dio a Dios todas las oportunidades. Arrastró la silla de ruedas tras ella esa tarde, y juró que si el día siguiente estaba bueno, volvería a llevar a Sean allí.

Y lo hizo.

Era una especie de vigilia, y cada mañana de esa semana, mientras Isabel estaba en la casa, su madre la veía envolver a Sean en la manta y partir. Margaret se imaginaba lo que estaba pasando, y se apenaba en silencio por la esperanza y el amor desesperanzados que escaldaban el corazón de su hija. Sabía que esto también era parte del desdichado acertijo de la vida, el misterio insoluble de por qué las cosas son como son y por qué buscamos unir y hacer encajar los hechos en una estructura de significación, por más endeble que sea. Preparaba un paquete de bizcochos y los ponía debajo de la manta sin decir nada, sabiendo que era algo que Isabel debía hacer y que la necesidad humana de sentir que es posible curar a otra persona es más poderosa que el fuego. Los observaba marcharse a media mañana, se arrodillaba junto al fogón y decía su propia oración.

Cuando Isabel y Sean pasaron junto a la escuela, Muiris dio un ejercicio a sus alumnos y observó por la ventana. Verlos le laceraba el corazón, porque sentía la lastimosa ilusión de Isabel con la frescura de sus propios años, cuando el accidente lastimó su vida y se gastó las rodilleras de los pantalones con sus ruegos. Se sentía más herido aún ahora porque sabía que los deseos y rezos de su hija eran inútiles, y que la vigilia de cada día junto a los acantilados no hacía más que producir un nuevo desgarrón en la inocencia de su corazón. Tanto por ella, como por Sean, ansiaba que algo sucediera, y mientras sus hijos estaban junto al mar, daba clase con la mente flotando en medio de plegarias formuladas a medias en las que pedía caer muerto para que su hijo pudiera levantarse y caminar.

Los estudiantes terminaron sus ejercicios mientras la mente del Maestro estaba en otra parte. Se pusieron a marcar los pupitres o a arrojar pelotitas de papel, algunas de las cuales caían con un ruidito contra la pintura sobre la pared posterior que Isabel denominaba *El tesoro*, una gran marina tumultuosa con marco de roble, pintada por William Coughlan.

Muiris permitió un pequeño desorden en su aula antes de apartar su atención de sus hijos. Fulminó el aire con la mirada como azotándolo con una correa, y por encima de las cabezas inclinadas consideró toda clase de convenios con la divinidad. El día era interminable; las nubes se enmarañaban con un lento presagio y el mar seguía bullendo, interminable. No había manera de evadirse de su presencia, y en momentos como ése, pensó Muiris, era mucho peor estar en una isla. El mar ubicuo era como el implacable e insondable corazón de la Vida misma, en que sus preguntas caían y se hundían como piedras. Deseó poder ver otro panorama, y de repente dijo a la clase que dejaran sus lapiceras y escucharan la fábula de Moisés y el Mar Rojo. Mientras relataba la historia —aunque la había contado a niños mayores antes— podía imaginar por un momento el mar que se hendía en dos. Imaginaba la fabulosa necesidad y la plegaria capaz de cortar y abrir las aguas como con un cuchillo; podía ver a Isabel y Sean en el precipicio, la silla de ruedas brillante en la luz ventosa y a ella rogando por una señal, y luego, de repente, la majestad, el momento. "Piensen en ello —dijo—. Piensen en ello", dijo otra vez, inclinándose hacia adelante en su sillón y extendiendo un brazo hacia el Atlántico que circundaba sus vidas, sosteniendo la cabeza en alto de tal forma que Cronin y O'Flaherty se levantaron de sus pupitres para mirar por el ventanal, llenos de expectativa.

—El instante en que —hizo un gesto ante la reverente fe requerida—, en que, contra toda probabilidad, cuando parecía más imposible que la imposibilidad misma, cuando el mundo semejaba una negrura sin dios en la que no habría más que derramamiento de sangre y horror, entonces, justo entonces, niños y niñas, el mar se abrió, y se salvaron.

Dejó ir a los niños temprano y se quedó sentado solo en el edificio vacío, oyendo cómo se iban esfumando los gritos de los niños excitados y observando el gris profundo del mar. Era una tarde más fría que la anterior, pero sin embargo no había visto a Isabel y Sean regresar de los acantilados. Permaneció sentado en su lugar, sintiendo que lo invadía el temor irrazonable de que algo espantoso había sucedido. Tenía un armario con llave debajo de la ventana, fue hasta él, sacó la botella y se sirvió un medio vaso de whisky. Lo bebió de pie, al lado del cuadro que era un testimonio del amor de su esposa, tratando de lavar el miedo. ¿Por qué —se preguntó—, por qué parecía estar aguardando una tragedia? No podía reconocer la sensación, y en vez de brindarle una definición más ajustada, el whisky borroneó la premonición, dándole distintos colores y formas, pero nada que se acercara a la verdad. Pues ni esa tarde, ni la siguiente, ni ningún día de esa semana supo Muiris que su hija estaba en la cúspide de una nueva vida, y que lo que a él le espantaba era precisamente eso. Esperó hasta que el cielo se empezó a poner oscuro antes de decidirse a ir a los acantilados a buscar a sus hijos. Sí, iría a traerlos. Era su padre: él los sacaría de todo peligro. En ese mismo momento, se dijo, arrastrando los pies por el aula. En ese mismo momento. Cuando abrió la puerta de la escuela para salir, una bandada de gaviotas chilló sobre su cabeza y el whisky se encendió de repente en su interior, imprimiendo por un momento una resolución brillante y vidriosa con los fragmentos de desilusión que contenía adentro. Tropezó y se cuidó de mantenerse erguido y no actuar como un tonto. Cualquier cosa podía haber sucedido. Algo había sucedido; lo sabía. Maldito sea Cristo, lo sabía. Sabía que algo había pasado, y con prisa incierta y desigual se dirigió hacia la costa, imaginando que estaba a punto de volver a toparse con la terrible y torpe mano de Dios en su vida.

"Los dos podían estar muertos —pensó—. Podían haberse ahogado, y yo allí sentado en la maldita aula. Podían haber saltado. Ella pudo haber hecho cualquier cosa."

Había recorrido cuatrocientos metros, encendido por la llama del whisky y embargado por la expectativa plena del desastre. Mientras caminaba a toda prisa, imaginaba que podría derribar a los ángeles mismos que se llevaban a sus hijos por el cielo, derribarlos y liberar de un firmamento lejano y rutilante sus almas isleñas. Eso haría si se los llevaban. Eso haría.

Y luego los vio, volviendo por el terreno rocoso, como regresando del Reino de la Muerte. Isabel arrastraba la silla detrás de ella, y Sean, las mejillas arreboladas por el viento de todo el día, venía inclinado. Sólo su cabeza era visible, de manera tal que de lejos parecía que su hermana llevara a un bebé sobre la espalda. No había habido ninguna tragedia. Nada maravilloso ni predestinado había partido las aguas y cambiado el mundo, y cuando Muiris se detuvo ante ellos, estalló en lágrimas. Extendió los brazos alrededor de las extrañas formas y los abrazó, incapaz de rodear a sus hijos con los abrazos de otros tiempos, incapaz de formar un fuerte inviolable y acercarlos a su corazón, pero abrazándolos, de todos modos. Los sostuvo sin dejar de llorar, y sin palabras. Se inclinó y besó la cara de su hijo y la tuvo entre sus manos y la sacudió levemente con la carga de su emoción. "Dios, cuánto te amo", pensó. Las simplísimas palabras y el sentimiento lo recorrieron vivamente, dividiéndolo allí entre la fuerza del cariño y la insuficiencia desesperanzada de poder expresarlo. Muiris se aferró a ambos. Apoyó la frente sobre la cabeza inclinada de su hija, esperando dejar allí, como hojas de laurel, su gratitud por ella y su comprensión por llevar a Sean al acantilado. Con el furor del whisky, Muiris retuvo a sus hijos sobre el rocoso sendero en las últimas ráfagas de la tarde isleña, embargado por un sentido de perdón y amor y pena, con lágrimas en los ojos, las piernas temblorosas, y sintiéndose más cerca de ellos que en ningún otro momento de su vida.

A l día siguiente, Margaret Gore le contó a su marido acerca de la propuesta de matrimonio. Muiris fue a la escuela y no dijo nada, y Nora Liathain, que arrojaba un puñado de migas de pan a sus gallinas cuando él pasaba, no notó que lo habían partido en dos, como una hostia.

9

Isabel se quedó en la isla una semana. Le hablaba a Sean y esperaba el milagro, hasta que por fin dejó de creer que se produciría. Aun así, llevaba a su hermano a su lugar día tras día, atando con más fuerza el nudo de su vida al dolor de la de él. De todas las propuestas que pudo forjar en las horas transcurridas en los acantilados, sobresalía una: "Si no quieres que me case, entonces cura a Sean". El domingo, después de la misa en la iglesita atestada, decidió esperar un día más, y luego volver a Galway. Si algo iba a pasar, pasaría ahora, estuviera Sean donde estuviese; no tenía que llevarlo al acantilado. Fue a su dormitorio y preparó su equipaje. De la pequeña cómoda con las manijas de metal rotas que su padre le había prometido arreglar, sacó prendas que eran pedazos de su infancia, faldas y vestidos que liberaron en la atmósfera del dormitorio su propio ser, años antes. Allí estaba: Isabel a los doce años, sentada sobre la cama con ese vestido cuadriculado en verdes y rojos. Había libros y fotografías y todas esas cosas que se guardan en los cajones para que sobre ellas se acumule el polvo del recuerdo, que ahora, en esta tarde de domingo, volaba suavemente.

En el transcurso de una hora estaba rodeada por sí misma. Sacó objetos de los cajones como si fueran los tesoros perdidos de un naufragio y los extendió sobre la cama, sobre la silla, y por fin en el piso, transformando el cuarto en un collage de su vida. Cuanto más vaciaba sus cajones, más aparente se hacía que esa tarde estaba poniendo un punto final; que la muchacha evocada por la antigua ropa ya no era ella, y que ya podía mirar hacia atrás a una extraña. Fue a buscar una bolsa de plástico y empezó a llenarla con su pasado. No quería conservar nada; hizo un bollo con sus antiguas composiciones y pruebas escritas y cárdigans que había guardado su madre para algún momento en el futuro. Cuando limpió todo y la habitación quedó como un lugar al que le había pasado una aplanadora, con la bolsa negra de plástico en un costado, Isabel se acostó sobre la cama, exhausta.

"He enterrado el pasado", pensó.

Había empezado a llover por primera vez esa semana, y la lluvia caía, como siempre, a las tres y media de la tarde del domingo, envolviendo la isla en un manto oscuro. Desde el continente parecía ahora que los cielos hubieran descendido sobre el montículo de roca en medio del mar, escondiendo suavemente tras velos grises los secretos y misterios que sólo los isleños conocían. El viento mantenía la lluvia contra el frente de la casa. Margaret terminó de lavar los platos del almuerzo y cruzó la cocina para retorcer el repasador mojado colgado tras la puerta. Luego, al ver a su marido sumido en el profundo y tibio contento de su siesta dominical, fue y golpeó a la puerta de Isabel.

—¿Isabel?

Entró en el dormitorio y vio de inmediato, con una repentina sensación de desánimo, la valija y las bolsas de plástico.

—¿Estás bien? ¿Qué estás haciendo?

—Me vuelvo mañana.

—¿Sí?

—Puse un montón de cosas viejas en esas bolsas. Puedes regalar la ropa y quemar el resto.

Margaret miró las dos bolsas y asintió, aunque sabía que dos días después que se fuera Isabel ella volvería a sacar todo, reviviendo los recuerdos de su hija antes de esconder todo en el desván. Se sentó en el pie de la cama.

—¿Se lo dijiste a papá?

—Sí. Me pareció correcto hacerlo. Y él está contento por ti.

—No me dijo nada.

—Ya lo conoces. Quiero decir, necesita tiempo. Eso es todo. Fue una sorpresa supongo, y, de todos modos, le dije que no estabas segura. —Margaret miró la figura de su hija acostada en la cama que le quedaba chica. —¿Lo estás?

—No lo sé. Echo de menos el verlo —dijo ella.

—Sí.

Isabel no dijo que le parecía inevitable ahora, que no había manera de volver atrás, y que un largo camino irrevocable parecía haberla conducido de los años del acantilado al momento en que estaba decidiendo entregar su vida a Peader O'Luing.

La luz del cuarto era mortecina, y se iba oscureciendo más todavía entre ellas con todas las advertencias y consejos de Margaret, no expresados, que flotaban, pesados, en el ambiente. La mente de Isabel estaba entorpecida por la carga de las expectativas fallidas de esa semana. No había nada más que decir. No se había producido ningún milagro, ni había llegado ninguna respuesta. Salieron del cuarto juntas para hacer té y volver a ver a Sean, y pasaron el resto de la lluviosa tarde evadiendo toda posibilidad de discusión.

Isabel se fue a la cama antes que sus padres esa noche, y una vez más, en silencio, pidió una señal antes de que tomara el trasbordador a la mañana siguiente. Le había parecido más probable que cualquier respuesta o señal le fuera dada allí, en la isla, antes que en el tumulto de la ciudad; quería saber con más claridad qué hacer, de modo que se quedó despierta en la cama, oyendo el suave movimiento de su madre al ir a su dormitorio y el ruido del pestillo de la puerta de entrada, una hora después, cuando su padre volvió de la taberna. La casa se quedó muda, y luego se inundó de ronquidos y el tenue suspiro del mar. Permaneció inmóvil. Las bolsas de plástico estaban junto a la puerta; su propio fantasma se había evadido y estaba sentado al pie de la cama, esperando. Por la mañana volvería a ocupar el cuarto, manteniendo su infancia extrañamente aprisionada allí, en el pulcro espacio vacío, como un murmullo del mar dentro de un campo encerrado por muros de piedra.

La noche fue como un dolor persistente, y a la mañana, cuando rompió el alba, Isabel se levantó cansada. Se desplazaba con un entumecimiento automático, y le dio un beso de despedida a su padre cuando él salió para la escuela. Ninguno de los dos mencionó lo que ocupaba su mente. Fue a ver a Sean a su cuarto y le habló por última vez, diciéndole que volvería en unas pocas semanas, y que entonces irían juntos a los acantilados otra vez. Le miró el costado de la cara y sintió, como siempre, una punzada de dolor. ¿Por qué? ¿Por qué tuvo que pasar? ¿Por qué no fue a ella? Él no hizo ningún movimiento como reacción, sino que se quedó quieto, contemplando, más allá de ella, el rebobinado de su propia mente.

—Bien —dijo Margaret.

—Sí, es mejor que me vaya.

—¿Estarás bien?

—Estaré bien, sí.

Estaban de pie frente a la puerta abierta, por la que pasaba el viento. Margaret habló con rapidez.

—Si hay algo que quieras decirme, sin que lo sepa tu padre, envíame una carta. —Miró a su hija y aguardó un instante hasta ver que su mensaje era absorbido, luego la acercó a su pecho en un abrazo. —Pon una estrellita en el reverso del sobre, para que me dé cuenta.

Y luego Isabel ya estaba en el trasbordador, navegando hacia Galway, ocho días después de haber pedido por primera vez una señal del cielo. Se sentó sobre la cubierta, bajo el rocío de las olas, mientras los pensamientos sobre el matrimonio le daban vueltas en la cabeza. Para cuando atracó el trasbordador, había llegado a un estado de embotada desesperanza. Se puso de pie, dispuesta a reingresar en el incierto laberinto de su vida cuando vio a Peader O'Luing esperándola. Tenía un ramo de flores en la mano izquierda, y las apretaba tanto que casi era posible ver cómo su dulzura se le escurría entre los dedos.

Isabel no podía moverse. ¿Cómo estaba él allí? ¿Cómo, entre todos los días, había escogido venir a esperar este barco? La idea de que su madre lo hubiera llamado por teléfono le cruzó la mente, pero la desechó. No, debía ser otra cosa. Dio un paso para desembarcar y sintió que se elevaban, aladas, las oscuras aves del abatimiento. Sonrió. La sonrisa que irrumpió en sus labios fue porque supo que allí, por fin, estaba la señal que esperaba: allí estaba él, extendiendo las flores hacia sus manos, con una mueca de turbación y alivio. No se le ocurrió entonces que pudiera ser un hombre deses- perado, que desde el día en que ella se fue hubiera trastabillado entre los ecos de las burlas de su padre, y que nada pudiera silenciar las voces interiores del escarnio, salvo el regreso de la muchacha. Ella no pensaba que él pudiera haber estado tan desesperado como para ir a diario a los muelles a esperar el trasbordador con el ramo de flores, con la esperanza de que ella llegara. Isabel pensó sólo que estaba ante un hombre que había sido guiado a su vida como un relámpago de luz tan repentino y deslumbrante como el que había caído en la mente de su hermano el día que jugaban en los acantilados. Pensó que este amor defectuoso era algo imposible de negar, que estaba destinado a ella, y antes de hablar supo que sí, que esa noche, cuando estuvieran desnudos juntos en el cuarto sobre la tienda, con el cuerpo hambriento y la boca desbor- dante de besos, sin palabras, ella le respondería a su propuesta de la semana anterior y le diría "sí, Peader, me casaré contigo".

10

Fue un viernes por la tarde, a fines de agosto, cuando Dios le habló a mi padre por segunda vez. Vino por las calles de Dublín en una carroza de fuego con ángeles que tocaban la trompeta. Sus alados corceles rasgaban el aire dorado con cascos de plata, e himnos de alabanza atronaban, extáticos, en el cielo sin nubes. La majestad de su manto acalló el movimiento de la tierra misma cuando Dios avanzó y entró en nuestra casa para decirle a mi padre que la obra de su vida ya estaba hecha. El aspecto cotidiano del día se transformó. Había cánticos en el aire, y coros invisibles proclamaban *Gloria in excelsis* como una emanación del alma misma de Dios. El vestíbulo de nuestra casa se tiñó de un dorado bruñido cuando Él entró. Había vuelos de palomas, conjuradas como blancas bendiciones en el aire. Descendieron y se posaron en los atónitos hombros de mi padre, sentado sin sospechar nada e inmensamente cansado en el cuarto donde ya no era capaz de pintar nada. La puerta se abrió de la manera en que la luz cae en un lugar en sombras, y mi padre se puso de pie. No habló; la alta y blanca delgadez de su persona era como una hoja de papel que aguardaba al Verbo en medio del cuarto poblado de ángeles y de la música heráldica de sus trompetas que se elevaba en crescendos ensordecedores. La casa misma estaba iluminada y parecía elevarse en el aire. Su resplandeciente fulgor era visible desde tan lejos como las montañas de Dublín, y los espíritus cantarines hacían deleitable el aire de la tarde, inclusive en las calles y centros comerciales, donde la gente se detenía en la momentánea majestuosidad, placenteramente inconsciente de lo que sucedía.

Desde el momento en que Dios entró en nuestra casa, mi padre lo reconoció como a su propio padre, y en el deslumbrante momento en que se erguía se dio cuenta de que hacía tiempo ya que esperaba esto. De hecho, lo esperaba desde el instante, en su cuarto meses atrás, en que supo que ya no podía pintar más. Todos los días cumplía con la tarea de aguardar y prepararse para la inspiración. Estaba siempre atento, sin la menor elevación de su espíritu, sintiendo que se escurría hasta la última onza fluida de certeza que alguna vez había corrido, poderosa, por sus venas. En el silencio de ocho horas que pasaba en su estudio, se sentía enloquecido por la idea de que quizá nunca hubo una voz de Dios y que las ruinas de su vida, en las que se encontraba, habían sido causadas por su propia insensatez. Sólo una luz mínima titilaba en su interior, donde antes hubo brillantez. No obstante, entraba y ocupaba su lugar junto a la estufa eléctrica de un solo calefactor, y permanecía sentado hasta que la luz del día se extinguía como reflejo de su propia sombra.

Y luego, esa tarde.

Ardía hasta el borde mismo de su alma, le cosquilleaban los dedos, tenía los pelos de punta, y se desplazaba por el estudio iluminado ya por la presencia de Dios. Por fin, allí estaba otra vez. Dios había ido a él. La inmensidad de su arrobamiento y su visión empequeñecía todo lo demás, y en un momento mi padre remontó vuelo por el aire. Flotó en la liviandad inmaterial del mundo espiritual como una libélula y atravesó con facilidad el vestíbulo. Su delgadez era ahora transparente, excepto por las palomas que revoloteaban alrededor de su pelo canoso. Voló escaleras arriba y se elevó como la risa sobre las oleadas de los cantos celebratorios. Mi madre lo esperaba en el descanso, batiendo las alas, el borde del pelo orlado de luz, y él la tomó entre sus brazos como un traje de tela blanca, ambos anfitriones del aire junto con Dios, y entraron y salieron de cada cuarto, seguidos por los ángeles cantores, pálidas visiones flameantes que escoltaban a mis padres mientras ellos volaban en el aire, tocando cada palmo de la casa con su presencia. El carruaje celestial estaba detenido en el aire sobre el jardín; los corceles se recuperaban del largo viaje, resollando en el aire de verano y agitando los flancos, mientras les caía el sudor como flores de manzano sobre los altos pastos.

La obra de mi padre estaba concluida. Había satisfecho a Dios, viviendo con un único propósito: reflejar el significado del mundo, que no era otra cosa que la grandeza de la creación divina. Se entonaban glorias; la luz se fue haciendo cada vez más dorada, hasta que, cuando Dios se acercó a mi padre y se reunieron en el aire sobre la ventana al final de la escalera, alcanzó tal intensidad que se tornó líquida y llenó la boca y los ojos y las orejas de mi padre con la dulzura de un abrazo devastador más brillante y más dorado que nada que pudiera existir en este mundo.

11

Sólo ese día supe lo que había ocurrido en realidad. Hice a un lado la fábula brutal que me contaron los guardias y me negué a aceptar la imagen del hombre que, según ellos, estaba sentado junto a una estufa eléctrica de un solo calefactor al que acercaba las telas hasta que la casa entera se incendió a su alrededor. Era una pesadilla imposible, de la clase que relatan los guardias en sus cuartos de paredes encaladas en el extremo de la ciudad, iluminados por luces brillantes mientras toman su jarro de té. La oí y la olvidé. Esa noche alquilé una habitación en la casa de una viuda calle abajo. Pero mientras yacía en la cama, mirando el espacio abierto entre los cortinados por donde se filtraba, sangrante, la luz de la calle, supe que mi padre se estaba riendo, por fin, entre los ángeles encima de mí.

Me escabullí silencioso a las dos de la madrugada y caminé hasta mi casa. No podía sentir tristeza alguna. Me llegó el olor de la casa antes de verla, y pensé en la enormidad y la impotencia de la fuerza que había pasado como una carga de soldados por la calle esa tarde. El aire de la noche era sofocante por las emanaciones de humo; penetraban en la ropa y luego en los ojos, y uno empezaba a lagrimear. La casa era un esqueleto negro recostado contra el cielo azul oscuro. Había cintas amarillas y blancas revoloteando en la brisa como una advertencia para mantenerse apartado, y cuando pasé debajo, entrando por el mismo lugar por el que se fue mi padre al dejarnos la primera vez, ya estaba en la compañía de fantasmas. La puerta del vestíbulo estaba sobre el pasto del frente; arrojada de una manera que parecía casi casual, tenía un lado destrozado, el otro quemado. La falta de la puerta hacía que la entrada de la casa pareciera vulnerable y desnuda. Cuando entré sentí que debía cerrar algo detrás. Pero no había nada, y sobre mi cabeza el enorme agujero que una vez fuera el cielo raso y el piso sobre el que mi madre barría hasta dejarlo limpio, era ahora el cielo. Las estrellas eran como el polvo. Las ventanas se habían dispersado, como una familia, a causa de la presión y el calor dentro de la casa, y al dirigirme al estudio pisé fragmentos, añicos.

Ya no era un cuarto; su ventana era el aire, y el cielo raso y el dormitorio de arriba estaban abiertos a la noche. "Fue a través de ese agujero que huyó su alma", pensé, y contemplé esa noche de agosto veteada de estrellas, clara e inocente de todo ultraje y de toda muerte e injusticia. Era una noche perfecta, tan calma y azul que resultaba imposible no pensar en la mano que la hizo y mirar hacia arriba por primera vez y buscar a mi padre entre las estrellas. Me senté sobre algo de metal en el espacio negro donde una vez estuvieron todos sus colores, y dije una frase en latín. La dije en voz baja, aunque lo bastante alta para el oído que aún estaría escuchando. Y a medida que la noche pasaba encima de mí y el frío se adentraba en mi ropa, fui diciendo, una a una, cada frase y cada palabra que sabía en latín, sondeando el aire con las lentas, deliberadas fórmulas de un idioma apenas comunicativo que parecía hacer perfecto juego con la compleja e impenetrable idea de Dios mismo.

Me quedé sentado allí, en la casa quemada, hasta la mañana. Los fantasmas de esa noche entraban y salían por las ventanas y me saludaban como una curiosidad en ese lugar intermedio entre la vida y la muerte, donde me encontraba impedido de levantarme y seguir camino hacia el resto de mi vida. Mi alma —si es que tenía un alma— estaba tan profundamente fracturada que nada que se me ocurriera tenía el menor sentido. La oscuridad se hizo espesa de incertidumbre. ¿Qué había pasado? ¿Qué significaba que mi padre hubiera entregado su vida y una buena parte de la de mi madre a su obra, a esos cuadros que sentía tan febrilmente que debía crear, y que eran ahora un polvo marrón a mis pies? Levanté las piernas del suelo y me las tomé con las manos. Si Dios en verdad había venido calle abajo hasta la casa, ¿no podría acaso volver ahora a llevarme? Pues no podía imaginarme otra vez de pie y saliendo de ese lugar. ¿Qué se suponía que debía hacer? "¿Qué se supone que debo hacer yo ahora?"

Con el alba llegó una sorpresa de pájaros. Entraron de prisa por las ventanas, revoloteando a través del estudio con vertiginoso arrebato. Se posaban y cantaban con desesperanzada carencia de pesadumbre, con tal jovialidad implacable que les arrojé un trozo del cielo raso caído. Pero no era posible ahuyentarlos. Alcé un pedazo de yeso ennegrecido, me levanté de mi asiento y acometí contra ellos, agitando los brazos y rugiendo. Pero ellos se evadieron, volando hasta el extremo de la habitación, sin irse por la ventana. Había zorzales y petirrojos y urracas grandes, pájaros pardos y pájaros con puntitos amarillos, pájaros que llegaban todos a la vez y que se agrupaban en un coro, pájaros que yo no reconocía pero que volaban tan rápido que parecían relámpagos de energía demencial, no criaturas, en absoluto, excepto por su canto y el trino urgente con que expresaban la intraducible e incesante música de la vida. Una hora después del alba, el estudio estaba lleno de pájaros, y yo desistí de intentar ahuyentarlos. Su canto hacía el aire tan dulce que empecé a engullirme el aliento, pensando por un momento que tenía capullos en la boca. La miel rezumaba por mis orejas. Los pájaros se posaban sobre mis hombros, aterrizaban en mis rodillas, volaban y volvían con su canto interminable, pero no me dejaban. Ahora el esqueleto ardido y ennegrecido del estudio tenía una coloración rosácea y amarilla y verde. Los colores eran una mezcla embriagadora; bien podría haber estado yo pintando con los ojos, de reales y claros que eran los colores mientras los pájaros trinaban. El polvo oscuro del suelo se aclaró, y una ráfaga de brisa lo mezcló con el aire. Todo era color y música, con pájaros revoloteando. Me puse de pie y sentí que me caían las lágrimas, y sólo entonces me di cuenta de que había estado llorando. Caminé hasta la puerta del frente en un trance y salí de la casa, a medias esperando ascender sobre una bandada de palomas por encima de las casas de ladrillos rojos de nuestra consternada calle. Esperaba señales, interpretación, significado, percepción, pero todo se desvaneció cuando una mano se extendió para tocarme el hombro.

12

Los ángeles, me dijo una vez mi padre, pasan junto a nosotros por la calle todos los días. Son comunes, como los pájaros, decía, y reconocibles sólo en el breve momento de su conexión con nuestra vida. Según este razonamiento, había un momento en que uno se daba cuenta de que se encontraba con un ángel, y la ayuda que le proporcionaba, por más sutil y difícil de rastrear, le cambiaba la vida. Cuando me detuve frente a la puerta de entrada de nuestra casa en ruinas y sentí la mano sobre mi hombro, yo esperaba, por lo menos, que fuera un arcángel, si no Dios mismo, y me sorprendí al ver un hombrecito gordo, de pelo canoso, con una expresión dolorida de disculpa. Era John Flannery. Puso una mano sobre mi hombro y, cuando casi me desmayé, la bajó a mi espalda y me sostuvo contra su pequeño cuerpo redondo. Me dio unos cuantos apretones en señal de condolencia. Sus ojos grises estaban fijos en mí con una mirada que parecía instar a que no habláramos, que me decía que entre nosotros estaba todo sobrentendido de una manera subliminal, y que lo mejor era que subiéramos al auto y fuéramos a tomar una taza de té.

Este improbable ángel me condujo por el jardín con una mano firme en mi espalda. Nos sentamos en su auto y él encendió un cigarrillo antes de que partiéramos. Un momento después se percató de pronto cuán inconsiderado era el humo que flotaba en el aire entre nosotros, y mientras el auto avanzaba a toda velocidad lo arrojó con pesarosa ostentación, como dejando escapar por la ventanilla la terrible realidad del incendio. Yo no dije nada. Sentado en el auto, dejaba que me llevara. ¿Qué iba a hacer? Observaba desaparecer el camino y veía las fachadas de las casas, comunes y deprimentes, donde en su mayoría mujeres entraban y salían con niños, hacían las compras o paseaban cochecitos en los interminables ciclos de todos los días. Cuán deslustradas y melancólicas me parecían todas esas idas y venidas, a unas cuadras de mi casa, donde Dios era un visitante. Por amor de Dios.

Mi ángel era un solterón. Solo en su casa de Drumcondra había cultivado una clase de buenos modales que no se veía en otra parte, y sabía que la forma correcta de tratar a víctimas de tragedias en que el padre se había quemado hasta achicharrarse era sentarse en la sala y realzar el silencio con sabios movimientos de cabeza dirigidos al hijo sobreviviente. Antes, no decir nada, sólo levantar la cabeza al llegar a una luz roja y sacudirla dos veces, como diciendo: "Ay, sí, amigo mío, sé muy bien lo terrible que es, y ¿sabes cómo lo sé? Lo sé porque es tan terrible que ni siquiera puedo empezar a decir nada". Luego, seguir conduciendo.

Cubrimos kilómetros de esta manera. Yo no estaba seguro de adónde íbamos, excepto que se había mencionado el té, y que mi ropa olía a pájaros. Atravesamos la ciudad, nos atascamos en el tránsito, permanecimos mudos, sentados lado a lado, con unas valientes inclinaciones de cabeza, y luego, con un lento zumbido, salimos al otro lado de la ciudad. Me fui dando cuenta, poco a poco, de que se suponía que yo debía olvidar. Se suponía que estaba poniendo en práctica la probada ecuación de que, a mayor distancia viajada, mejor olvido del dolor. Pero era inútil: había cenizas en mis zapatos, y una gran parte de mí ya estaba muerta. Todo el padre en mí estaba muerto, y toda mi madre. ¿Qué quedaba? Permanecí agobiado en medio del rancio olor a quemado de la tragedia, y llegué a la casa del señor Flannery a media mañana, como un cadáver vertical. Él apagó el motor, y mirando con fijeza la puerta del garaje, hizo una breve inclinación de cabeza. Se bajó para abrir la portezuela así yo podía descender y, extendiendo la mano, volvió a ponerla sobre mi hombro. Entramos juntos por la puerta principal de una casa que era casi el modelo de la nuestra, excepto por la pulcritud de todo y el aroma a desodorante de ambiente, que revelaba una vida de amor desilusionado.

—Ahora, el té —dijo el señor Flannery, hablando por primera vez en una hora y dejándome en la sala entre los almohadones mellizos—. A menos que... —Volvió a aparecer su cabeza, y una mano con una botella de whisky. —No, no, té. —Asintió ante su propia prudencia y se fue.

Creo que me di cuenta entonces de que él no sabía que era mi ángel. No tenía idea de los diminutos mecanismos de la vida que yo empezaba entonces a vislumbrar por primera vez. No sabía —como yo empezaba a saber— que el significado radicaba en el argumento, la forma, que a quién encontrábamos (y la manera en que lo hacíamos) en el curso de nuestros actos más sencillos encajaba intrincada y delicadamente en un esquema mayor, y que todo lo que debíamos hacer era seguir la señal, como ahora yo lo seguía a él. Pues de otra manera todo era azaroso y casual, y la inconsolable verdad acerca de los Coughlan era que nunca se había producido una llamada de Dios y que mi padre nos arruinó la vida y mató a mi madre sin ninguna razón. No podía ser verdad. Existía una razón, un significado, y con el tizne y la suciedad todavía en la ropa permanecí sentado en el sofá esperando el té y sabiendo que el señor Flannery era el siguiente rayo en la rueda giratoria. "Todo lo que tengo que hacer —me dije— es seguir las señales. Se supone que hay algo que debo hacer a continuación."

—A algunas personas les gusta con miel. A mí no. Pero aquí la tienes. Toma. —Puso una bandeja ante mí y se sentó en el sillón, enfrente, con las manos apretadas entre las rodillas.

Pasó una hora. Quizá fueron dos; no estoy seguro. El té estaba frío para cuando lo bebí. Levanté la taza y la volví a depositar después de una eternidad. Así me pareció. Pues el momento en que sostuve la taza se convirtió en dos momentos, poco después en diez, luego en veinte. Y en esa misma forma los días posteriores a la muerte de mi padre se hicieron semanas que se hicieron meses con la incesante y familiar crueldad del tiempo, que nos impele hacia adelante, aun cuando estamos sentados, inmóviles. El tiempo no pasa; el dolor se acrecienta. Sin saberlo exactamente, yo me había mudado con el señor Flannery; no parecía intencional. Era como si yo fuera el peón de un juego de ajedrez hacía tiempo abandonado, una pieza dejada en una posición y trancada entre la promesa y la derrota, mientras se acumulaba el polvo. Yo vivía en el dormitorio para huéspedes de arriba, frente al cuarto de baño. Tenía un juego de toallas planchadas y limpias y la libertad de quedarme sentado en las salas del piso inferior mañana y tarde mientras mi anfitrión estaba en la oficina. Antes de irse dejaba programadas horas de Mozart y Bach en el equipo de música, y yo me despertaba con música de clavicordio o piano, acostado bajo las frazadas, preguntándome cómo podría seguir adelante.

La licencia oficial del gobierno por duelo son cinco días hábiles; cinco días para ocuparme de arreglar las cosas de mi padre, hacerme cargo de sus papeles. Después de eso se esperaba que volviera a ocupar mi escritorio, donde el lugar vacío mortificaría al señor McCarthy como una recámara vacía en su revólver. Tal como sucedió, no había papeles que arreglar, y fue el señor Flannery quien se ocupó del resto. Yo me quedé en cama con Bach; yacía en medio de la música, y en la pausa entre los movimientos oía las hojas que empezaban a caer afuera. Después de dos semanas, o quizá más, McCarthy en persona se presentó en la casa. Su auto azul brillaba en el sendero; él lo cerró con llave y lo miró un momento antes de volverse para dirigirse a la puerta. Con su andar de empleado de la administración pública, cuadrando los hombros, llegó y tocó el timbre. Lo miré desde arriba: la C perfecta de su pelo bien peinado. Al presionar el timbre perturbaba un allegro. Dio un paso atrás. Miró su auto, todavía allí, todavía resplandeciente. Intercambiaron sonrisas. Luego se volvió y tocó otra vez el timbre, haciéndolo sonar en medio de la música como un cuchillo, y sosteniéndolo hasta asegurarse de que yo lo oiría. Estaba allí en un tiempo pagado por el gobierno; sabía que cuando él no estaba presente, su departamento holgazaneaba, y ansiaba regresar. Pero antes debía hablar conmigo. Tocó por tercera vez, y agregó unos golpes de puño. Se hizo atrás y miró la casa. Cuando me vio observándolo desde la ventana del medio del piso superior, se quedó indeciso un momento y saludó con la mano, como haciendo señas con una bandera desde una playa distante. Yo le devolví el saludo. Esto lo desconcertó por un momento. Luego pasó una mujer con un niño y él giró automáticamente para mirar su auto, después se volvió hacia mí con urgencia repentina. Agitó el brazo, indicándome que bajara, primero formando las palabras con los labios, como si yo fuera sordo.

—¡Baje, abra la puerta! —gritó a continuación.

No lo hice. Vi cómo se iba exasperando cada vez más, dando unos pasos hacia atrás y volviendo a dirigirse hacia la puerta, tocando el timbre, golpeando, y mirándome con fijeza. Yo podía leer sus gestos como si fueran libros viejos: estoy sumamente decepcionado con usted, sumamente. Usted, de quien se me ha hablado desde arriba, señor Coughlan, me ha decepcionado de esta forma. Terrible. ¡Abra la puerta!

Ni siquiera negué con la cabeza. Mi padre me había dicho una vez que cuando uno observa a alguien con cuidado por un momento, nota que el comportamiento humano pronto se asemeja al tráfico azaroso de unos insectos en un plato de uvas. Ahora lo recordé: allí estaba él, corpulento y solemne escarabajo, atravesando en todas direcciones el felpudo con la palabra Bienvenidos, incapaz por un instante de comprender por qué yo lo miraba como desde otro mundo. La paciencia de McCarthy tenía un fusible de cuatro minutos: repitió todo lo actuado una vez más, tocó el timbre, dio un paso hacia atrás, circundó las uvas, me miró con furia y, por fin, se dio por vencido. Cuando se fue, agité la mano a guisa de saludo, tal cual habíamos comenzado, y lo vi marcharse, y con él, la terminación de mi carrera en la administración pública.

Sentí un acceso de júbilo y el mareo que se experimenta en una caída libre. Me puse de pie y caminé por la casa. Qué agradable era no hacer nada, sentarse o levantarse a voluntad, retener la respiración o exhalarla. No había nada por delante: no tenía dinero, ni empleo, y sólo un alojamiento temporario. Cuando el tío John vino por la tarde y nos sentamos juntos a tomar el té, le dije que no volvería a mi empleo. Yo estaba esperando una señal.

Él era un hombre paciente; asintió, me pasó unos bizcochitos. Cuando terminamos el té, fuimos a sentarnos en la larga sala en sendos sillones separados, a escuchar música. Así permanecimos un rato, como si esperáramos empezar a conversar en cualquier momento. Como eso no sucedía, seguimos sentados, extrañas figuras en la noche suburbana que escuchaban música y esperaban un giro en el argumento. El tío John aguardó una hora, destapó su botella de whisky, abrió su maletín, extrajo unas carpetas y se puso a trabajar con números hasta que los números se fundieron con los compases de sonatas y conciertos, haciéndolo regresar a los lugares seguros de su celibato. La noche nos fue rodeando. Poco a poco, yo me fui volviendo invisible.

Viví en esa casa todo el otoño y el invierno, esperando todo ese tiempo que Dios hablara. Los pequeños asuntos de la vida seguían su funcionamiento automático, sin mí. Cuando el clima se tornó inclemente y el aire de la noche espeso por el humo de carbón, llegué a la conclusión de que quizá Dios no me visitara en la casa; debía salir y caminar y aguardar un encuentro casual. Por eso, todas las noches, después del té, cuando mi ángel se trasladaba a la sala y acercaba un fósforo al fuego, yo me ponía un abrigo y me aventuraba a los gélidos vientos, donde Él podría estar aguardando. ¿Qué iba a hacer? ¿Qué pasaría luego?

Dígamelo.

Las calles estaban desiertas y las ventanas, tras sus cortinados, sellaban las casas contra el mundo. Los autos avanzaban, interminables, en la oscuridad, criaturas en un purgatorio sin destino de llegada que se movían incansables por la curva maraña de calles en el extremo de la ciudad. Tantos que iban hacia alguna parte; si yo caminaba más despacio quizás un automóvil se detuviera. Quizás encontrara uno parado a causa de un desperfecto. ¿Quizá, qué? ¿Qué estaba esperando yo? No puedo decirlo, en realidad: algo que me indicara la forma del camino futuro, que borrara el azar e imprimiera un claro sentido de propósito.

Seguí caminando en la noche, serpenteando por avenidas, calles y senderos una y otra vez, hasta que me encontré de vuelta en la casa de Flannery. Entré y me fui a acostar. A la noche siguiente, volví a salir, haciendo una rutina de la vacía recorrida circular por el vecindario, mi caminata en torno de la nada, sin un Dios que hablara. Seguí caminando hasta febrero; en marzo, cuando nevaba y todo estaba congelado, las calles cubiertas de un manto de duro vidrio blanco, yo me deslizaba y patinaba en caso de que se tratara de una prueba y el destino estuviera aguardando a la vuelta de la esquina.

Esa noche, en la oscuridad, nada se movía. Por una vez, las calles estaban vacías, y yo podía correr animadamente y resbalar por el centro como el primer hombre en el nuevo mundo.

Las luces de la calle iluminaban el camino nevado como una pista de aterrizaje. Al principio mis pasos eran diminutos, movimientos planos de deslizamiento y un brusco sacudón cuando me tambaleaba. Estaba inquieto, esperando una caída. Las calles de la ciudad en la vacía blancura estaban bellas de silencio. El sueño las flanqueaba, y el mundo gris se había esfumado bajo el hielo. Estrellas relucían a mis pies. Tardé una hora en hacer ocho cuadras. No me importaba. Seguí caminando por el centro de la calle como pista de aterrizaje, sabiendo que en cualquier momento arribaría un vuelo. Me resbalé, pero no me caí, y en un momento me pareció que ya no caminaba, sino que patinaba entre los faroles de la calle. Junté velocidad, corrí, levantando las manos, deslizándome vertiginosamente hacia adelante. Otra vez. Calle abajo, un galopito y luego el suave deslizamiento de un patinaje. Era deslumbrante. El hielo me llevaba como a un peso pluma; las casas volaban a mi lado y yo aceleraba con cada paso, patinando por las calles de Dublín, los brazos en alto, como alas, y el faldón de mi abrigo batiéndose detrás. Patiné alrededor de rotondas, atravesé las luces de tránsito en rojo y las señales de "ceda el paso" con los ojos cerrados. Que me choque con algo ahora, que el mundo me atropelle, si eso quiere. ¡Ahora, ahora!

Pero nada pasó. Seguí patinando por las calles desiertas, con el hielo que me atravesaba la delgada suela de los zapatos, de manera tal que sólo cuando miraba hacia abajo me daba cuenta de que mis pies aún seguían allí. Patinaba con un solo pie, trazaba pequeños arcos y vueltas, para provocar una caída, pero permanecía vertical, una alta figura bamboleante que atravesaba la blancura de la noche. Parecía que la ciudad hubiera sido evacuada para mí, preparada como un escenario para el drama menor que fue el darme cuenta de que estaba solo. Mientras patinaba allí me asaltó con fuerza por primera vez: no tenía amigos. Mi padre había muerto. Una pálida náusea gelatinosa dio un vuelco en mi estómago. Mi padre había muerto. Yo estaba solo. No hice ningún movimiento y dejé que el hielo me llevara calle abajo. Ahora no sentía nada debajo de las rodillas. Mi padre había muerto; era como si se hubiera producido una amputación, y ahora me doliera la parte que faltaba. Me tambaleé en el hielo una vez, y luego me precipité de cabeza.

13

Cuánto tiempo estuve tendido en el suelo no lo sé. La sangre de una herida en la frente se mezclaba con el hielo y hacía un mapa pequeño semejante a Noruega. No sentía los pies; tenía unos latidos y un hormigueo en la frente, como si me mordisquearan criaturas con dientes afilados. Mi ojo derecho estaba contra la calle, y el hielo compacto me congelaba las lágrimas. Yací allí, sin poder moverme, mirando la larga cinta de blancura congelada, hasta que por fin vi la figura de un hombre que se aproximaba. Quizá fuera un sueño. Estaba a más de un kilómetro de distancia, pero se movía con una suerte de elevado y angular propósito, que no le daba importancia a la nieve. Estaba a un kilómetro, luego a medio kilómetro, luego, casi en seguida, estuvo encima de mí, como si la película estuviera cortada y diera un salto hacia adelante.

Era mi padre. No estaba quemado, y tenía fresco el rostro, rozagante en la nieve. Era una noche tan milagrosa que había salido del cielo a dar un paseo, mientras mi madre se dedicaba a la tarea del aseo. Sus cálidos dedos me tocaron la herida de la frente. Sus ojos, muy azules, me miraban como luces, y sentí una corriente de electricidad que me recorrió el cuerpo hasta los pies. "Papá —quería decirle—, papá, sosténme, por favor, no me sueltes. Quiero irme contigo."

Y entonces se acostó en la calle a mi lado. Yo tenía todo para decirle, pero no podía decir nada. Todas las palabras se me disolvían como nieve en la lengua, y yacíamos en silencio, mirando hacia las estrellas. Debe de haber pasado el tiempo, pero el dolor no se acrecentaba, y en esa yaciente calma de la noche congelada de pronto empecé a ver con los ojos de mi padre: el cielo punteado de blanco, iluminado de estrellas, su excitado brillo, su majestuosidad, demorada por el asombro de la nieve, liviana como el polvo, que caía como un millón de fresas, suave y silenciosa, desde las ramas altas de un abeto; caía como si una mano invisible la empujara con un cepillo, y la luz misma se derramara por todo el cielo, hecha de la textura del aire frío, compuesta como la música, rutilante como la plata.

Permanecí acostado a su lado y vi, y vi el mundo infinito en sus detalles y en su diseño, el mapa de cada una de sus estrellas y copos de nieve exacto, bello y majestuoso. Luego me volví hacia mi padre.

Pero él ya no estaba.

14

Mi padre estaba seguro de que los sueños son nuestro otro yo que responde. Nunca me aclaró dónde estaba ese otro yo, cómo vivía exactamente, o qué tomaba para el desayuno, pero vivía y hablaba en imágenes mientras dormíamos. Me dijo esto cuando yo era un niño, mientras él pintaba un cuadro titulado *Fragmento de un sueño*. No era nada que yo pudiera entender: azules y verdes, y quizás un monstruo, si es que los monstruos existen. Pero después, durante semanas, cuando estaba acostado en mi cuarto del piso superior, esperando que llegara el sueño, yo dejaba un espacio en la almohada, para él. Mi otro yo era malo para hablar con imágenes. Estaba en la escuela preprimaria. Todo lo que decía era confuso y sin sentido. Mojaba la cama. Lo perseguían figuras que se movían como manchas de pintura de óleo y al subir por la escalera la pintarrajeaban. Su madre era una aspiradora. Después de un tiempo decidí hacer caso omiso de su presencia y me despertaba por la mañana con el sentimiento culpable de haber suprimido la noche por completo.

La mañana después de la caminata por la nieve me desperté cuando el tío John salió de la casa para ir al trabajo. Me quedé en el borde del sueño un rato, tratando de reensamblar la noche que por hábito olvidaba. ¿Cómo había llegado a casa? Me incorporé en la cama y miré por la ventana: el mundo se había derretido. La nieve había sido retirada con un movimiento rápido, como debajo del manto de un mago, y el mundo gris volvía a aparecer.

Las casas de enfrente, separadas por una pared medianera, humeaban con sus fuegos matinales, y las puertas de los garajes habían quedado abiertas luego que los autos ya habían partido hacia el centro de la ciudad. El aire jadeaba con las emanaciones. Abrí la ventana y entró el ruido del tráfico; su olor y sus sonidos atravesaron la habitación. No había nada desusado o portentoso. ¡Cuánto más fácil habría sido si hubiera habido una señal clara, algo escrito en un pedazo de nieve despareja, un diseño en las nubes! Pero, en cambio, no había nada más que la monótona nada, la ordinaria y tediosa continuidad del tiempo mismo, el mundo tal como lo conocíamos.

Sin embargo, de repente, supe qué hacer.

Cuando John Flannery llegó a casa esa noche, le pedí mil libras.

—¿Cómo dices?

—Las necesito. Quiero hacer un viaje.

—Bien, Nicholas...

—No todo es para el viaje. Quiero comprar el cuadro. Quiero comprar el cuadro que tú donaste como premio.

Estaba sentado frente a mí, del otro lado de la mesita de la cocina, y dejó la taza de té. Todavía tenía puesto su traje. Bajó los ojos para mirar el pan con manteca, enfrentándome con la calva de su vieja cabeza. Por ella corrían los recuerdos del día que obtuvo el cuadro de mi padre, y remontándose más atrás, a través de los corredores, los momentos en que acababa de conocer a William Coughlan, los días inquietos cuando cortejaba a mi madre, y el vacío de la oficina cuando se marchó. Su propia vida era una naturaleza muerta en comparación, y en esos instantes, sentado frente a mí, con la cabeza gacha, lo envolvía la tristeza.

—Sí. Sí —dijo, por fin, y asintió—. Podrías recuperarlo. Sería correcto. Te diré dónde está.

A la mañana siguiente tomé el tren a Galway. El tío John me dejó en la estación con un apretón de manos y más inclinaciones de cabeza.

—Eres tan parecido a tu padre —me dijo. Se echó hacia atrás, me miró y volvió a asentir, como si concordara con una voz interior que inspiraba a los ángeles. Y luego se fue, desapareció en el tráfico, dejándome con su fe en un mundo bueno y sus mil libras.

Esa mañana tomé el tren al oeste a través del país por segunda vez en mi vida. No era diferente; mi padre todavía estaba delante de mí en uno de los coches, y yo viajaba para traerlo de regreso. Pero ahora yo tenía el nombre del maestro de escuela de la aldea de una isla escrito en un pedazo de papel. Lo desenrollaba y lo volvía a enrollar mientras el tren zumbaba con serena resolución férrea por los suaves campos verdes. ¿Quién era él, este Muiris Gore, el poeta con el cuadro de William Coughlan? ¿Qué había hecho con él? ¿Lo valoraba, lo tendría aún? Nunca había oído hablar de él. La mera idea de un maestro solo en una isla estaba tan llena de romanticismo que parecía irreal. ¿Qué clase de vida habría allí? Recordé el mar cerca de Clare, su extravagante melancolía, su inmensidad, su turbulencia, blanca y azul, que casi me arrastró. ¿Una isla, allí? Era tan remoto como un cuento de hadas, y cuanto más pensaba en ello, con la frente herida apoyada sobre la fría ventanilla, más me parecía que el hierro plateado del tren que me llevaba hacia el oeste podría haber sido la carga de un ejército de caballeros medievales que se dirigían a un reino fabuloso.

Los sándwiches de plástico me sacaron de mi ensueño. Un muchacho menor que yo empujaba un carrito por el pasillo, seguido de una fila de personas que querían ir al baño. Tenía la cara roja por los granos que se había cortado al afeitarse. Me vendió un sándwich de jamón y queso, y le di uno de los billetes de veinte del señor Flannery. Los sándwiches de plástico venían acompañados de un budín inglés de plástico y un té aguado y tibio. La primera mujer detrás del carrito trató de pasar, pero el muchacho no estaba dispuesto a aceptar tal cosa. Nadie pasaría hasta que él llegara al final del vagón. Era su poder cotidiano, su momento de gloria. Con su camisa blanca barata y su corbata roja, sacaba el pie del freno y permitía que los que iban al baño avanzaran unos cuantos centímetros. Entonces, ceñudo, volvía a detenerse a tomar otro pedido. Cuando terminó de atender ese vagón, cruzamos el río Shannon; me pregunté si ése sería su horario, la medida de sus días, pues el viaje no significaba nada para él. Él nunca llegaba, sino que iba y venía a través del paisaje como una liebre, cruzando los campos entre oscuridad y oscuridad. "Yo era exactamente igual a él", pensé. Hasta hoy. Hoy me muero por llegar, descender del tren y adentrarme en lo posible. Pues no me quedaba nada por hacer. Pensé que debía recobrar el cuadro antes de poder empezar mi vida. Debía encontrarlo y sentarme frente a él y mirarlo y mirarlo hasta que pudiera ver la visión que tuvo mi padre, y oír la voz que él oyó y saber que el mundo tenía orden y significado, que el último fragmento de su cuadro tenía una función, y hasta que yo lo descubriera no sabría qué vendría después. Cuanto más pensaba en ello, más seguro estaba: el cuadro no había sobrevivido en vano. Era una pista: sólo él perduraba de todas las ruinas de nuestra vida. Y así, mientras los campos húmedos pasaban fugazmente y el ganado miraba por un instante, enterrado en el fango bajo los setos, yo iba sentado sintiendo el ritmo de las vías, cruzando el país con el fantasma de mi padre, e imaginando que el nombre de Muiris Gore era el siguiente vuelco en el argumento.

PARTE
5

1

L a mañana de la boda de Isabel, Margaret Gore le advirtió a su marido que se portara bien. La noche anterior, Muiris había conocido a Peader. Hubo una fiesta en la isla, en lo de Coman; empezó como una comida formal, con grandes servilletas rojas de papel y dos servicios de cubiertos, pero pronto se disolvió. Los hombres se reunieron junto al bar a mirar un partido de fútbol en la televisión, e Isabel, su madre y Sean permanecieron sentados a la mesa entre espacios vacíos. Se produjo un intervalo de silencio entre la comida y el baile. Peader se sentía como un extraño entre los isleños, hasta que con la bebida empezó a tornarse más amistoso. Se reía más fuerte de lo que se merecían los chistes, y formaba parte del sudoroso grupo gracias al leve disimulo que le proporcionaba el whisky.

Muiris se sentía pasmado por él. Le parecía un hombrón débil y tonto, de mentón blando. No quería bailar; seguía con los codos apoyados sobre el bar, y apartaba la mirada cuando hasta el más tímido de los hombres se acercaba a sacar a bailar por última vez a la beldad isleña. Cuando empezó la música, el tipo le pareció más arisco aún a Muiris, y por fin se acercó a él para determinar su carácter. En medio de los acordes de los violines, le preguntó a Peader si no bailaba. El mentón blando se abrió, se vio una sonrisa y un sacudimiento de cabeza.

—No, gracias —dijo.

247

Levantó un jarro de cerveza y contempló la bebida hasta que llegó a su boca. ¿Qué podía decirle Muiris? Se sintió con ganas de pegarle en la espalda; había algo en él, en su lentitud, en su refunfuñante presencia en los momentos anteriores a su boda que le daban ganas de provocarlo. Desde que Peader llegó a la isla, Muiris notó que daba pocas señas de amar a Isabel. Iban del brazo, no tomados de la mano, y él les sonreía a las personas con quienes se cruzaban. ¿Qué podía ver ella en él? ¿Cómo pudo preferirlo a él en vez de a Seamus Beg, el muchacho pequeño de ojos azules que se sentaba a su lado en la escuela, y que ahora bailaba con ella?

—¿Amas a mi hija? —Muiris disparó la pregunta antes de lo que planeaba. Los dos Joyce estaban tocando una pieza rápida cerca de ellos, y Peader no lo oyó.

—¿Cómo dice?

—Tú... Ven aquí. Salgamos un momento.

Y en un momento, cuando Margaret Gore se estaba quitando algo que se le había metido en un ojo y que le molestaba, Muiris llevó a Peader afuera. El aire repentino hacía danzar las estrellas. El barco azul de Horan, anclado en el muelle, parecía sentado sobre el agua. Pasó un instante antes de que todo estuviera bien. Muiris parpadeó y sintió el fresco de la noche en la parte posterior de las orejas. Éste era su momento; quería resolverlo ahora. Quería una prueba imposible de ese patán. Levantó el índice de la mano derecha.

—Quiero que me lo digas. Quiero que me digas por qué yo debo permitir que te casaras con Isabel.

Ya lo había dicho, y al instante sintió a su mujer regañándolo. Peader torció la cara, levantando las cejas para causar un efecto y luego dejándolas caer sobre los ojos. Dio un paso atrás, sopló levemente por un costado de la boca, volvió a levantar las cejas para demostrar que iba en serio, y se quedó allí, sonriendo ante el mar. Estaba tan sorprendido por el tono de la pregunta, que lo tomó como por asalto. Sintió la mano del maestro sobre el brazo, instándolo para que respondiera, y cuando lo miró a la cara, vio la de su padre reflejada en Muiris Gore. Se sacudió la mano.

—Usted no tiene nada que permitir —dijo, y caminó contoneándose en dirección al bar, contento de haber podido, por fin, hacerle frente a su padre.

—Espera un minuto. ¿Quieres? Por Dios, espera un minuto.

Muiris lo tomó de la chaqueta y vio que las estrellas giraban y fulguraban sobre el mar cuando una mano le dio un empujón y él cayó de costado sobre el suelo. El pedregullo se le hundió en la mejilla. El cielo era inmenso.

No era un golpe, y Peader no había tenido la intención de pegarle. Dio un paso para ayudarlo a ponerse de pie no bien vio caer al Maestro, pero otros tres hombres ya se le habían adelantado. Todos los que estaban en la taberna los siguieron, y una conmoción rodeó a Muiris mientras se estaba poniendo de pie. Margaret se dirigió hacia su marido, escondiendo su mortificación.

—Estoy bien, estoy bien. Me caí, nada más. Las piedras están húmedas.

Se hicieron algunos chistes sobre el Maestro y sus copas, sobre los consejos que le habría estado dando al hombre de Galway, y la gente volvió a entrar en la taberna.

Margaret Gore sabía que eso no era todo, aunque no se atrevió a preguntar qué había pasado. Esa noche, ella y Muiris estaban acostados, sin poder dormir. Muiris no mencionó el incidente; se dio vuelta sobre su costado, contemplando la verdad de que él ya no importaba en la vida de su hija. Isabel se iba a casar con ese hombre y su padre pasaría el resto de sus días alimentando el dolor por su pérdida. Era un nuevo golpe en una vida ya acostumbrada a recibirlos. ¿Por qué iban a terminarse ahora la desilusión y el fracaso? "No —pensó—. He de levantarme por la mañana y renunciar a la última esperanza de felicidad en esta familia." Ella lo odiará dentro de un año, me odiará por no haberla detenido, y siempre llevará la herida de esta elección. Pero, ¿qué podía hacer él?

Margaret Gore se movió en la cama. Cada uno sabía que el otro estaba despierto, pero estaba más allá de la posibilidad de hablar. Pues cada uno también sabía que si ventilaba su decepción, la boda sería imposible, y entonces era probable que Isabel huyera y se casara en otra parte. No se podía hacer nada, excepto observar lo que sucediera, como si se tratara de una tragedia filmada en cámara lenta, llena de horror y pérdida, proyectada una y otra vez en el cielo raso sobre la cama, iluminado por las estrellas. Margaret se acercó a Muiris, y se apretó a su espalda. Él no se volvió, pero extendió una mano y le acarició los dedos, y se quedaron así, sin palabras, despiertos, mirando la oscuridad y la ventana abierta y sin cortinas, que dejaba escapar la amarga fragancia de su desesperación al aire salado de la noche.

A la mañana Margaret se levantó primero y encontró que Isabel la había precedido y estaba ya en la cocina. Sean no estaba bien; se había vuelto de espaldas hacia el rincón de su cuarto y rechazaba todo intento por hacerlo levantar.

—Pues me casaré de todos modos —le dijo Isabel, yendo a la cocina y sintiendo la tristeza de la casa como un peso sobre los zapatos—. Buenos días, mamá. ¿Supongo que tú tampoco querías levantarte esta mañana?

—Eso no es verdad. Tu boda, querida. Es el día más feliz de mi vida. —Margaret hizo una pausa por un segundo, ¿cómo había podido decirlo? Luego juntó las manos en un gesto acabado de actuación teatral. —Vamos —dijo—, tenemos mucho que hacer.

Desde ese momento la casa se despertó y resonó con la tediosa energía de la boda inminente. Margaret despertó a Muiris, preparó su traje y su camisa, eligió una corbata, y luego le llevó el té a la cama. Él se había quedado dormido con la primera luz del alba, y ahora puso los pies sobre el piso frío como si lo sintiera por primera vez. ¿Podría ponerse de pie? ¿Podría caminar? Margaret lo miró desde la puerta del dormitorio y lo vio detenerse junto a la ventana.

—Es el día de boda de tu hija —dijo ella, mordiéndose el labio inferior—. No debes hacernos pasar vergüenza.

Y se fue a darle de comer a Sean. Trató, sin éxito de hacerlo levantar, y luego fue a la cocina a recibir a su vecina, Nora Liathain, que había olfateado el agrio aire amarillento de la desesperación que salía por la ventana de los Gore toda la noche. Era viuda, y le encantaba el dolor. Se sentía bien cuando las tinieblas descendían sobre alguien, y se consolaba al pensar que la pérdida de su marido, el buen Liam, no era la única ultrajante tristeza que había enviado Dios a la isla. Margaret la recibió en la puerta.

—¿Está todo bien?

—Todo está muy bien, Nora.

—Lo está. Sí, muy bien. —Hizo una pausa, olfateando el aire. —Hoy es un gran día. Sí. Sí. ¿Necesitas que haga algo? ¿Puedo entrar, y tener unas palabras con Issy?

—Sabes, estamos tan ocupadas, Nora, que no tenemos tiempo ni para charlar.

—¿Así son las cosas?

—Así están.

—Volveré más tarde, entonces.

—Magnífico. Gracias, Nora.

Se fue, pero vendrían otros. Margaret sabía que la boda flotaba sobre la isla como una telaraña, y aunque ella no quisiera que sucediera, sabía que su hija lo deseaba, y por esa razón se dedicó a proteger su casa de los demás y de todo lo que pudiera hacer peligrar el día. Trabajó como en un trance, como si se tratara de una serie de pasos numerados, y ella tuviera que limitarse a hacer lo que correspondiera hacer luego, siguiendo un plan ordenado de antemano. Era la única forma de seguir adelante. Mientras le cepillaba el pelo a su hija en el dormitorio, apareció el padre Noel. Muiris se sentó con él en la cocina.

—¿Y cómo estamos todos esta mañana? —Margaret lo oyó decir con su voz débil cuando entró. Ahora, mientras estaba de pie detrás de Isabel, con el cepillo en la mano, aguzaba los oídos para oír si Muiris decía algo inconveniente y lo arruinaba todo. Hacía movimientos largos y pausados, estirando levemente el cuello en dirección a la puerta, esperando en cualquier momento que el cura entrara y le hiciera frente a Isabel: ¿Es verdad que ustedes no se quieren?

Pasaron quince minutos. Oyó el ruido del vaso sobre la mesa de pino, el crujido de los zapatos de cuero en el vestíbulo y los pasos del cura que se acercaban al dormitorio. Llamó a la puerta tan suavemente que hizo parecer que se trataba de una intrusión extraordinaria: la de un hombre en un cuarto de mujeres.

—Dios las bendiga.

—Pase, padre —dijo Margaret.

—No —dijo él.

Estaba ante la puerta.

—¿Cómo estamos?

—Bien —dijo Isabel, pero sus palabras se perdieron debajo del "Maravilloso, padre", de Margaret.

—Espléndido —dijo él, de pie en el umbral, asomando la cabeza hacia adentro. Permaneció así un momento. Había oído acerca del problema en la taberna de Coman la noche anterior. Había rumores de que la boda no tendría lugar, rumores de toda clase que recorrían la isla, así que se quedó ante la puerta más tiempo del debido, esperando, con sus ojos benévolos y su suave cara rosada, enterarse de lo que estaba realmente ocurriendo, como una dolorosa cachetada. Pero nada se produjo. Y quedó agradecido por ello. "Gracias a Dios. Cuán buena era la vida cuando las cosas salían bien, como ahora", pensó. Sonrió y, saludándolas con una bendición, volvió al vestíbulo, haciendo crujir sus zapatos, y luego salió al aire más seguro del océano Atlántico.

—¿Qué le dijiste? —preguntó Margaret.

—Le dije que me parecía que se estaba levantando viento. Iré a afeitarme ahora. ¿No tienes inconveniente?

—¿Ya has tomado una copa?

—¿Qué?

—Sé que lo has hecho.

—Se lo confesaré al cura el sábado que viene. Voy a afeitarme.

El Maestro salió y se quitó la bata que se había puesto para recibir al cura, dejándola caer sobre el piso del cuarto de baño.

—Mi vida... mi vida es levantar las cosas que tú dejas caer —oyó decir a su esposa.

Le cerró la puerta en la cara, y se quedó quieto hasta que la oyó volver al lado de Isabel. Estaba en un lugar seguro. Dejó correr el agua caliente y observó cómo desaparecía su cara en el espejo cubierto de vapor, la espantosa hinchazón moteada en que se había convertido su piel, sus horribles arrugas, el rojo ensangrentado de sus ojos. "Feo, imposible poder casarme ahora —pensó, y mojó la navaja—. Haz que suceda algo, haz que suceda algo", era el rezo que recorría su mente mientras tocaba con la mano la floja línea de su mentón, y las gaviotas empezaban a gritar afuera. Anunciaban lluvia. Aborrecía más que lloviera los sábados que los días de clase; lo lamentaba por los niños, que sufrirían como si se tratara de una pelota confiscada. No obstante, irían a la boda. Estarían todos presentes para verlo. Movió un dedo sobre la mejilla afeitada y lo presionó contra el pómulo para sentir el dolor de su caída.

—¡Ay!

Metió las manos en el agua fría. Dejó que las gotas de la cara se escurrieran en el lavabo y luego se quedó allí, incapaz de moverse. Era un cobarde. Tenía miedo de lastimar a su hija. Tenía miedo de hablar con claridad y de decirle que el hombre no era bueno y arriesgarse a que ella lo odiara para siempre. Tenía miedo de lo que pensaba que él debía hacer, y se quedó allí, mirándose en el espejo, rezando para que pasara algo que lo privara de la responsabilidad.

—¿No vas a salir? —Era Margaret llamándolo, Margaret que se daba cuenta de su posible debilidad, e incesante en su determinación de mantener activa la maquinaria de la boda. —¿Vas a salir hoy?

—En un minuto.

—Hace un año que estás allí.

—Sí —susurró él, oyendo que se alejaban los pasos y volviéndose a mirar en el espejo. "Imbécil —pensó—. Imbécil. Atrapado de esta manera en el día en que creías que ibas a ser tan feliz. *Fecken eejit*, ¿quién te crees que eres? Él es bueno. Ella lo pasará bien. Ha hecho una elección. Confía en ella. Él no te cae bien, pero es la primera impresión. ¿Qué sabes de él? El tipo estará nervioso entre todos nosotros. Necesita hacerse valer. Sentirá que somos muchos los que lo vigilamos, los que juzgamos todos sus movimientos. Ponte la camisa. Saldrá bien, ya lo verás."

El espejo le contestó a su cara afeitada a través del vapor y las gotitas de agua, pero cuando Muiris se apartó del lavabo y abrió la ventana del baño no pudo dejar de sentir que algo precioso le estaba siendo robado de lo más íntimo de su ser.

En el dormitorio de Isabel, su esposa esperaba oír el ruidito de la puerta al abrirse. Cuando él salió ella dejó escapar un suspiro y lo convirtió en tos para que su hija no sospechara cuán tensos se sentían todos por la boda. Cepilló el pelo de Isabel como si estuviera rasgueando una lira de olvido leteano; una y otra vez bajaba el cepillo, hasta que por fin Isabel le pidió que se detuviera. Se puso de pie y su madre vio de inmediato lo hermosa que era. A Margaret le saltaron lágrimas a los ojos, le tembló la barbilla, y para sobreponerse gritó:

—¿Saliste, por fin? ¿Saliste?

Salió corriendo del dormitorio como si se hubiera pronunciado una orden inaudible.

Esa mañana, la casa estaba tensa como un reloj al que se le ha dado excesiva cuerda; la boda era a las catorce. Parecía muy lejana en el futuro, pero sin embargo el tiempo se adelantaba con saltos repentinos; no era una curva pareja, sino que se movía y luego se quedaba inmóvil. Eran las diez. Muiris estaba saliendo del cuarto de baño. Era el mediodía y estaban tocando el ángelus en la radio cuando Margaret descubrió una mancha en el vestido. ¿Cómo podía tener una mancha? Sin embargo, allí estaba; el vestido que había venido de Galway estaba ahora extendido sobre la cama de Isabel, extraído de una bolsa de plástico, y tenía claramente una mancha marrón en el costado derecho, justo debajo de la cintura. Parecía la isla.

—¡Mierda! —Era Isabel, volviéndose hacia la ventana y el mar. —¡Mierda! —Si ésta era una señal, esperaba algo más.

—Podemos arreglarlo —dijo Margaret, tratando de disimular la certeza de que se trataba de un mal augurio.

—Mira esto.

—No te preocupes, Issy. Podemos sacarla.

A las trece y treinta madre e hija seguían inclinadas sobre la mancha, trabajando con agua y vinagre y soda y sal. Por fin, veinte minutos antes de la ceremonia lograron atenuar la mancha pero impregnaron la tela de un inolvidable olor a vinagre amargo que todos los que estuvieron ese día en la iglesia interpretaron como el aroma de un matrimonio condenado al fracaso. Mientras las mujeres estaban en el dormitorio, el padre de la novia permaneció sentado con su hijo mudo en el cuarto posterior. No había ningún sonido entre ellos, salvo el grito de las gaviotas y el embate creciente del mar inquieto. Las damas de honor, Sheila y Mary O'Halloran, ya habían llegado a la casa y estaban en la cocina desierta picoteando el jamón asado al horno, confirmando su creencia de que no habría boda. Luego el tiempo dio un salto adelante; eran las catorce e Isabel, seguida por su madre, salió del dormitorio con su vestido inmaculado y el pelo tan bien cepillado que parecía tener astillas de luz. Estaba lista. Nora Liathain vino de su casa para hacerle compañía a Sean, sintiendo un consuelo en medio de los burujones de su tristeza. Le apretó las manos a Isabel con sus torcidos dedos marrones que parecían espinas, y luego se hizo atrás para observar el comienzo de la procesión.

Caminarían desde la casa a la iglesia. Cuando Muiris abrió la puerta sintió que dejaba salir el mundo; su paso sobre la baldosa del frente era vacilante e inseguro. Su hija lo tomó del brazo. Margaret caminaba detrás con las damas de honor: el grupito de luminosidad traspuso la puerta e inició su caminata por el sendero de piedra entre los muros, sus ropas flotando en el viento del mar. Era un trecho breve, y nadie habló. Se desplazaban en un trance, cada uno mirando hacia adelante, a la iglesia de piedra, y preguntándose, cada uno a su manera, si pasaría algo. Si iba a haber una señal, con seguridad sería ahora.

El viento dispersaba el olor a vinagre y perfume. A Muiris le ardía el moretón de la mejilla. Sintió el apretón de la mano de su hija sobre el brazo. ¿Querría que él hiciera algo? ¿Querría que la llevara hasta la puerta, o que pasara con ella? No la podía mirar, y caminaba con esa belleza del brazo como un glorioso ramo que pronto desaparecería. Cuando llegaron a la iglesia oyeron la música y, como una bofetada, el aliento caliente de la enorme multitud. Se hizo un silencio, se oyó un revoloteo al mirar todos, y casi se sintió la herida inaudible de los corazones isleños destrozados ahora que la mujer más hermosa de todas se casaba con un extraño.

No había nada que se pudiera hacer. Sin embargo, al conducir a su hija por el pasillo hasta el altar, el Maestro seguía esperando algo, alguna interferencia espectacular, que la iglesia estallara en llamas o que se volara el techo. Mantenía la mirada fija hacia el tabernáculo y más allá de la amplia sonrisa del padre Noel. Oyó el sonido del vestido de novia crujiendo sobre el piso como un fuego bajo y el leve chirrido de los zapatos nuevos.

Ahora.

Ahora. ¿Algo?

Pero no hubo nada. En un momento, el ramo se soltó de su brazo, y la boda comenzó.

$\mathscr{2}$

La mañana después que los recién casados partieron para Galway para pasar la luna de miel en Connemara, la isla durmió con un sueño agridulce, ahora que su mujer más bella ya no estaba. Tuvo sueños pesados, como frazadas retorcidas, que hicieron tropezar hasta a los burros que andaban por la playa. Nadie estaba despierto, excepto Nora Liathain. Ella no fue a la boda y se pasó la noche entrando y saliendo de la casa de los Gore, para ver a Sean. Ella esperaba que en cualquier momento la ceremonia se desplomara y explotara la violencia; cuando nada sucedió, se guardó el desencanto como una llaga secreta, pero se consoló pensando que todo estallaría después.

Por supuesto que eso pasaría.

Estaba limpiando el interior de la ventana de la cocina cuando vio a un desconocido que llegaba del trasbordador. Despejó un círculo en el vidrio. Lo vio, y sintió que le ardía la llaga. Corrió a la puerta en un santiamén. Era un joven alto, de frente ancha y agobiado de hombros. Cuando él se acercó a las casas, la viuda le gritó un saludo en gaélico, luego agregó de inmediato:

—Hola. —Vio que se dirigía hacia ella. —Va a llover. —Anunció la triste noticia alegremente desde su achaparrado jardincito, metiendo las manos en su batón de entrecasa.

Él se detuvo en el desigual sendero.

—¿Busca a alguien?

—Sí. Sí, al Maestro...

—¿Es por su hija? —Ella le espetó la pregunta antes que él hubiera terminado de hablar. Ya estaba: la llaga empezaba a arder. Lo sabía.

—¿Cómo? No, eh...

—¿Es por Isabel? —dijo ella, con una sonrisa angosta en la mirada—. Sólo que está casada. Se casó ayer. Llega demasiado tarde. —Hizo una pausa para permitir que el golpe diera en el blanco. Esperaba ver que se le destrozaba el corazón allí, frente a ella, y que lo reclutaba para las filas de los dolientes, junto con ella. Pero no hubo ninguna señal.

—¿Isabel? —preguntó él.

—No es que ella lo ame. Eso lo sé. Todos lo sabemos. Probablemente lo hizo para mortificarlo a usted. Ella es así, por supuesto. Salvaje. —Asintió en dirección al mar, y el hombre se volvió para mirarlo. El trasbordador ya estaba regresando a Galway y ya se veía pequeño en la media distancia gris.

—¿Cuál es la casa de Gore?

—Duermen. Todos duermen. Yo soy la única despierta. Mi marido está muerto. ¿Para qué voy a estar durmiendo?

—Lo siento.

—Usted está enamorado de ella, y ella se ha ido. Pero no está muerta. Eso ya es algo —dijo la viuda, arrojándole el consuelo como una miga de pan y observando su expresión intrigada y perdida con cierto alivio.

—¿Cuál casa dijo usted que... ?

—Allí. Ésa es la casa de ellos. Pero ella ya no está, le digo.

—Gracias. —Se alejó de ella para cruzar el angosto sendero hasta la casa del Maestro.

—Llega demasiado tarde —le gritó ella, pero él no se volvió—. ¡Todo siempre es demasiado tarde! —gritó, en caso de que a él todavía le quedara un poco de esperanza al subir por el sendero del jardín y llamar tres veces, con firmeza, a la puerta principal.

3

Isabel estaba encerrada y pugnaba por salir. Las paredes del largo corredor eran de madera y estaban mojadas, y Muiris corría, tratando de encontrar la puerta. Pero no había puerta, sólo el martilleo de los puños de Isabel contra la madera mientras lo llamaba para que la salvara. Él seguía avanzando con dificultad, tocando con las manos la rugosa madera y sintiendo que las astillas se le clavaban en la punta de los dedos. Ella lo seguía llamando. Él estaba desesperado por encontrarla, y gritaba su nombre para hacerle saber que estaba cerca. Pero, ¿dónde estaba ella? ¿Dónde estaba la puerta? Estaba oscuro, y todo inclinado, y una gris lobreguez lo cubría todo. Cuando se daba vuelta para mirar hacia atrás, veía lo mismo que hacia adelante.

—¿Isabel? ¿Issy? ¿Issy?

El martilleo de sus manos en la madera continuaba: uno, dos, tres.

Y luego todo se sacudía, la madera se disolvía, el corredor estallaba en una luz brillante que dolía como agudos alfileres en el iris de los ojos, y Margaret que lo despertaba.

—La puerta. La puerta. Alguien llama, Muiris.

Él asimiló el mundo, aturdido. ¿Estaba en realidad allí? Por un instante imaginó que aún era la mañana de la boda y no la siguiente. Luego movió la cabeza y sintió un golpe de cascos en las sienes.

—¡Muiris! ¡Ve!

Otros tres golpes. Se llevó una mano a los ojos como para defenderse de un ataque y se incorporó, todavía en medio del fragor de su sueño. ¿Quién podía levantarse con una esperanza en el mundo esa mañana? ¿Por qué había tanta luz? Cuando Muiris apoyó los pies sobre el piso frío sintió la necesidad de estabilizar la tierra, pues de lo contrario se caería. La luz era implacable e irreal, el espacio abierto entre las cortinas, un desgarrón de blanco que no podía soportar. No, mejor no mirar afuera. Salió del dormitorio en piyama, esperando una calamidad. Pues, ¿quién en la isla podría estar despierto esta mañana? ¿Quién tendría la insensatez de tratar de molestarlo?

O quizá. La idea de que la vida de casada de su hija sólo hubiera durado una noche le atravesó la cabeza. No era descabellado, tratándose de ella. Abrió la puerta, esperando ver a Isabel, pero encontró a Nicholas Coughlan.

—¿Señor Gore?

—¿Quién eres tú?

—Estoy aquí por un cuadro.

El Maestro se sintió perdido. El aire de la mañana le golpeó la cara y lo sacó del sueño, pero el mundo aún carecía de sentido, y estaba mal hecho. Ese cielo azul con las nubes grises, la manada de burros isleños que había seguido al extraño desde la playa y que ahora se había detenido como un coro ante el cerco del jardín, el ojo de Nora en la ventana de la cabaña de enfrente. Y el cuadro, ¿qué cuadro? No dijo nada, allí parado, mirando al joven frente a él.

—Soy Nicholas Coughlan —dijo—. Mi padre hizo un cuadro...

La viuda de ojos grises intentaba escuchar, de modo que Muiris extendió una mano abruptamente, tomó al extraño de un hombro y lo hizo pasar.

—Entra. Entra. —El frío le congelaba las piernas. —Pasa, siéntate. Buscaré algo, ya vengo.

Nicholas se sentó en la cocina en la que todavía había restos de los preparativos de la boda: cintas, aguja e hilo, tallos de claveles cortados y celofán con gotas de agua, el cuarto de una torta de bodas que trajo Margaret bajo la achispada luz de la luna y que luego se cayó al piso, al ponerla demasiado al borde de la mesa. Lo rescatado tenía un aspecto apaleado.

—Bien. —Muiris estaba de vuelta, con pantalones y medias, y la parte superior del piyama. Buscó la pava. —Esto es un lío terrible, pero podremos hacer té, de todos modos. —Esperó hasta que se llenó la pava de agua y luego lo dijo por primera vez en su vida. —Mi hija se casó ayer.

—Ya veo. Felicitaciones.

El Maestro levantó la pava en el aire, haciendo una pausa entre la continuidad de su vida y la oleada de recuerdos de la hija desaparecida. Felicitaciones: la palabra inundó sus oídos, como una burla. Parpadeó un instante para evitar caerse.

—No es nada que merezca felicitaciones.

—¡Muiris!

Margaret Gore entró en la cocina como si viniera a rescatar su propia vida de la ruina. Ataviada con su bata, dio un paso adelante y tomó la pava suspendida en el aire de los dedos de su marido sin mirar al extraño. Lo primero, primero. Ante todo, debía mantener el mundo dando vueltas, apuntalar a su marido y al extraño contra las aladas sombras de la desesperación que podía ver sobre sus hombros. Muiris debía continuar con su vida; no habían llegado hasta aquí, a través de la interminable lucha de la luz contra la oscuridad de la isla, sólo para entregarse al abatimiento. Ella estaba resuelta a que no fuera así. A él se le había destrozado el corazón. ¿Y qué? Había que seguir.

—Buenos días a usted. —Hizo una inclinación de cabeza en dirección a Nicholas. —Muiris, ¿quieres despertar a Sean para el desayuno?

El Maestro salió de la cocina y su esposa cortó el pan.

—Es de ayer. No he hecho nada esta mañana todavía.

261

—Estoy bien. Usted no necesita...

—Tomará una taza de té y comerá algo, de todos modos.

No lo miró mientras hablaba. Moviendo los brazos con rapidez, juntó los restos de flores y celofán y los tiró al cesto de basura. No hay que detenerse, hay que seguir. Aseó todo, mordiéndose el labio inferior cuando su mano se detuvo ante la foto de madre e hija en el antepecho de la ventana.

—¿Usted no conoce a Isabel? —preguntó.

—¿Perdón?

—Ésta es ella. —Levantó la foto y se la dio. —Mi hija.

No era nada: un gesto natural, pero ella lo recordaría más tarde, cuando todo hubiera cambiado, y se preguntaría qué podría haber pasado, cómo habría girado el mundo de una manera distinta si ella nunca le hubiera mostrado la foto.

Él la miró y se la devolvió, no consciente todavía del sueño, o espora que había florecido de ese momento, ni que su vida hubiera empezado a cambiar ya. La mujer de la foto era hermosa: eso era todo.

—Éste es un visitante. Éste es Sean, mi hijo.

Muiris empujó a Sean en su silla de ruedas, y Nicholas extendió la mano. Sean no se movió, y Nicholas tocó sólo por un instante sus dedos fláccidos. La silla de ruedas fue ubicada junto a la mesa.

—Haré el té.

—Siéntese —le ordenó Margaret, enmantecando las rebanadas de pan negro mientras la pava empezaba a silbar. Los tres hombres permanecieron mudos bajo la fuerza de la personalidad de ella. Luego Nicholas les dijo por qué había venido.

—Mi padre ha muerto —dijo, trayendo al dolor de ellos su porción personal y hablándoles del horror de la tarde dublinense como si fuera una fábula sombría, o folclore, algo de los días de antes y no parte de los monótonos y deslucidos dramas de todos los días. Los Gore no dijeron nada. Parecían sorprendidos, sentados a su alrededor, haciendo caso omiso del té y del pan, embelesados por la historia. Había algo en el relato que les resultó terriblemente familiar: el momento en que William Coughlan empezó a pintar, el día en que murió la madre del muchacho, la forma en que murió el padre, que resonaba en sus mentes inmovilizadas como eco del momento calamitoso en que los golpeó la enfermedad de Sean. Las vidas se quiebran cuando un día cae la luz.

Nicholas contó su historia, y el té se enfrió. (Afuera, en su jardín, Nora Liathain se inclinaba hacia el oeste, aguardando una explosión. Allí, de seguro, estaba el amante de la muchacha; en cualquier momento la tragedia envolvería la casa. Quizás habría lamentaciones, alaridos y lágrimas: ella los conocía. Eran su compañía cotidiana. Quizás ella entendería aún más la naturaleza del dolor si todo con lo que entraba en contacto contuviera llantos. Esperó en la brisa salada sobre la costa baja y vio al padre Noel que paseaba sus pecados trazando una S de whisky en dirección a la iglesia.)

Cuando Nicholas llegó a su parte de la historia más reciente, no vaciló en narrar a la familia reunida que se había encontrado con su padre en una calle nevada de Wicklow poco después de su muerte. Lo dijo sin exageración ni comentarios, como si fuera lo más natural del mundo, y quizá por esta razón a Muiris y Margaret les pareció exactamente eso. Su padre no le había dicho que buscara el cuadro, dijo Nicholas. Pero cuando se despertó al día siguiente, le pareció claro que eso era lo que debía hacer.

—Hay un plan en todo —dijo—. Según mi padre. Sólo debemos descubrirlo. Leer las señales.

Leer las señales. Margaret levantó el plato con el pan y lo pasó al visitante. Muiris no le quitaba los ojos de encima. Leer las señales. Hasta Sean parecía escuchar. Para cada uno de ellos era como si la llegada de Nicholas en la mañana después de que la familia se sintiera quebrantada fuera ya la señal de algo. No se parecía a nadie que hubieran conocido en la vida, y bien podría pertenecer a un extraño sueño familiar compartido. Sean asintió en su silla de ruedas, y cuando Nicholas lo miró, le sonrió.

—Mi marido ganó el cuadro por un poema —dijo Margaret—, ¿verdad?

—Sí. Y no sabía —añadió Muiris, dirigiéndose a Nicholas— cuál sería el premio.

—Él ni siquiera participó. Yo lo hice por él.

Nicholas no dijo nada. John Flannery le había contado acerca del concurso, y le había dicho que el cuadro le había sido otorgado al maestro de escuela. Lo que deseaba era saber si era posible comprar el cuadro. Ahora estaba sentado allí, en esa cocina de la isla, después de llenar el aire de tragedia y melancolía. Tomó una segunda taza de té caliente, de la segunda tetera.

—Iremos a verlo —dijo Muiris, poniéndose de pie—. Me vestiré.

En un instante, Margaret lo siguió para pedirle que trajera algo del almacén, ya que iba a la escuela. Dejó a Sean en la cocina con Nicholas y se llevó un paquete sin abrir de premoniciones a su dormitorio.

—¿Quieres más té? —preguntó Nicholas.

El inválido negó con un movimiento leve de cabeza, y los dos muchachos permanecieron sentados en un silencio que no era pesado, sino esperanzado, en la cúspide de algo que era mayor que ambos. Nicholas levantó los platos y los puso en la pileta de lavar. Como si fuera lo más natural del mundo, Sean empezó a canturrear una tonada para sí. Era como si un pájaro hubiera aparecido en la habitación, aunque las puertas y ventanas estaban cerradas. Sin volverse de la pileta, Nicholas supo de inmediato que era uno de los pájaros de las ruinas quemadas de la casa de su padre, y mientras lavaba los platos oyó la melodía con el afecto producido por el reencuentro con un viejo amigo. Leer las señales.

—No deberías haber hecho eso. —Era Muiris, abotonándose la camisa y buscando su chaqueta atrás de la puerta.

—Margaret me matará por permitírtelo —dijo, y se interrumpió de inmediato al imaginarse que oía un aleteo. Entonces se dio vuelta y vio que era la canción que canturreaba Sean. Algo demasiado suave para ser verdadera música, demasiado fino para recamar el aire, pero emocionó al padre tan profundamente que tuvo que apartar los ojos para que no se le llenaran de lágrimas.

Aunque era apenas más fuerte que un murmullo, Margaret también lo oyó cuando aireaba las sábanas de la cama de Isabel. Cruzó los brazos para doblarlas: qué música tan alegre. Recorrió el pasillo de la cabaña con los labios apretados. Cuando se detuvo ante la puerta de la cocina y vio a su hijo que canturreaba la canción, con los dos hombres callados a ambos lados, ella también vio un solitario pájaro blanco revoloteando en el aire de la cocina, y cuando una risa repentina estalló por fin desde un lugar atrapado dentro de ella, supo que la curación comenzaba.

4

Nicholas y el Maestro salieron y se toparon con los burros. La pequeña tropilla no se había movido de su lugar frente a la cerca, y Muiris agitó los brazos por el aire para ahuyentarlos, aunque sin éxito. Los animales se hicieron a un lado para dejar pasar a los hombres, y luego los siguieron en fila india hacia la escuela. (Nora Liathain sabía que era un mal augurio. Un augurio muy malo.) A esa hora tardía, el aire de la mañana estaba cargado de ráfagas violentas que les sacudían las bocamangas de los pantalones. Muiris no dijo nada acerca de Sean; no se atrevía, pero sentía ya la providencia del joven, y se apoyó sobre él cuando tropezó con una piedra suelta en el camino y estuvo a punto de caerse.

—Hay que sacar eso del paso.

Muiris siguió caminando, con la media tonada de su hijo en los oídos. Algo estaba sucediendo; una llave estaba girando en el mundo, y él lo sentía con cada paso que daba, abriendo los ojos más de lo necesario y bostezando para asegurarse de que estaba completamente despierto, y que no era la bebida la que hacía el papel de Dios. El mar estaba en el aire, y tenía la cara húmeda y fresca. Su aliento era llevado con las ráfagas sobre las cabañas junto al camino del oeste, donde nadie estaba despierto.

—Allá está la escuela —dijo, señalando—. Necesitaba una pared más grande, el cuadro, para que se viera bien, y las casas son pequeñas. —Hizo una pausa. —Pensé que estaría mejor aquí, donde podían verlo los niños y las niñas... Bien, ya lo verás.

Con los burros siempre detrás, llegaron a la escuela. Muiris abrió la puerta con su llave y se hizo atrás para que Nicholas entrara antes que él. Era un edificio pequeño y necesitaba reparaciones; la canaleta junto a uno de los gabletes estaba suelta; la pintura anaranjada se descascaraba todos los años, como si el Atlántico tratara de pelar la naranja y devorársela entera. Sin embargo, Muiris se llenó de orgullo cuando entró el visitante. Cerró la puerta, y el cuarto quedó en silencio.

—Allí está.

No necesitaba decirlo. Nicholas ya estaba ante el cuadro, de pie entre los pupitres, las acuarelas de los más pequeños sostenidas por cinta engomada, los mapas laminados de Europa y los Estados Unidos, la lámina del Sagrado Corazón y los dos pizarrones. Estaba allí de pie, incapaz de moverse, respirando con agitación y contemplando la única evidencia de que su padre alguna vez estuviera en lo cierto. Allí estaba, el cuadro pintado aquel verano en la costa de Clare, cuando Nicholas casi se ahogó y su padre lo rescató de las olas. Era un cuadro de colores furiosos, una fábula de verdes y amarillos y azules que para los escolares constituía la materia prima de la creación del mundo; era Esopo y Grimm; era Adán; era el mar y Cuchulainn. Nicholas se recostó contra un pupitre. Detrás de él, el Maestro no dijo nada; estaba rememorando el poema que Margaret había presentado, y sintió una de las repentinas oleadas de emoción que lo afectaban, esa característica que lo hacía parecer blando ante los isleños. Con los ojos acuosos, apretó los labios para evitar que la barbilla le temblara con el cariño que sentía por ella.

Pasó una eternidad. En el aula, la luz se atenuó, luego se avivó rápidamente y volvió a disminuir, como si el tiempo corriera con prisa hacia adelante, dejando inmóviles sólo a los hombres que esperaban allí en silencio ante el cuadro. Las nubes pasaban, volando.

Al viajar a través del país, Nicholas lo hacía con una sola intención: ver el cuadro y luego pagarle su precio al maestro y llevárselo consigo a Dublín. Pero ahora, apoyado sobre el pupitre delante de él, perdió esa certeza. No quería moverlo. Parecía estar tan bien en esa pared del aula, con las largas ventanas que mostraban el mar a ambos lados. No sabía qué hacer, y sintió alivio cuando por fin Muiris habló.

—Puedes llevártelo, por supuesto. Pero lo echaré de menos.

—No.

—Sí, lo extrañaré.

—No, quiero decir que no me lo llevaré.

—¿No te gusta?

—No es eso, es... —Se volvió y miró al hombre mayor. —¿Cómo sabe usted lo que debe hacer? ¿Cómo logra saberlo?

—No se sabe, no se sabe —dijo Muiris, dando un paso adelante—. Uno busca alguna insinuación, algo que le dé una pista, supongo. No ve nada y entonces opta por uno u otro camino. Cualquier cosa puede pasar. Todo es azar.

Se oyó un ruido sordo, la puerta del frente se abrió, y con expresión de obtusa curiosidad apareció la cabeza de un burro.

5

Cuando los dos hombres volvieron a la cabaña, notaron que el continente había desaparecido. La isla, al parecer, se había ido flotando con el viento y ahora estaba rodeada de una neblina lluviosa que los cubrió con un velo cuando llegaron al sendero de piedra. Los burros ya no los seguían; se habían quedado amontonados en el costado sur de la escuela, con sus grandes cabezas bajas, como si escucharan historias de fantasmas en el pasto. Encontraron a Nora en la cocina cuando llegaron. Estaba rezando por Sean, aunque éste seguía canturreando una tonada alegre, titulada *Donnellan's Favourite*. Margaret estaba atrás, junto a la pava. Su mirada se cruzó con la de su marido cuando él entró.

—Es un milagro —dijo Nora al terminar su rezo—. Está volviendo con ustedes. —Dio un paso atrás para constatar el efecto de su plegaria, pero Sean simplemente siguió cantando, pasando a *The Widow and the Sparrow*.

—No ha parado desde que ustedes se fueron —comentó Margaret, sin saber muy bien cómo hablar delante de Nicholas. Sentía un extraño cosquilleo en la región lumbar cuando estaba cerca de él. —Me parece que es algo que hizo usted —le dijo.

—Yo no hice nada.

—No hace más que estar sentado. Nunca canta. Nunca hace esto.

Muiris puso una mano sobre el hombro de su hijo y se sentó a su lado. Trató de mirarlo a los ojos, pero resultó

269

imposible, porque Sean miraba el cielo raso mientras cantaba. Con un gesto, Muiris le indicó a Nicholas que se sentara. Margaret se volvió hacia la pava, cantando.

—El padre Noel debería estar aquí —dijo la viuda—, para decir unas pocas...

—Basta. —Era el Maestro. —No queremos nada de eso. No queremos que nadie venga a observarnos.

—Pero podría ser el propio Dios que...

—Nada. Dios nada. Dios sigue haciendo lo que hizo todos estos años. Vaya a su casa ahora, Nora.

—Pero...

—Vaya a su casa. Gracias. Adiós.

Su voz la impulsó a ir hasta la puerta, y salir. Era mala suerte la manera en que la trataba: ella lo sabía. Muy mala suerte. Incorrecto. Cruzó el sendero hasta su casa bajo la lluvia, consolándose con el pensamiento de que el Señor la recompensaría con el castigo de otro.

—¿Quieres hablarle? A ti parece responderte.

—¿Yo? —dijo Nicholas.

—No lo sé —dijo Muiris—. No sé nada de nada. Soy el hombre más ignorante del mundo para entender lo que nada significa, pero nunca he visto a mi hijo así en quince años, y tú llegas esta mañana y... —Movió una mano, indicando la música que llenaba el ambiente de la cocina. —Por eso, ¿quieres hablarle?

—¿Qué le digo?

—Eso tampoco lo sé. No sé.

Nicholas miró al Maestro y luego a su mujer, y tomó el jarro de té cargado que le pusieron delante. Sintió el peso de la expectativa como manos plúmbeas que ejercían presión sobre su pecho. No tenía ni idea de qué hacer. ¿Qué significaba esto? Él no le había hecho nada a su hijo. Él no tenía ningún don. Estaba allí sólo a causa de su padre, debido a la casualidad que había traído a esta casa el cuadro que era el último mojón de su padre en el mundo. Era por eso que él había venido, y, sin embargo, momentos después de verlo había perdido toda certeza de querérselo llevar consigo. Y ahora esto. La alta delgadez de su persona se estremeció bajo la carga del momento; le temblaban las piernas debajo de la mesa; chorros de sudor le corrían desde las axilas, con la sensación de que le pasaban por la piel una fría hoja de cuchillo. ¿Qué iba a hacer? Dejó el jarro sobre la mesa de pino y se volvió hacia la música.

—Sean —dijo.

Y de inmediato las notas cesaron.

Esa noche, Nicholas durmió en el cuarto contiguo al de Sean, el dormitorio de Isabel, al final de la cabaña. Muiris y Margaret yacían despiertos bajo su ventana abierta, mirando el cielo sin estrellas con los ojos plenos del asombro absoluto ante lo que les había deparado el día. Su hijo estaba volviendo; le había hablado a Nicholas, y parecía haber descubierto en el visitante una conexión invisible para regresar al mundo real. El Maestro y su mujer estaban enloquecidos de esperanza; les desnudaba el corazón y los tornaba vulnerables y abiertos a todos los sueños y aspiraciones que tienen un padre y una madre para su único hijo. El dormitorio estaba habitado por imágenes y una música no oída que los hacía bailar. Se acercaron el uno al otro y juntos contemplaron el cielo en busca de una señal del alba, deseando que llegara pronto, por temor a que el milagro o conjuro que había visitado la casa ya hubiera desaparecido por la mañana.

Nicholas tampoco podía dormir. En el aire, todavía dulce y cargado con la belleza de Isabel, hacía preguntas que flotaban en la noche como luciérnagas. ¿Qué había pasado? Él no había hecho nada; era verdad. Todo lo que hizo fue formular preguntas, mirarlo, y sin embargo, la transformación de Sean era tan clara y evidente que bien podía haber sido otro hombre del que antes estaba sentado frente a él. Aun así, continuaba pensando: él no había hecho nada. Era una casualidad, una coincidencia. La razón por la que él estaba allí era toda una coincidencia. Podría haber sido otra casa; otro poeta podría haber ganado el premio. Podría no significar nada. ¿Cómo era posible que tuviera sentido algo tan casual? Se dio vuelta bajo las frazadas y avivó el perfume de los sueños de la muchacha. Dio un golpe a la almohada y sin darse cuenta despertó el torturado duermevela de todas las noches que ella estuvo acostada allí culpándose por lo sucedido a su hermano. Su culpa remolineó en el aire como un polvillo; se agolpó en la garganta de Nicholas, y le dio un acceso de tos que duró minutos. Le saltaron las lágrimas y pronto empezaron a correr tan resueltamente que comprendió, con un sobresalto, que eran verdaderos ríos de pena. Volvió la cara a la almohada y la empapó con ese llanto que brotaba de un profundo abismo interior, un sitio que necesitaba un impulso y que, como ante el toque de un dedo en una roca mágica, se había abierto en la noche. Se apaciguó y trató de tragarse los jadeos, en caso de que alguien pudiera oírlos, sin saber que habían despertado ya a Nora Liathain en su dormitorio de la parte posterior y que todo el aire de la isla estaba cristalino y sensibilizado por el dolor. Los hombres que volvían a sus casas de la taberna inclinaban la cabeza y recibían fragmentos llevados por el viento.

Nicholas percibió la inmensa soledad de la isla en la noche. Quizá porque no se veía el continente y la isla parecía irse navegando hacia la oscura nada del Atlántico, le llegó con mayor agudeza una sensación de desconectada, abandonada desolación. Era un espejo de su vida: este ningún sitio en el mar. ¿Qué había hecho? ¿Por qué había venido aquí? ¿Qué vidas eran éstas sobre la roca, y qué parte tenía él en ellas? Cuanto más pensaba, más le parecía que una voluntad insensata y estúpida lo había impulsado a ir allí, cuando todo lo que él sentía era la pérdida de su padre. Pérdida, pérdida. La palabra le atravesó el pecho como un cuchillo que penetraba en su carne y dejaba asomar sus órganos. Cuánto más fácil habría sido que lo hubieran herido, perdiendo un miembro, y tener que arrastrarse con una sola pierna, o agitando un único brazo y exhibiendo su pérdida, a aquello que le había sido arrancado por el dolor y la desesperación.

Pero permaneció acostado en la cama, llorando, con el cuerpo entero, echando de menos a su padre. Toda su vida, al parecer, era ese hombre alto y su ancha frente. Su infancia y su adolescencia habían estado dominadas por el terror y la admiración que sentía por él. Nunca había pensado en sí mismo, a menos que pensara en su padre; no tenía amigos verdaderos debido a él; no había amado a nadie debido a él; estaba allí ahora debido a él. Todo había estado equivocado, todo había sido tan forzado. Una forma de esclavitud. ¿Dónde estaba su propia vida? ¿Dónde radicaba el significado, de no ser en lo que había hecho su padre? Apretó los ojos; hacia las vigas del cielo raso lanzó un relámpago de rabia. Jesús, ¿qué estoy haciendo? ¿Por qué lo quemaste todo? ¿Por qué no pensaste en mí? ¿Por qué? ¿Por qué?

Nicholas dijo la pregunta en voz alta, como si pudiera convocar a su padre, y Margaret Gore apareció en la puerta.

—¿Está usted bien?

Sus lágrimas habían humedecido el cuarto.

—Lo siento.

—No es un crimen.

Se quedó allí, de camisón, un momento, sin decir nada, mirando a ese joven de Dublín que lloraba en la cama de Isabel. Esperó. Él permaneció quieto, mirando el cielo raso, y no dijo nada. Ella abrió apenas las manos, como si atrapara o liberara un pájaro, y dijo simplemente:

—Ya pasará.

Y luego se fue. Las lágrimas se secaron tan rápido como habían venido, y Nicholas se sumió en un sueño de pájaros e islas voladoras con perfume de muchacha. Voló por extáticos cielos nubosos en que saltaban los delfines y los colores cambiaban con todas las tonalidades de los cuadros de su padre; estaba luminoso y radiante, y ornado de flores que parecían de fuego. Olió el humo. Se despertó y sintió que la cabaña iba cobrando forma alrededor del dormitorio de la muchacha. En la hornalla se estaba quemando una tostada.

6

Que nada en el mundo de la naturaleza es casual era el principio fundamental de la filosofía de William Coughlan. Bastaba ver el salmón que se adentra en la vastedad de los mares, en la inexplorada e indistinguible inmensidad del agua que casi carece de dimensiones para el pez solitario; y luego su regreso, el vacilante salto río arriba y la rutilante orientación hacia el hogar que devuelve al salmón al punto de partida. ¿Por qué? Porque así debe ser. Está en el orden de las cosas. "Una vez que entiendes el orden de las cosas —decía él—, ya no tienes preocupaciones." Lo que estaba bien, estaba bien. Era innegable: había un lugar para todo; Dios hacía que todo encajara en su lugar.

Así, esa mañana, a pesar de sus propias dudas y la humedad de sus lágrimas aún secándose en el aire, Nicholas Coughlan encontró que tenía un lugar en la vida de la familia Gore en su cabaña en la isla frente a la costa occidental de Irlanda. A pesar de carecer de una lógica aparente, de un razonamiento claro en el orden de las cosas, cuando se dio vuelta en la cama, Nicholas se sintió menos extraño allí que la noche anterior. Sus pies, cuando los dejó caer sobre el piso de baldosas, encontraron su lugar, como si fuera algo familiar. Se paró frente a la ventana del dormitorio y miró para ver si había regresado el continente. El mar pleno lamía la costa e incitaba a las gaviotas a un estridente revoloteo danzarín a pocos centímetros sobre el agua. El aire estaba cargado de las emanaciones de los fuegos en los

274

hogares, y las tres chimeneas que alcanzaba a divisar desde el dormitorio de Isabel delineaban un penacho de humo inclinado que la brisa llevaba hacia el este.

Fue a la cocina y fue bien recibido para el desayuno. Le sirvieron chirreantes salchichas recién salidas de la sartén y huevos que cayeron sobre su plato con un suave palmetazo. El Maestro agregó tres rebanadas de pan y las untó con manteca.

—¡Muiris!

—Pues lo necesita. Míralo. Flaco como un galgo. Dale otra salchicha.

Sean se sentó a su lado en su silla de ruedas. Esa mañana se había despertado con música y, por primera vez en años, saludó a su madre con una canción cuando ella entró a vestirlo. Ahora comió el huevo que le sirvieron y miró a Nicholas con una sonrisa que no dejaba de dibujársele en los labios, mientras el mismo chiste recorría los vericuetos de su mente.

En corto tiempo Muiris se levantó de la mesa, le dedicó a su mujer la primera mirada de felicidad que encontró en su interior en años, y traspuso la puerta para ir a abrir la escuela. Le dijo a Nicholas que lo vería allí a las tres de la tarde y salió al sendero del jardín como si fuera en la primera página de una maravillosa y sorprendente novela. Mientras caminaba en dirección a la escuela, se llevaba la tonada que su hijo había estado canturreando, y aún cuando abrió la puerta y los niños entraron corriendo, la canción entró con ellos y la oyó revolotear débilmente por el aula cuando se sentó ante su escritorio.

—Bien —dijo Margaret cuando él se hubo ido y la felicidad que le había dado perduraba, tibia como masa en sus dedos—. ¿Qué han planeado para hoy?

Era la mitad de una luminosa mañana cuando Nicholas empujó a Sean en su silla de ruedas por el irregular sendero fuera del jardín para ir a dar un paseo por la costa este. No era exactamente lo que él hubiera planeado, pero, como todo lo demás ahora, era algo que encajaba en su lugar. Se levantó de la mesa del desayuno sin una idea precisa de lo que haría, miró por la ventana el extenso mar y se dio cuenta de que no había visto la isla en absoluto. Luego, al darse vuelta, se encontró con los ojos de Sean y una sonrisa sesgada.

—Sí, sí, por supuesto, sí.

Fue la ternura de la mujer que lo envolvió cuando le preguntó si podía sacar a Sean lo que le resultó tan sorprendente. Era como si él fuera un bote de remos impulsado por la gran ola de emoción y esperanza de la madre. Dejó que lo elevara y se sintió exaltado y asombrado, al verse por un momento a través de los ojos de ella como una figura del destino que se ponía el abrigo, como un personaje legendario vistiéndose para enfrentarse al enemigo.

—Bien —dijo, apartándose de la mirada de la madre en la puerta y luego saliendo del ángulo por el cual Nora Liathain escrutaba con fijeza—. Tú deberás decirme por dónde ir. —Sean inclinó su peso un poco hacia la izquierda y la silla lo siguió. Una vez que encontraron el sendero apropiado y fueron avanzando con traqueteos bajo el viento, Sean volvió a canturrear y una música alegre los acompañó, junto con un hato de burros.

—Tú no estás realmente enfermo, ¿verdad? Sé que no. Oyes todo lo que digo y podrías contestarme si quisieras. Pero no quieres. Eso es lo que pasa.

Estaban al borde del precipicio y el mar rugía debajo. Nicholas hablaba mientras el viento le arremolinaba el pelo. No tenía ninguna indicación de que Sean lo escuchara, pero seguía hablando como ante un público atento que debía oír lo que él tenía que decir.

—Pensé en eso. Después que murió mi padre. En no decir nada. En no hacer nada. En quedarme sentado o acostado en la cama. Tenía un hombre que me cuidaba. Igual que tú. Podía escuchar a Mozart toda la mañana si se me antojaba, desde la cama. Él ponía música para todo el día. Imagínate. No tenía que canturrear, tampoco. Estaba allí. Como ángeles, hubiera dicho mi padre. Él decía cosas por el estilo. Había música, como de ángeles. O como el latín. ¿Sabes latín?

Esperó un momento, pero Sean no dijo nada; permaneció quieto, contemplando el movimiento caprichoso y desatinado del agua contra las rocas oscuras.

—Yo sí. Aprendí bastante. Sin ninguna razón, en realidad. Como juntar piedras en la playa o algo parecido. A él le encantaba el sonido del latín. Al menos, eso creo yo. No me parece que entendiera. Una vez nos sentamos en un granero para protegernos de la lluvia y el ganado arruinó todos sus cuadros y él me pidió que recitara en latín. Como si fuera una bendición o algo así. ¿Te lo imaginas?

Nicholas hizo una pausa, aunque no esperaba una respuesta. Estaba hablando a un mundo invisible, al aire del Atlántico y al agua que se estrellaba debajo.

—Latín en la lluvia en un granero en algún lugar de Clare. *Cetera per terras omnes animalia somno laxabant curas et corda oblita laborum.* Virgilio. Todas las criaturas a través de las tierras aliviaban sus preocupaciones con el sueño, y olvidaban en sus corazones. Algo parecido. A él le gustaba. Yo pensaba que quizás era por la música, nada más que los sonidos. Lo hice otras veces, también. Cuando llegué del empleo un día y él estaba sentado a la mesa, que no tenía nada encima, como si se hubiera sentado a tomar el té y no hubiera nada allí, como si acabara de descubrir lo solo que estaba. En mi familia éramos tres personas solitarias; nos olvidábamos por un momento, y luego la idea nos asaltaba. Allí estaba. Bien, de cualquier modo, allí estaba él, así lo vi cuando entré, sentado, inclinado sobre la mesa como cuando tomaba el té. Y yo entré y él dijo... tenía lágrimas, estaba tenso y quebrantado... él me pidió que le recitara en latín. No sé con seguridad qué quería decirme, pero quería oír el latín, la música del idioma, como de ángeles que bajaban del techo, me dijo. Y yo empecé y llegué a una palabra y él me detuvo de pronto. Levantó los ojos y vi que le corrían las lágrimas y, ¿sabes lo que me dijo? Dijo la palabra *amor*. Así como así. *Amor*. Y luego dijo el nombre de mi madre, Bette. *Amor* Bette.

Nicholas se detuvo y otra vez se oyó el mar y el viento y las aves marinas que volaban sobre ellos.

Se produjo un largo vacío ventoso. Un frío crudo ascendía por el acantilado y las gaviotas revoloteaban y trazaban arcos lentos sobre el rocoso promontorio. El cielo desplazaba unas nubes blancas que anunciaban un chaparrón y que los fueron rodeando. En lo alto, encima de la cabeza de los dos hombres en los acantilados del este, en el aire invisible que era todo un reino inexplorable, quizá se abrió una puerta o se descorrió un cortinado, porque en un momento, sin que se lo ordenaran, claramente, Sean habló por primera vez.

—Ayúdame a levantarme —dijo.

7

La tonada se seguía oyendo en el aula del Maestro. Cuanto más miraba las cabezas de los niños, más le parecía oírla. No tardó mucho en empezar a verla también: delgados y serpenteantes velos de música en azules y amarillos pálidos que se movían por el aire y retrocedían como las vestiduras caídas de espíritus pasajeros. Los niños no parecían notarlo en especial, pero estaban en muy buena forma, como percibió Muiris. Ni siquiera O'Shea molestaba ni se sacudía en su banco como un delfín en tierra. No, tenía que ver con la música en el aire. Al principio pensó en preguntarles si la oían, pero pasó el momento y dejó que sus caritas comunes lo miraran, esperando que les pidiera su trabajo. Si la oían, era con oídos interiores, razonó él; la música sonaba en algún lugar más allá del plano cotidiano, pero sonaba. Y le resultaba claro que era su hijo quien cantaba.

Mientras los escolares luchaban con el gaélico, Muiris, sentado sobre la tarima, escuchaba y observaba. Los coloridos velos de la música recorrían el aula, pálidos y finos y casi transparentes. A las doce se puso de pie de su sillón para recorrer el aula y ver si se oía diferente. Llegó a la puerta y se dio vuelta y comprendió, azorado, que los colores que veía eran emanaciones exactas y tenues del cuadro de William Coughlan sobre la pared posterior. Le dio vueltas la cabeza. Puso una mano sobre el pupitre de Nuala Ni Ceailligh y pensó que se caía al suelo. Parpadeó y volvió a mirar y vio la misma cosa. Había un estremecimiento; algo se movía que no debía moverse. Como un reloj, los niños se detuvieron todos en el mismo momento; todos volvieron la cara hacia él, como para poner otra vez el mundo en movimiento, pues lo que acababan de ver los había arrancado, atónitos, del dominio de las palabras y la escritura. Allí estaba: ¡miren! Se volvieron como una sola persona y observaron el aula mientras el Maestro Muiris caminaba entre los bancos, yendo hacia la ventana del este, mudo y tambaleante. Las voces de los niños de pronto canturreaban todas juntas; había ruido donde no debía, y se oía un ritmo de excitación y confusión a través de la música, un ruido que cada vez se hacía más fuerte y golpeteaba en su cerebro, hasta que por fin llegó a la ventana y apoyó los dedos y la frente contra el vidrio frío para poder sentir algo sólido y real. Miró hacia afuera y allí vio, vio allí al visitante y a su hijo caminando por la isla en dirección a él.

8

Para cuando Nicholas y Sean llegaron a la escuela, los niños ya habían salido a su encuentro. El Maestro sólo pudo llegar hasta la puerta, y se quedó allí, sintiendo el viento en la cara mojada y observando a los niños que corrían y ahuyentaban la pequeña tropilla de burros que había venido trotando detrás. Los niños observaban las piernas de Sean, pero él, manteniendo la mirada fija en su padre, caminó firmemente hacia la puerta de la escuela. Cuando estuvo a cinco metros se detuvo, y luego se apuró cuando el Maestro Gore estalló en espasmos incontrolables de dolor liberado. Se dejó caer al suelo y su cuerpo se convulsionó. Los gritos que dejó escapar rasgaron el aire e inmovilizaron a los niños. (La viuda Liathain se apartó del fuego al oírlos, y fue de inmediato a buscar sus botas).

Era demasiado; simplemente, era demasiado para él. El Maestro se sentía agobiado. Levantó una mano ciegamente y tomó los dedos tibios de su hijo por primera vez en años.

—Lo siento —dijo Muiris, y se plegó como un diario viejo. Tenía mojada la pechera de la camisa.

Nicholas y Sean lo ayudaron a ponerse de pie. La conmoción frente a la escuela ya había llamado la atención de varios isleños, y cuando los tres hombres se dirigieron hacia Margaret en la casa se juntaron unos viejos pescadores y viudas y niños a su alrededor. Miraban tanto a Nicholas como a Sean en busca de la evidencia del milagro, y los seguían por las piedras, una multitud susurrante rodeada de niños que gritaban, excitados, por haber sido liberados de la escuela. La viuda Liathain salió a su encuentro, succionando las mejillas como si hubiera recibido un golpe. Era un pequeño carnaval sagrado, esta multitud que seguía a los tres hombres. Muiris caminaba apenas levantando los pies, con la cautela y la concentración de quien camina en la cuerda floja. No debía caerse; no debía caerse y despertar de su sueño. Debía llegar a la casa. Se adelantó y buscó el brazo de Nicholas para sostenerse, y se quedó sin parpadear a medida que el mundo se iba tornando acuoso ante él.

¿Qué era esto? ¿Qué estaba pasando? En el sendero ventoso, en el trayecto que iba de los acantilados a la escuela y luego a la cabaña, las preguntas imposibles aleteaban como sábanas en la cabeza de los dos hombres. Nicholas estaba seguro de no haber hecho nada; no había tocado a Sean ni rezado, ni estaba pensando especialmente en él cuando se puso de pie. No tenía nada que ver con él: era mera casualidad. Era el azar, un disparate, y sin embargo, mientras entraba en el jardín y sentía los apretujones de las personas detrás de él, ya podía adelantarse a las interpretaciones y juicios que se posarían sobre sus hombros como mirlos.

Suspirando al mismo tiempo los tres hombres llegaron a la puerta de la cabaña y estaban a punto de llamar cuando Margaret Gore abrió la puerta y levantó la manta de la silla de ruedas de su hijo para airearla. El viento la sopló hacia el oeste, tapándole la vista, y luego se quedó muda, mirando la multitud reunida en su jardín.

—Madre —dijo Sean cuando ella entró en el aro formado por los brazos de él con tanta fuerza que Sean se ruborizó. Ella dio un paso atrás luego de un momento, olfateó el aire e hizo entrar rápidamente a los tres hombres antes de cerrar la puerta de un golpe y apoyar la espalda contra ella, mientras los isleños pugnaban por entrar.

9

La multitud permaneció en el jardín, como si la secuela del milagro aún siguiera descendiendo sobre sus cabezas como polvo o fuego. Se arracimaban, impulsados por la esperanza y la fe, pero con poca caridad, pues cada uno anhelaba su propia, aislada redención, sacarse la lotería, tener buena pesca o que la casa se derrumbara sobre su enemigo. La viuda anunció sus negras predicciones: nada bueno podía provenir de esto. Era algo muy extraño, que estaba mal. ¿Qué le había hecho el forastero? Se encargaba, feliz, de dispensar desaliento cuando llegó el padre Noel en busca de la dueña de casa y una taza de té.

—¿Qué pasa? —preguntó.

—Sean Gore caminó, padre.

—El hombre de Dublín lo hizo caminar.

—Así fue, padre, así fue.

El cura los hizo callar y retroceder hacia la verja.

Era un hombre tranquilo que buscaba tranquilidad, y de repente se alarmaba ante lo que le había caído en su parroquia. El pánico le cosquilleaba en el bajo vientre como una almohadilla de agujas. Era la clase de cosas que uno deseaba que le ocurriera a su peor enemigo: un milagro. Que los milagros le tocaran al obispo, que sucedieran en Galway, pero no aquí. ¿Por qué tenían siempre lugar en apartadas zonas rurales? ¡Dios! La cara afeitada le ardía con el viento del mar, y lamentó haber comprado esas nuevas hojas de afeitar en O'Gorman's.

—Afuera —les dijo a sus fieles—. Deben quedarse afuera. Todos deben irse a su casa. Váyanse a casa ahora y... —No estaba seguro de sus palabras; se quedaban atrapadas entre las agujas. —Vayan. Yo... averiguaré qué...

La multitud traspuso la cerca pero nadie se fue a su casa. Como una oleada, volvieron cuando el padre Noel les dio la espalda y se dirigió a golpear la puerta. ¡Milagros! La gente de esta familia era extraña; todo era posible con ellos. Llamó con firmeza, golpeando con la palma de la mano y dando la espalda a la gente para no ver cómo se desvanecía su poder sobre la congregación, que se agolpaba para ver. Se permitió imaginar que era la figura que imponía orden en toda esta cuestión, que iba a arreglar la situación, y se mantuvo erguido y correcto ante la puerta de la cabaña. Como no se abrió, volvió a golpear, esta vez más fuerte. Por supuesto que había una conmoción en la casa; estaban excitados y harían ruido, probablemente. Movió el estómago a la izquierda, para aliviar su aguda sensación de ansiedad, pero siguió dándoles la espalda a los pescadores y a los niños. Esperó. El viento jugaba con sus pantalones. El humo del fuego de la casa hacía que el aire fuera gris, como el mar. Mirando hacia arriba, el padre Noel pensó que ésta era una de las bromas de Dios. Una de sus pequeñas pruebas. "Ah, sí. Espera, y vuelve a llamar. Ten paciencia."

Volvió a llamar, esforzándose para que sus golpes parecieran más suaves y corteses que antes. Cambió de posición, se miró los nudillos, consultó la hora, sintiendo los ojos de los isleños en la espalda y dándose cuenta de pronto de que casi no podía respirar. Lo asediaban con su expectativa, listos para juzgarlo. Levantó el puño y volvió a descargarlo sobre la puerta. Y otra vez. Maldición. Vamos, vamos. Volvió a levantar el puño y a golpear la madera, acalorándose y sintiéndose mareado y furioso e impaciente, con el viento del mar en la espalda y las mejillas enrojecidas. La puerta se había cerrado contra él, y la pateó con el bien lustrado zapato de su pie derecho, sin obtener respuesta, sintiendo que la almohadilla de agujas explotaba en todas direcciones dentro de él cuando dio media vuelta y caminó vacilante entre la multitud que se abría para dejarlo pasar hasta salir del jardín.

10

Fue Margaret quien cerró la puerta e hizo que los tres hombres se sentaran sin hablar en la cocina mientras el cura golpeaba. Estaba demasiado aturdida para reaccionar, pero sabía por instinto que éste era uno de los grandes momentos de su vida. Podía percibir la enormidad de una presencia en la casa, y parpadeó para quitarse las lágrimas que se le juntaban en los ojos cuando miraba a Muiris de la mano de Sean. Puso la pava para el té y corrió la cortina. Trataba de no mirar a Nicholas, pero mientras buscaba las tazas no hacía más que ver su extraño rostro pálido como un rayo de luz. ¿Quién era él? ¿Qué lo había traído a su casa? Y ¿qué había hecho para hacer que Sean volviera a la vida?

—Estoy bien. Me siento espléndidamente —dijo Sean en respuesta a ninguna pregunta, pero sintiendo que se las dirigían como flechas en el aire.

—Yo no lo toqué —dijo Nicholas, volviendo hacia la madre su propio asombro, la confusión que lo embargaba—. No pasó nada. Yo estaba hablando, y luego... él estuvo bien. Fue como si se le quitara una manta, o algo así. Yo no hice nada.

—Por supuesto que hiciste algo —le dijo el Maestro—. ¿Quién lo hizo, si no? No había nadie más allí. Y él no ha...

—¡Basta! —Margaret apartó los ojos de la porción de la pared que estaba estudiando. —Basta. No quiero que se hable de esto. No está bien. Trae mala suerte. ¿Te sientes bien ahora, Sean?

—Sí, mamá.

—¿Y no tienes dolores?

—No.

Lo que ella iba a decir, cómo iba a ordenar los hechos para interpretarlos, Nicholas nunca lo supo. Pues ella cruzó la cocina como una marea desbordante, se aferró al cuello de su hijo con gratitud y dolor y dejó que la sal de los años fluyera con libertad.

Esa noche, mientras la multitud aguardaba fuera de la casa herméticamente cerrada y las novenas ascendían como luciérnagas en la oscuridad de la noche atlántica iluminada por la luna, Sean tocó el violín para Nicholas y sus padres. Muiris llevó desde la sala la botella de whisky reservada para las visitas, y madre y padre bailaron con una alegría, desconocida desde hacía años, que les arrebolaba las mejillas. La cocina se mecía, el piso llevaba el ritmo, y pronto toda la casita levó anclas con la música. Era hipnótica y libre; las canciones convertían el aire en hebras que giraban y los pies partían en un viaje que daba vueltas y vueltas y se remontaba a un lugar más allá del pensamiento.

Nicholas, sentado frente a Sean, lo observaba como un acertijo. No tenía sentido. No había pasado nada, pero sin embargo, dentro de la casa se sentía que había ocurrido un milagro. Tomó un sorbo de whisky y dejó que le quemara la garganta. Muiris dejó de bailar por un momento, se bebió su whisky de un trago, y se volvió a Margaret sin perder el compás. Y así siguió, con los padres bailando, Sean tocando y Nicholas bebiendo, embarcado en un veloz camino hacia el olvido. Para cuando se desplomó sobre la mesa, todo en la casa bailaba, las sillas hacían girar las mesas y los cuadros danzaban en las paredes. Cerró los ojos y con la boca abierta contempló las visiones más fantásticas que giraban en su mente. Cuando volvió a abrir los ojos vio que la mesa se le venía encima.

Para la medianoche la multitud de afuera se había trasladado a la taberna de Coman, y sólo la viuda de la casa contigua observaba la casa para ver si veía descender un par de alas. Sintió un golpe de desilusión cuando se apagaron las luces y cesó la música. La isla se asentó para pasar una noche susurrante y excitada. Dentro de cada cabaña la historia de Sean Gore mantenía despiertos a los maridos y sus mujeres con la idea repentina de que mientras ellos pasaban ese día, sin pensar, tal vez Dios mismo había transitado los senderos de la isla.

11

Durante dos días y dos noches Sean no salió de su casa. El Maestro también se quedó adentro, y la escuela permaneció cerrada. Luego, el viernes por la mañana, antes de las seis, el pescador Seamus Beg llevó a Sean y a Nicholas en su bote a Galway. Fue idea de Sean; quería estar allí para encontrarse con Isabel cuando volviera de su luna de miel. Ansiaba la travesura de la sorpresa, y le dijo a Nicholas que él tendría que agarrarla cuando se desmayara. El Maestro y Margaret estuvieron de acuerdo con el plan, sólo porque les resultó imposible decir que no. Los acontecimientos se sucedían según su propio ritmo; existía un sentido acelerado de trama, un aire de verbos, y la madre y el padre se sentían arrastrados por todo ello. ¿Qué podían hacer? ¿Decirle a su hijo que no creían que él pudiera arreglárselas solo, cuando parecía un hombre crecido? ¿Decirle que no estaban seguros de poder confiar en el humilde y tranquilo visitante, cuando era él quien parecía haber causado el milagro? Era imposible. Los padres se topaban con argumentos que los bloqueaban desde su interior. Además, sin Sean y Nicholas por un par de días, podrían intentar diluir la espesa reverencia y superstición que podía olerse como incienso en toda la isla.

Así que en la mañana del viernes Margaret despertó a los muchachos en la oscuridad. Muiris se levantó vestido, con la ropa arrugada por la cama y el pelo hirsuto, y preparó el billete de diez libras para Seamus Beg. Se sentaron a compartir las últimas salchichas de la casa y tomaron el té a toda prisa. Sean estaba aturdido, y tamborileaba levemente con el cuchillo y el tenedor. Cuando los tres hombres estaban a punto de partir hacia el bote, Margaret apagó las luces antes de abrir la puerta. Se mojó los dedos en la esponjita de la pila de agua bendita, cuyo líquido se había evaporado, de modo que la bendición que les dio fue seca. El viento entró en la casa; el mar estaba picado, y entró con el viento. En la penumbra, más allá del jardín, algo se movió. Por un instante creyeron que era el campamento de los que vigilaban, pero eran los burros. Margaret abrazó a Sean, y le metió en el bolsillo del abrigo una carta para Isabel. Se volvió hacia Nicholas y sintió que las palabras se le volaban con el viento. Quería decirle que por cualquier razón que hubiera entrado en su vida, era bienvenido, y que nada que ellos pudieran hacer o decir podría pagar lo que había ocasionado ese milagro, fuera lo que fuera; quería decirle que percibía la bondad de él como un manto que lo cubría, y que no había dormido ni un instante desde que pasó, y que le había pedido a Dios y a las estrellas y al cielo que, lo que fuese, una luz o una puerta abierta, no volviera a apagarse o a cerrarse otra vez. Parpadeó, y los hombres se alejaron.

Caminaron hasta el muelle como espías, y se encontraron con Seamus Beg, que estaba escupiendo para asegurarse de la dirección del viento. Se persignó al verlos.

—¿No me hundirá el bote?

—No. —El Maestro le entregó el dinero. —No ha sido salvado para luego ahogarse. Estás más seguro con él que con ninguna otra persona.

El pescador miró el tiempo con severidad.

—Suban.

—Volverás con nosotros —le dijo Muiris a Nicholas, tomándolo de la mano antes de que el agua los separara—. Te daré el cuadro.

Los pasajeros se sentaron en los bancos mojados y percibieron la fragilidad del bote cuando con la tos oleaginosa del motor se sacudió. El cielo estaba todavía oscuro y magullado de nubes; el continente aguardaba, sumido en la oscuridad. Cuando el bote partió, el Maestro levantó el brazo en señal de despedida, extendiendo los dedos hacia el ignoto cielo y preguntándose qué pasaría a continuación.

PARTE
6

1

Hay cosas que no pueden ser contadas. Creo que mi padre lo sabía. Creo que sabía que las palabras algunas veces pueden arruinar las emociones más hondas, o atravesarlas con un alfiler como a mariposas silvestres arrancadas de su magnífico vuelo, después endebles recuerdos de seres que antes se movían y coloreaban el aire como seda. Es mejor imaginarlo. Imaginar la música, imaginar la luz que caía entre las nubes hacia la calle en la mañana, y el perfume de la isla que nos seguía mientras caminábamos tratando de encontrar la tienda. Imaginar que no había nada desagradable en el mundo, y que caminábamos como prueba de que existen los milagros, con pies que apenas tocaban el suelo y una amplia sonrisa en el rostro, y un millar de pájaros cantando en el cielo. Imaginar que la bondad flotaba desde nosotros al aire de la ciudad, y que los automóviles aminoraban su marcha para bajar las ventanillas y aspirar el rico perfume que olía como velas blancas e hilo fresco. Imaginar que uno de los pesares del mundo había desaparecido en secreto, y que la música anunciaba las noticias, y que ascendió en un allegro con notas como el júbilo y la risa cuando abrimos la puerta.

Así fue como vi a Isabel Gore por primera vez.

PARTE
7

1

Cuando Nicholas regresó a la isla con Sean cinco días después, Margaret Gore vio en el acto que lo peor había sucedido. No necesitaba hacer preguntas. Llevó a los dos a tomar el té a la cocina, y cuando puso delante de Nicholas el plato de tostadas con manteca, detectó en el aire que lo rodeaba el aroma de rosas marchitas. Lo sabía, y sin más empezó a planear cómo le ocultaría la noticia a Muiris. Él era un hombre —razonaba Margaret— y por ende menos preparado para detectar nada. Sin embargo, le preocupaba el poeta en Muiris, esa parte que no era ni hombre ni mujer, sino más bien una solidez de aire perfumado. Si se quedaba solo con Nicholas durante un tiempo, de seguro él también lo vería: el hombre estaba enamorado.

Sean permaneció en silencio, comiendo con voracidad, engullendo las tostadas y asintiendo ante las noticias que le daba su madre. El padre Noel quería verlo. Había celebrado una misa por él. Nadie de la isla hablaba de otra cosa desde que se fue. Y, por supuesto, le echaban la culpa a ella por permitir que se fuera.

—Tu padre no hace nada. No puede decir las cosas como se debe. Excepto cuando ruge, y eso es a causa de la bebida.

Les sirvió huevos fritos.

—Cómanlos ahora.

Dio un paso atrás y vio cómo Nicholas comió apenas un bocado, lo que confirmaba sus sospechas de que tenía náuseas porque estaba enamorado.

—¿Quizá prefiera otra cosa?

—Yo me los como. —Sean hizo deslizar los huevos servidos a Nicholas en su plato. —Tiene el estómago revuelto por el viaje.

—Sólo té, entonces —dijo Margaret, sirviéndole otra taza y observando su pobre figura, agobiada sobre la mesa. Ella lo sabía, sin necesidad de preguntar. Y sentía que lo supo todo el tiempo, como si en el momento en que él traspuso la puerta ella ya hubiera visto las señales, se hubiera dado cuenta de que algo en él no era común, que estaba tocado a la vez por la tragedia y el milagro. Pero entonces lo vio sólo a medias. Ahora todo estaba claro: Isabel lo había fulminado. Mientras estaba allí sentado, mirando la mesa con fijeza, ella sabía que estaba pensando en ella, que estaba enfermo por ella y respirando por todos los canales de su ser el perfume a rosas de su hija. Anhelaba preguntar, pero no podía, así que se quedó en la cocina mientras los dos hombres comían, pasando un trapo por las canillas y la pileta. A la distancia, el mar se espumaba de risa.

—¿De modo que los dos se divirtieron?

—Estupendamente.

—Qué bueno.

—Galway es una maravilla cuando se puede caminar —dijo Sean—. Las veces que estuve antes fue para ir al médico. Esta vez fue hermoso. ¿Hay más huevos, mamá?

Cuando vio a Muiris entrar en el jardín, Margaret sintió un nudo de aflicción en la garganta; se dirigiría allí de inmediato, preguntaría por Isabel y la verdad saldría a la luz. Había terminado la escuela una hora antes, y su llegada ahora sólo significaba una cosa: se había detenido a tomar un par de copas para descansar después de clase, y eso lo dejaba en un estado acelerado de excitación en que cualquier cosa podía pasar. Lo vio venir por la ventana y se volvió a los muchachos.

—No le cuenten demasiado a Muiris ahora. Debe de estar cansado.

Muiris abrió la puerta y entró en la cocina antes de que su mujer pudiera recibirlo en el vestíbulo.

—Bien. ¿Volvieron los hombres?

Enmarcado por la puerta de la cocina, su rostro era una luna rubicunda que derrochaba jovialidad, rayana en la risa. Le tocó el hombro a su hijo y le dio un apretoncito.

—Bien, ¿qué dijo Isabel? ¿Se sorprendió?

—Están cansados del viaje en el trasbordador. Déjalos comer.

—Casi se desmayó, ¿verdad, Nick? Casi se cayó redonda en la tienda.

La risa escapó a través de cada poro del Maestro, burbujeando libremente, y se sentó para oír más.

—¿Casi se desmayó?

—Así es. Casi. Casi se cayó al suelo cuando me vio. Corrió y me besó. Le conté lo de Nicholas, y lo besó a él también. Por suerte no había nadie en la tienda.

—Lo hicieron muy bien —dijo el padre, asintiendo con lágrimas en los ojos.

—Aunque ahí nunca hay nadie, les diré. No vimos ni a una sola persona en el tiempo que estuvimos. ¿Verdad, Nicholas? Ni a un solo cliente.

—Salieron corriendo cuando te vieron allí, a lo mejor. —Margaret interrumpió, levantó los platos sucios y los llevó a la pileta, donde podía estar preparada y esperar a ver si su marido captaba el aroma de amor desesperanzado. "Mírenlo, —pensó, echándole un vistazo a Nicholas mientras su hijo le contaba la historia a su padre en fragmentos—. Mírenlo, fíjense en esa mirada desmoralizada y pálida, como si toda su sangre y su sentimiento estuvieran en otra parte. Miren esa cabeza gacha, la manera en que sus labios parecen temblar, y sólo su olfato retener el aroma a rosas."

—¿Todos los días?

—Todos los días. Ella dijo que o bien él podía cuidar la tienda o cerrarla. No le importaba un rábano lo que hiciera. Ella quería salir con nosotros.

—Muy bien hecho.

—Sabe conducir la camioneta. Fuimos hasta Oughterard.

—Mi Dios.

—No volvimos hasta... Nos divertimos muchísimo, ¿no, Nicholas?

—Ah, ¿y ella? ¿A lo mejor piensa visitarnos pronto? ¿Dijo algo? —Muiris había dejado que la imagen de su hija se posesionara de él, conjurando la dulce fantasía de tener a toda la familia junta, completa, unida y aislada, más allá de las presiones del tiempo. Se sentía como en un río que lo arrastraba y en el cual era un pasajero involuntario.

—Ustedes dos ya terminaron. Vayan y dejen que el Maestro tome su té. Pueden hablar más tarde. Vayan. Aséense. ¿No había agua para lavarse en Galway?

Margaret los sacó de la cocina y puso la mesa para su marido.

—¿Por qué hiciste eso? ¿No acaba de irse? ¿No acaba de casarse, y tú estás preguntando cuándo va a venir? Estás hablando como un tonto, eso es lo que haces. —La voz de Margaret era severa. Puso la tetera frente a Muiris. —Fuiste a lo de Coman's, por supuesto.

—Sí.

—Ni siquiera pudiste venir en seguida a casa para verlos.

—Sabía que tú querías hacer tu interrogatorio primero.

—Yo no les pregunté nada. ¿Qué hice todo el tiempo, excepto rezar que no volviera en una silla de ruedas? ¿Qué he hecho durante estos cinco días, de no ser eso? Tú eras el que quería que él fuera a verla. Tú eras el que no podía esperar.

—¿Quieres terminar con eso?

—Y, ¿sabes por qué? Yo sé por qué. Porque pensabas que eso la traería de vuelta. Sé la clase de cuento de hadas que te cuentas... lo sé.

—¿Qué te pasa? Por amor de Dios, Margaret, ¿qué...?

—Nada. —Se apretó el labio inferior con los dientes. "¿Ves? —pensó—. Abres la boca un segundo y sale todo." Le dio la espalda a su marido y fregó la sartén grasienta mientras él bebía su té y sentía que iban desapareciendo los efectos del whisky. Era como un globo que empezaba a perder aire frente a ella, y mientras contemplaba el cielo azul lamentó haber sido tan brusca. Sacó del horno la tarta de manzana y le sirvió un buen triángulo que cubrió con crema, aunque no demasiada, por su corazón.

—Toma. Las manzanas todavía están un poco ácidas.

—Magnífico. Debe de estar exquisita.

El que él comiera suavizó las cosas entre ellos, y después de un rato él dijo:

—Margaret, ¿no te importa que lleve a los dos muchachos conmigo a lo de Coman's esta tarde? La gente quiere ver a Sean, y no podemos mantenerlo oculto. Quizá quieras venir tú también.

—No —dijo, dejando de morderse el labio por un momento—. Vayan ustedes y diviértanse. No los traigas tarde, ¿quieres?

—Por supuesto que no. —El Maestro se puso de pie y con el revés de la mano se limpió unas migas de la boca. —La tarta está deliciosa, Margaret Gore —dijo, llevando el plato a la pileta—. Como siempre.

No sabía qué hora era cuando oyó los pasos de los hombres sobre el sendero de grava, pero las estrellas estaban brillantes y el mar dormido. Leyó el crujido de las pisadas como si estuvieran en Morse, y supo que no era la tristeza, sino la alegría, lo que los traía de vuelta a la casa. Se quedó despierta, pero dio la espalda a la puerta, para que, cuando su marido por fin entrara en el dormitorio con los zapatos en la mano, pensara que estaba dormida y no le dijera nada. Cuando él se sentó en la cama, ascendió una oleada de whisky y de humo de cigarrillo, que cruzó por encima de ella hasta la ventana. Margaret permaneció absolutamente inmóvil, tratando de imaginar en los momentos finales, antes de que Muiris cayera en un profundo sueño, si habría adivinado lo que le pasaba a Nicholas. Pero no había manera de saberlo. Cuando le habló a Muiris en un susurro unos minutos después no obtuvo respuesta, de modo que se levantó de la cama sin hacer ruido, permaneciendo un momento inclinada para mirarlo a la luz de las estrellas: una figura enroscada, todavía de pantalones y camiseta, con una mano colgándole por el costado de la cama, como para recoger algún sueño.

Margaret salió del dormitorio y se quedó de pie en el corredor oscuro. El frío subía del piso, y ella apoyó con fuerza los dedos de los pies, caminando despacio hasta llegar a la puerta del cuarto del visitante. Él no podía estar durmiendo, estaba segura de eso. Sin importar cuánto hubiera tomado en la taberna, ahora, solo en ese cuarto, el perfume a rosas estaría otra vez en su mente. No podía estar durmiendo. Conteniendo el aliento para que no la delatara, apoyó la cara contra la puerta, y no oyó nada. Nada. Y, luego, el rumor de una lapicera.

Dio un paso hacia atrás y respiró. Estaba escribiendo. Por supuesto. Debería haberlo adivinado. Él era de los que se sienten provocados a escribir palabras desesperanzadas por un sentimiento fuerte. Pero esta vez las palabras no serían capaces de diluir los sentimientos. Margaret lo sabía. No, él estaba alimentando el fuego. Estaba escribiendo una carta de amor.

Volvió subrepticiamente por el pasillo, más segura que nunca de que Nicholas se había enamorado locamente. Cuando regresó a su dormitorio, por su mente pasaban ya una miríada de posibilidades de lo que podría hacer. Delicadamente, como fina porcelana, se acostó en su lugar bajo las frazadas. Pero no podía dormir. Sabía que Nicholas no dormía, y ahora todo lo que ella debía hacer era imaginarse si Isabel estaría durmiendo. Mientras contemplaba las estrellas, le pareció ver la desesperanza y el dolor de todo amor romántico, la triste y descolorida fábula de luz de luna y éxtasis que se iba convirtiendo en la gris, inevitable desilusión de todos los días; cómo la fascinación resplandecía por un momento tan breve, y los engaños de la belleza y la promesa y el coraje y la juventud se trocaban en mofa. Percibió el anhelo imposible y el sufrimiento que emanaban del cuarto pasillo abajo. Lo sintió como si fueran propios, y no se sorprendió ante las lágrimas que le rodaban por las mejillas ni por el aire espeso con el perfume amargo de tallos de rosa rotos. Conocía las páginas que estaba escribiendo Nicholas como si fuera su mano la que estaba sobre el papel, y a medida que iba pasando la noche vio con mayor claridad que él seguía escribiendo, seguía mirando a través de la ventana el mar enceguecido, e imaginaba el rostro de Isabel. Margaret tragó su pena como pimpollos púrpura, pero ni por un momento se permitió imaginar que esto pudiera conducir a la felicidad. No podía traer más que dolor, y Margaret Gore debía hacer todo lo posible por amortiguarlo, deteniéndolo cuanto antes. Resolvió quedarse despierta en la cama mientras Nicholas siguiera escribiendo. Pero unos momentos antes de que Cian Blake abriera la primera puerta de la isla para contemplar el mar inmediatamente antes del alba, cayó sin poder evitarlo en un suave sueño rosado, y estaba allí, sonriente, cuando Nicholas terminó su primera carta a Isabel y salió y caminó hasta la costa para esperar que la señora Hurley abriera la oficina del correo.

2

Margaret se despertó dando un salto. Literalmente. Había un castillo y una alta ventana estrecha, y alguien debajo. Pero el salto la despertó y se volvió hacia Muiris para darse cuenta de que su cara hinchada y sin afeitar parecía haberse tragado entera la deslumbrante cara de la juventud. No estaba por ninguna parte, pero ella la había visto en el sueño. Bajó de la cama con peculiar desasosiego. Ya se había levantado viento, y en el puerto los barcos golpeaban y crujían, descontentos.

Fue sólo al salir al pasillo y ver que la puerta del dormitorio de Isabel estaba abierta cuando el corazón le dio un vuelco. ¿Dónde estaba? El cuarto de baño estaba vacío; Sean aún dormía. ¿En la cocina? No, había salido. Volvió de prisa al dormitorio de Isabel, y entró. Sin un momento de vacilación, se puso a buscar frenéticamente la carta, pero no pudo encontrarla. Todo lo demás estaba tal cual debía estar. Él no se había marchado. Hasta la lapicera y el papel estaban cerca de la cama, y un débil olor a manzanas. Todo, salvo la carta. ¿Qué hora era? ¿Adónde habría ido?

—¡Muiris!

Se volvió en el momento en que la respuesta la asaltó como un cañonazo, y en un instante estaba de vuelta en su dormitorio quitándose el camisón. El Maestro se movió. Levantó la cabeza apenas para verla desnuda junto a la ventana, y volvió a apoyarla sobre la almohada, imaginando que estaba ante un cuadro de Rubens.

—Muiris, levántate. Es tarde. Despierta, ¿me oyes?

Levantó del piso una bolsa de agua caliente, ahora fría, y dejó que cayera sobre él.

—¡Jesús! —gritó él, como si le hubiera pegado, pero no levantó la cara de la almohada.

—Prepárate el desayuno. Tengo que salir. ¿Me oyes?

No hizo ningún ruido, y Margaret paseó la mirada por el dormitorio en busca de alguna otra cosa que tirarle. Al encontrar sus zapatos, se los arrojó en dirección a la espalda y se dirigió a la puerta.

Faltaban dos minutos para las nueve y media. El viento le sopló en la cara cuando salió por la puertita de la cerca y se encaminó por el sendero de adoquines hacia el correo. Una bandada de gaviotas giraba en el viento. El humo de la casa de los O'Leary formaba un penacho hacia el este y hacía parecer que el cielo estuviera bajo sobre la isla, como si los dioses hubieran descendido y estuvieran reunidos, invisibles, empujando las nubes como almohadones con sus grandes muslos y observando a la esposa del Maestro que se apresuraba para intentar detener al Destino mismo. Todavía no estaba segura de lo que haría; era una carta, lo sabía, y debía interceptarla de alguna manera sin que Nicholas lo supiera. Era lo que debía hacer una madre. Era correcto y vital; la única forma en que podía esperar detener el progreso de un amor condenado y sin esperanzas que sólo podía ocasionar sufrimiento.

El viento condujo a Margaret hasta la oficina de correos; le permitía respirar cuando le soplaba en la cara y traía consigo el olor a olas saladas y a huevos fritos de la taberna de Coman's. La campanilla sobre la puerta cascabeleó cuando entró. No había nadie. Luego, desde la cocina, llegó la voz lenta y grave de Aine Hurley.

—Voy en un minuto.

Fue un minuto largo, y eso le dio tiempo para mirar por encima del pequeño mostrador y ver allí, sobre una mesita con señas de sellos y garrapateos, la primera carta de la mañana, dirigida a Isabel ni Luing en Galway.

—Andas temprano esta mañana. —Aine Hurley apareció con restos de tostada en las comisuras de la boca. Masticaba aún cuando llegó al mostrador, y esperó hasta casi terminar antes de ocuparse de los negocios. Tenía sesenta y dos años y había enterrado a dos maridos, hecho que llevaba consigo como prueba de robustez y longevidad. La prisa, consideraba, era lo que los había matado a ambos, y por eso se veía obligada a compensarlo con su manera lenta y cautelosa.

—Bien, Margaret. —Miró a la esposa del Maestro. —¿Qué hay de nuevo contigo? Ya vino tu visitante hoy.

—Pues de eso se trata precisamente, Aine.

—Apenas había entrado en la cocina, y él ya estaba golpeando la puerta.

—Tenía una carta...

—Vino a toda prisa, como ves.

—Te dio una carta.

—No es bueno, le dije. No se puede andar con tanta prisa por aquí.

—No.

Margaret aguardó mientras el mar suspiraba.

—Trajo una carta, sí.

—Es por eso que vine, Aine. Es para Isabel, y él debía dejarla abierta para que yo escribiera algo, y se olvidó. De modo que debes dármela. La llevaré a casa y te la traeré para el correo de esta tarde.

—¿Se olvidó de algo?

—Sí.

Hubo un largo momento vacilante, como si una mano pedaleara hacia atrás una bicicleta del Tiempo y los minutos giraran con rueda libre. Luego Aine Hurley se volvió y miró la carta sobre la mesita.

—Eso es porque anda de prisa, ¿te das cuenta? Un hombre de Dublín, por supuesto —dijo—. Dos países distintos, decía siempre Tom, Dublín y aquí. Sólo simulan ser el mismo. —Agitó el sobre una vez, entregando la carta, sin notar la animación repentina en el cielo, el cambio imperceptible en el viento cuando los dioses regresaron adonde fuera que regresaran y Margaret Gore traspuso la puerta con la primera carta de amor de Nicholas Coughlan en la mano.

3

Mi querida Isabel:

Te escribo estas líneas sin saber si las leerás. Estoy en tu dormitorio y no puedo dormir. No puedo hacer nada. Nunca he escrito una carta como ésta. No sé siquiera si es una carta, pero es más de medianoche y no puedo dejar de pensar en ti.

Regresamos a la isla a media tarde. Yo apenas podía hablarle a tu madre cuando nos sentó en la cocina. Todo parece irreal ahora. ¿Alguna vez has sentido algo tan poderoso e intenso que momentos después parece formar parte de tu misma piel, ser parte de tu olfato y gusto y respiración, y ninguna otra cosa existe, salvo esos momentos, esos recuerdos? Aquí estás conmigo en tu cuarto, esta noche. Aquí. Escribo esto y cierro los ojos y me quedo sentado y espero y tú estás aquí. Pasado y presente son el mismo tiempo. Aquí y no aquí. Aquí estás tú, sentada dentro de la tienda con ese largo cardigan gris cuando entramos, y una especie de esplendor emana de ti, y tus ojos se llenan al instante de lágrimas como si te hubiera atravesado una flecha afilada. Casi no puedo creer que esté escribiéndote estas cosas. El roce de tu mano, ese primer roce que para ti no fue nada, tu mano en mi brazo cuando Sean estaba explicando algo y tú te apoyaste en mí para no perder el equilibrio y te volviste y me miraste. Ese momento lo ha cambiado todo para mí. Cuán absurdo y tonto me siento, inclusive cuando escribo esto. Me siento como un elefante delante de una rosa. Perdóname. Sólo tengo el coraje de escribir estas cosas sin saber plenamente si las he de enviar.

Cuando cerraste la tienda esa primera mañana y caminamos por la calle, los tres, no hacías más que reírte y mirarme. Nos chocábamos; pienso en la manera en que te balanceas al caminar, como si fueras la dueña de la calle, y ese perfume que me envolvía. ¿Fue entonces? No lo sé. No sé nada acerca de por qué las cosas son como son o como terminan siendo. Todo puede parecer tan casual y confuso y escandalosamente planeado a la vez. ¿Hay un millón de vidas que corren paralelas, o se escoge a dos para que se encuentren? Aquí estás tú en estos cien recuerdos en mi cabeza, y yo estoy acostado en tu cuarto con todo el mar a mi alrededor. ¿Cómo sucedió esto? Yo vine aquí por mi padre, para rescatar la última parte de él del naufragio de nuestra vida, algo que se asemejara a una razón que explicara por qué y cómo las cosas son como son. Y me encuentro trasponiendo una puerta y conociéndote a ti.

A ti.

Me pregunto cómo el mundo pudo cambiar tanto en cinco días. Tú eres más bella que nadie que yo jamás haya visto. ¿Está mal que te lo diga? Cierro los ojos para verte. Y, por supuesto, está mal. Por supuesto que es inútil y estúpido y no lleva a ninguna parte. Ella está casada, me digo. Acaba de casarse y está enamorada de él. De manera que, ¿qué sentido tiene? ¿Dónde está el plan, el orden, el bienestar que debe sentirse al estar juntos? ¿Ese sentido de inevitabilidad al que mi padre llamaba Dios? Llegué dos semanas tarde, y mira lo que pasó. Alguien se está riendo de mí. Yo sé que no curé a Sean; fue algo que no tuvo nada que ver conmigo, y sin embargo, si yo no hubiera llegado en busca del cuadro, si no lo hubiera conocido, si, si, si...

Fíjate cómo encajan todas las piezas aunque pertenezcan a distintos rompecabezas. Isabel, Isabel. Me besaste la tercera noche y las piezas volaron por el aire. En la calle, donde pasaban los autos. Ni siquiera nos escondimos. Tu mano alrededor de mi cuello, y yo que caía tanto más lejos de la distancia entre tu rostro y el mío. Creo que me desmayé, que algo voló lejos de mí. Tú no dijiste nada y te hiciste atrás y luego volviste a besarme, y tu pelo caía entre nuestras bocas y tus dedos me tocaban la cara como para asegurarse de que yo estaba allí. Probé las almendras en tus dedos y sentí por primera vez el deseo abrumador de devorar a alguien, de comer y morder y poseer cada y toda parte de ti, perderme y perderte por completo en ese momento en la calle y parar los relojes y retener las estrellas y no dejar que nada existiera más allá de ese momento. Si sólo la vida pudiera ser así, si pudiera alcanzarse un momento así y detenerse en el instante del éxtasis. Pero no. El aire fresco me barrió la cara y el beso terminó. Tú no dijiste nada. Diste un paso atrás y me tomaste de la mano y seguimos caminando. ¿Lo soñé? ¿Dijimos algo o caminamos simplemente por los muelles, mi mente perdida en la cesación de la razón y la enorme marea del deseo que todo lo cubría de rojo? El mundo estaba hecho de perfume y tacto, no de palabras. Hasta cuando me dejaste esa noche para volver al lado de él, no dijiste nada.

　　¿Qué puedo escribirte? Te escribo estas líneas para sentir tus ojos cuando las leas. Para sentir, de esa manera, que por lo menos te estoy tocando y que estamos vinculados en el temblor de cada letra que escribo y que tú lees. Pero quiero más. Quiero verte. Quiero abrazarte. El martes, cuando te reuniste con nosotros dos, pensé que Sean ya lo sabía. Pensé que debía de estar impreso en mi cara. O que el latir de mi corazón debía amplificarse cuando llegaste a la casa de huéspedes esa mañana y rebosante de alegría anunciaste que Peader cuidaría la tienda ese día y que nosotros iríamos a Connemara. ¿Sabes que no podía respirar cuando te sentaste a mi lado para el desayuno y me tocaste la mano? ¿Lo supiste entonces? Hay tanta vida, y tanta alegría alocada en ti que hasta sentarse a tu lado era como sentarse con un carnaval de sentimientos, una calesita que daba vueltas y me llevaba, con terror y deleite, cuando sentía tus dedos bajo el mantel, que viajaban sobre mi brazo.

Ese día. El día en la carretera a Oughterard. ¿Fue entonces cuando lo supe?

La verdad es que no lo sé. No sé lo que sientes. Yo apenas puedo respirar. ¿Te lo he dicho ya en esta carta? Ni siquiera sé lo que debo decir. Te amo. Me he enamorado de ti. No puedo esperar no saber cuándo, o si te veré. ¿Quieres escribirme, por favor?

¿Por favor?

Nicholas.

Mientras las palabras quedaban impresas para siempre en las páginas amarillentas de su mente, Margaret Gore arrojó la carta al fuego. Se reprochó en silencio por las lágrimas que le anegaban los ojos y le rodaban hasta el labio inferior, hasta que le quedó como carne cruda. Era la inocencia y la pureza de la pasión lo que la atravesaba como una lanza, y cuando se levantó y calentó la plancha y se puso a planchar las camisas del Maestro aún la sentía clavada en el pecho. Nicholas no había vuelto; ella sabía, sin necesidad de preguntar, que estaba solo, meditando entre las rocas y suspirando mientras transcurría el tiempo hasta la llegada del correo al día siguiente. Ahora ya no bastaba simplemente con pedirle a Muiris que le dijera que se marchara. La pasión ya había avanzado demasiado; iría a Galway, la esperaría. Peader era un hombre violento: no podía pensar en lo que ocurriría. Mientras Margaret planchaba, evitando los botones, sabía que era necesario mantenerlo allí hasta que el amor hubiera disminuido o desaparecido.

El mundo no debía ser de esta manera. Éste no era el mundo en el que ella había empezado a vivir, ni tampoco el que llevaba en su canasta cuando caminaba más allá de los botes de los pescadores de Donegal en aquellos primeros días, después de conocer al poeta Muiris Gore. Éste no era el mundo de la felicidad eterna; y aunque sabía el dolor que causaba al quemar la carta, Margaret imaginaba que sabía aún más íntimamente el dolor que ahorraba. Y éste era el mundo en que habitaba: lo había descubierto. Se servía mejor a ese mundo quemando el amor que viviendo de él. Sabía que esto era verdad, y, sin embargo, seguía con la lanza atravesada y toda la mañana y la tarde estuvo al borde de un llanto desenfrenado e histérico. Cuando volvió Muiris de la escuela, ella permaneció en la cocina, congelada, esperando ver si él notaba algo desusado en ella. Cuando él no dijo nada, ella indicó la hilera de botellas vacías junto a la pileta.

—¿Qué son éstas? —le preguntó.

—¿Qué quieres decir?

—¿Qué son?

—Son botellas.

—Y, ¿adónde van? ¿Dónde las ponemos? Las sacamos en una bolsa, no las ponemos aquí junto a la pileta, ¿no? Pero, ¿por qué soy siempre yo quien saca tus botellas cuando las dejas aquí en la pileta, esperando, sabe Dios por qué que yo venga detrás cuando el lugar de los desperdicios está a cinco metros? Contéstame eso. ¿Por qué?

Era una pregunta demasiado difícil para el Maestro, y él miró por la ventana, sin observar nada.

—Quizá podrías llevar tus camisas al dormitorio —dijo Margaret y salió de la cocina, siempre con la lanza clavada en el pecho, dejando a Muiris absorto en la desesperanza de poder entenderla y con media docena de camisas bien planchadas, con las mangas dobladas sobre la pechera como para defenderse de un golpe ultrajante.

Esa noche, cuando Nicholas volvió a la hora de la comida, todos percibieron la melancolía del mar que rezumaba. Tenía el pelo enmarañado y los hombros agobiados bajo una pesada humedad. La soledad en que había pasado el día era tan obvia como el clima, y cuando se sentó a la mesa, todo parecía una intrusión en su abatimiento, inclusive la mano que procuraba levantar el salero. Su estado de ánimo era como un manto espeso de lluvia, y por la palidez de su cara, Margaret pudo ver de inmediato que estaba a punto de caer enfermo. Desde la noche anterior parecía haber perdido parte del pelo. Su frente brillaba bajo la luz; estaba más blanco que el papel. Cuando Margaret le dio la espalda para limpiar el cuchillo con que habían untado la manteca, se dio cuenta de que él le había enviado todo su color a Isabel. No podía mirarlo, y se alegró cuando él se levantó de la mesa, le agradeció la comida y dijo que necesitaba acostarse.

Sean y Muiris desaparecieron, camino a la taberna, pero no antes de que el Maestro hubiera hecho el gran despligue operístico de lavar los platos, y también de secarlos, doblando luego el repasador, limpiando la mesa y mostrándole a Sean la importancia de barrer debajo de la mesa, y no sólo alrededor de ella. Terminó, puso la escoba en su lugar y examinó la cocina, sin mirar a Margaret que, sentada en una silla hojeaba una revista. Dejó la cocina limpia, como prenda de su amor, y tomó su abrigo con un floreo, como si acabara de demostrar algo.

Margaret levantó los ojos sólo después que él se hubo ido. Vio el esplendor de la cocina a su alrededor y suspiró, sabiendo que se había librado otra batalla. Se movió en la silla, sin hallar alivio de la lanza en el pecho, y luego fue y abrió la puerta para interpretar los ruidos del cuarto de Nicholas. Se había derrumbado en la cama, fue su primera conclusión. Yacía en ese terrible silencio de los recuerdos, oyendo sólo las constantes voces interiores repitiendo una y otra vez los fragmentos que podía recordar de lo que Isabel había dicho. Estaba escuchando hablar a su memoria, y tratando de usar la inflexión exacta de la voz de ella. Yacía en la atmósfera cerrada del cuarto y trataba de respirar a través del olfato de la remembranza el perfume de rosas que emanaba del pelo de Isabel. Yacía allí con la boca entreabierta y los labios rozándose y abriéndose, tratando de encontrar, con amarga e irremediable desesperación, el sabor de esos labios que no podía recordar. Se acarició el pecho con la mano y sintió el calor de su cuerpo, intentando transformar su mano en la de ella, intentando que ella estuviera allí, con él. En el silencio del otro extremo de la casa, Margaret sabía lo que estaba pasando, sabía que él buscaba en el cuarto, por décima vez, el perfume de Isabel, que estaba acostado en el suelo, apretando la cara contra la alfombra en el lugar donde imaginaba que ella pisaba cada mañana al bajar de la cama, que estaba mirando por la ventana y se acostaba en su cama y olía el aire lleno de naftalina de su ropero en busca de sus rastros, sin saber aún que el esfuerzo de traer a Isabel a su mente, que la urgencia de su ensueño, lo estaba enfermando.

Margaret oyó un golpe en la puerta. Una serpiente de miedo le saltó a la garganta, y debió dejar pasar un momento antes de salir al pasillo. Abrió la puerta a la noche y sintió la repentina humedad del otoño. El padre Noel dejó transcurrir un instante, y luego le preguntó si podía pasar. Margaret cerró la puerta tras él con temor; sintió que se quedaba a solas, encerrada con el Juicio Final, y el pecado de destruir la carta de amor le hizo arder el lado izquierdo de la cara. Cuando el cura se sentó en la cocina, Margaret se ubicó de perfil, de modo que él sólo viera su lado derecho.

Había venido, dijo el padre Noel, a ver cómo andaban las cosas.

—Muy bien, padre —contestó Margaret, con la esperanza de que la mentira no le hiciera arder la otra mejilla.

—¿Y el visitante?

—También.

—¿Se queda?

—Por el momento, padre.

—Ya veo —dijo el cura, sin ver nada y detectando menos. Por cierto, nada del murmurar repentino que había comenzado en el dormitorio apartado, que Margaret oía, y que supo de inmediato era la repetición del nombre de su hija, dicho una y otra vez contra la almohada de plumas.

—¿Está contento?

—Lo está, padre.

—Nunca hemos hablado de eso...

—¿Tomará una copa...?

—¿Qué? No, no, gracias, Margaret.

Ella estaba de pie, de perfil, apoyando una mano en el respaldo de la silla, preguntándose si empezaría a toser para ahogar el murmullo y los gemidos del dormitorio. La puerta de la cocina estaba apenas entreabierta. Un resquicio.

—Pensé que quizá...

—Lo mejor es olvidarse de todo eso, padre.

—Exactamente. Quiero decir, mientras ambos... —Perdió sus palabras en el momento en que se aproximaba a lo que quería decir. —Él no se arroga nada, y no es probable que ande por ahí tocando con sus manos... Bien. —Dejó que una pausa terminara por él, y miró el cielo raso.

—No, padre.

—No —dijo él con tono concluyente, y tamborileó dos veces sobre la mesa. Se puso de pie en un momento en que a Margaret le parecía que el nombre de Isabel sonaba más alto.

—¿Cómo... cómo les va a los recién casados?

—Ah —dijo Margaret, conduciéndolo a la puerta de la cocina y luego estallando en una serie de toses entrecortadas, mientras se dirigían a la puerta de calle. Sólo cuando él estuvo afuera, bajo las estrellas, ella terminó de hablar. —Muy bien, padre. Gracias.

—Perfectamente —dijo él, y se adentró en la oscuridad. Esa noche, durante horas, Nicholas llenó la casa con el desasosiego de su espíritu herido de amor. Caminaba por el cuarto, se acostaba, permanecía absolutamente inmóvil, con la esperanza de aliviar de alguna manera la presión de su corazón. Durante algunos minutos lograba salir de su trance, volviendo por un instante a la realidad: sólo había visto a la muchacha cinco días, ella estaba casada, nada podía resultar de ese amor. Aspiraba el aire de este dolor menor, y luego volvía a sumirse en el anhelo, en los recuerdos y en el agudo deseo que eran las constantes de su condición. Para las doce, Margaret aún podía oírlo moverse, y cuando pasó por su cuarto para yacer insomne en su cama, por un irreflexivo momento le pareció ver, por la hendedura de la puerta, unos pájaros blancos volando en el plumoso aire.

5

A la mañana siguiente, Nicholas estaba enfermo. No fue a desayunar, y el Maestro fue a su dormitorio para ver qué le pasaba. Mientras él no estaba, Margaret le sirvió dos huevos pasados por agua a Sean y contuvo el aliento, para constatar si Muiris había descubierto la verdad.

—Se quedará en la cama —dijo Muiris cuando volvió—. Debe de haberse enfriado ayer, cuando anduvo caminando por la isla.

—Eso es —dijo su esposa, aliviada.

—Debe de tener mal el estómago. Se dio vuelta y lanzó un gemido cuando le dije algo de comer huevos.

Era una indicación, y Margaret se sorprendió, e inclusive se decepcionó un poco al ver que el Maestro no se daba cuenta. Mientras bebía el té y lo miraba, se preguntó hasta qué punto desconocía la naturaleza del amor para no percibir los latidos que se oían ahora en todos los rincones de la casa. ¿Sería sordo, además de ciego? ¿No alcanzaba a aspirar el perfume de su hija, el dulce aroma de rosas que embargó todos los cuartos durante la noche, evocado por la intensidad de los sueños del amante? ¿Cómo no podía darse cuenta? Tomó un sorbo de té y lo observó con más cuidado que en las últimas semanas. Pero nada; ningún signo de que tuviera ni la menor idea de la calamidad que estaba acaeciendo a unos pasos. "Este pedazo de madera con quien estoy casada —pensó—, este hombre sin remedio." Su hijo, se imaginó, estaría más cerca. Sean debe de saberlo, debe de haberlo visto en Galway. En ese caso, probablemente sería el cómplice de Isabel, pensó, pasándole dos tostadas.

Nicholas no se levantó ese día. Ni el siguiente. Esperaba el correo. Recibiría una carta, le dijo a Margaret. ¿Sabría el cartero para llevársela allí? ¿No habría una carta aguardando en la oficina de correos? ¿Había llegado algo hoy?

No había llegado nada, y Margaret observó cómo recibía la noticia, con líneas diminutas alrededor de los ojos. Nicholas se desplomó sobre la cama y volvió a sumirse en la espera. Su enfermedad empeoró. El doctor Doherty, un médico nuevo para la isla, llegó en barco el martes e incluyó a Nicholas en su ronda de visitas.

—Es una fiebre —le dijo a Margaret fuera del dormitorio.

—Es mal de amores —dijo ella, asombrada de que otro hombre no notara las pesadas y sofocantes emanaciones de las rosas en el cuarto, cuyo perfume se espesaba cuando la ventana estaba abierta.

"Se le está cayendo el pelo —dijo Margaret para confirmar su declaración. El médico la miró y dejó que su calva le respondiera.

—Volveré el próximo martes —le dijo—, a menos que empeore.

Y empeoró. Tres días después, Nicholas seguía en cama. No había llegado ninguna carta, y él había caído a través del piso del anhelo al lugar donde el amor parece imposible y la imagen del ser amado más real que el mundo físico. Ella estaba allí con él. Sólo él la veía, y en el delirio de su imaginación febril estaba acostada a su lado, y él la acariciaba, la recorría y se aferraba a ella cuando nadie estaba en el cuarto. Feliz víctima por propia voluntad, entraba y salía de su ensueño, susurrándole que regresara, mientras Margaret volvía con su plato de sopa sin tocar a la cocina.

Después de cinco días, en un momento de claridad, cuando el viento soplaba con grandes ráfagas desde el este y traía a la isla los gérmenes de una tos seca que había atacado

320

a la mayor parte de Galway, Nicholas le escribió a Isabel una segunda carta. No estaba bien como para llevarla él mismo al correo, y por eso se la confió a Sean.

Pero Sean, la semana después de regresar de Galway, se había puesto perezoso para caminar, y se alegró cuando su madre se ofreció a ir al correo en su lugar. Él le dio la carta, y esa noche, cuando despidió a su marido y a su hijo, que se dirigían a la taberna de Coman's, Margaret se sentó en la cocina junto a la puerta abierta del horno para ver cómo iba progresando el amor.

6

M i querida Isabel:

No he recibido una carta tuya. Ya no puedo esperar más, y debo escribir algo esta noche. Es una especie de locura, lo sé, esta obsesión continua en mi sangre. Me corre por las arterias, siento en cada parte de mi ser este anhelo por estar en contacto contigo, y escribir palabras que tú leerás. Hasta cuando detengo la mano por un instante sobre la página es para sentir tu aliento allí sobre el papel, a mi lado, allí. Allí. En el lugar donde por un momento hay una paz compartida. Creo que tu madre imagina que me estoy volviendo loco. Noto la manera en que me mira, como si esperara que me pusiera de pie sobre la mesa y empezara a gritar. Todavía piensa en Sean, creo, y en lo que pasó, y busca una prueba de algo oculto que pueda revelar otra verdad.

Nada en mi vida me ha preparado para esto. Para amarte. Aunque de ninguna manera sea lo que considero que es amar. Tengo que verte. Siento una compulsión que es como un fuego dentro de la piel. ¿Comprendes? ¿Sabes cómo es? Mientras escribo, oigo voces que me dicen: ella ya te ha olvidado. Ya no eres nada, salvo una mota de polvo arrastrada por el viento hacia su pasado. Tú estabas aquel día, camino a Oughterard, pero ahora ya no hay nada: te has desvanecido.

No lo creo. No existe el azar. Todo encaja en alguna parte. Tiene que ser así. Si conocieras la historia de mi padre, sabrías que hay una razón para todo. Hubo una razón. Hubo una razón para que aquel día fueras en el auto en el camino a Oughterard. Conducías como una serpiente en el medio del camino, e hiciste cincuenta kilómetros antes de decirnos que no sabías conducir. Y luego dejaste que lo hiciera Sean, y me miraste, sonriendo.

Me estoy volviendo loco. Sigo allá. Sigo en el auto detenido al costado del camino, y Sean se ha ido a caminar por los campos cenagosos y tú te estás riendo y luego me estás besando. Y tu beso es como este dulce fuego. Como este inalcanzable, dulce, dulce dolor en lo más hondo de mí. Cuán banal y estúpido suena todo esto. Dios, no puedo escribirlo. Ni siquiera puedo aproximarme. Ay, Isabel. Isabel. Eres bel... Por favor. Deseo. Deseo...

Por favor, por favor, por favor escríbeme por favor.

N.

7

La carta terminó en el fuego, y la enfermedad de Nicholas prosiguió. Estaba perdido en el abismo entre los mundos, y no podía desplazarse por éste ni regresar del todo al que había abandonado. Sumido en la agonía, esperaba la carta que no vendría. Cada hora imaginaba una docena de excusas que explicaban por qué no llegaba, y yacía en la cama y se debatía la tarde entera, torturándose con las dulces espinas del recuerdo. Su mente estaba llena de Isabel, y cuando estaba solo en el cuarto era capaz de convocar una docena de imágenes. Isabel con su fabuloso cabello caído a un lado cuando se inclinaba para besarlo. Isabel diciéndole que era diferente de todos cuantos había conocido. Tomándolo de la mano y besándole los dedos y riéndose de la incredulidad pintada en su rostro. La mujer llevándose la cabeza del hombre a sus senos en el cuarto de huéspedes la noche antes que regresaran a la isla, la mano acariciándole el pelo, y cuando él levantaba la cara, le ponía el dedo en los labios para que no respondiera al decirle que ella no merecía el verdadero amor. Todos estos momentos flotaban por la mente de Nicholas, más dulces que fantasías; pero ahora habían naufragado en los enfermantes mares del rechazo. Ella no había escrito, y ahora su estómago estaba revuelto y su rostro pálido. Hacía todo lo posible por tragarse la gris desesperanza, pero vomitaba todo lo que comía. Sus viajes al cuarto de baño marcaban los momentos del día, el grado de pasión de cada día medido por el tiempo entre la comida y su expulsión. Si la visión de la muchacha era lo bastante fuerte, podía retener la comida durante dos horas; pero si sonaban en sus oídos las voces de la razón, las palabras de la sensatez, diciéndole que no había amor que pudiera ser así, que la mujer no lo quería y que, además, la relación no podía llegar a nada, entonces la comida apenas duraba cinco minutos. Con cada ataque de vómito llegaba una extraña calma posterior, y Nicholas volvía a la cama con una sonrisa beatífica, como si el disturbio de sus entrañas fuera un testamento válido, un ramo de flores ofrecido al silencio.

Aunque la aldea entera había empezado a sospechar algo torcido, y el perfume inconfundible de tallos de rosa rotos se detectaba fácilmente en los vómitos, Margaret Gore intentaba con desesperación disfrazarlo, y el día entero quemaba en el cuarto de baño velas benditas hechas de cera perfumada con miel. Le dijo a su marido que era la clase de fiebre que ella tuvo una vez, y que seguramente se le iría en una semana. Cuando Muiris sugirió que quizás habría que llevar a Nicholas al hospital de Galway, ella lo miró como si tuviera siete pares de ojos y no supiera dónde enfocar la vista. No, no, de ninguna manera. Ya se mejoraría, le dijo, y abrió grande la boca con la esperanza de liberar el globo de culpa que se le había quedado trancado en el diafragma.

Como consecuencia de su cura, Sean era una curiosidad en la aldea, pero pronto se cansó de contestar a la pregunta de cómo se sentía, y pasaba los días en su casa o caminando por las partes más apartadas de la isla. Aunque aún no lo sabía, estaba a punto de decidirse a dejar la isla e irse a Inglaterra, siguiendo un destino tan poco claro y fortuito como el vuelo de las moscas y enfrentarse a la dificultad de una vocación soñada a medias: la del sacerdocio. Por ahora, con vaga conciencia del precipicio por delante, se cubría de un espeso abrigo de cavilación, inclusive en medio del aire azul resplandeciente de gaviotas en lo alto. Por el momento había abandonado la música, y cuando se sentaba junto a Nicholas en su lecho de enfermo no era ni compañía ni solaz.

Así pasaban los días como hebras de lana raída que no se unen ni se mantienen separadas. No sucedía nada. Nicholas seguía abstraído y enfermo, y Margaret ocultaba la realidad lo mejor que podía. Cuando las altas notas de un canto de soprano emanaba de su dormitorio y fluía por la casa, ella ponía la radio a todo volumen y ahogaba la locura del amor con el noticiero de las trece. Cuando Nicholas llamaba a Isabel en la noche y amenazaba con despertar toda la casa, era ella quien salía de puntillas de su dormitorio y abría la puerta para tranquilizarlo mientras él, desnudo y con una enorme erección, de pie bajo la luz de la luna, con los ojos cerrados, besaba y mordía los pezones de una suave Isabel en el aire.

No podía hacerse nada, excepto aguardar a que pasara. Margaret Gore sabía lo que es el amor. Sabía que el enemigo del amor es el tiempo, que el mundo arruga los sueños más rápido que la piel, y que cuando no pasa nada, cuando no llega ninguna carta y no hay ninguna caricia, la pasión se derrumba. Existe un momento —sabía ella— cuando la ausencia de besos es una poción más fuerte que los besos mismos. Pero de la misma manera, después de eso hay un momento cuando la ausencia de besos es un sentimiento sombrío y hueco que se extiende y llena hasta el último resquicio del alma. Un hueco que se apodera de uno. Ella esperaba día a día, para ver cuándo empezaría a llenar a Nicholas Coughlan. Cuando lo sentaba en un sillón en la cocina y le cambiaba las sábanas, le parecía detectar en su olor el primer aroma débil de enebrinas, que era siempre el olor de la pérdida después de la muerte de un ser querido. (En su cabaña de enfrente, la viuda Liathain casi se cayó de la silla al olerlo también. Fue hasta la ventana y sacó su cara de pasa vieja al aire. Cuando vio que el olor provenía de la casa del Maestro, de inmediato empezó a propagar la noticia de su muerte inminente, preparándose para el entierro.)

326

Cuatro días después de la segunda carta, Nicholas escribió una tercera. La escribió sin ocultarse, en la mitad de la tarde. Se había quedado sin papel, y le pidió a Margaret una hoja y un sobre.

—Quiero escribirle a Isabel —le dijo.

Esto la tomó de sorpresa por un momento, y no se atrevió a mirarlo a los ojos.

—Qué lindo —le dijo a la cortina, descubriendo que algo le pasaba al ruedo, y se quedó esperando hasta asegurarse de que no habría ninguna expresión en su cara—. Te traeré papel. —Hizo una pausa para mirarlo: una pálida y alta figura desahuciada, con su frente ancha y sus ojos intensos, los labios amoratados por morderse y frotarlos tanto. —Yo le estoy enviando una carta. Echaré las dos —le dijo, saliendo del cuarto, aturdida por la facilidad con que todo conspiraba a favor de ella. Era una suerte de bendición, en realidad. Era un estímulo, una prueba de que no había estado equivocada en lo que hizo, y en lo que haría. Después de todo, ¿cuántas cartas más podría escribir sin recibir respuesta? Seguramente, ya quedaría agotado.

Le llevó el papel y se sentó en la cocina escuchando los indicios de que se estaba escribiendo una carta de amor: los suspiros y gemidos, las frustraciones, el acompañamiento de violines que se alcanzarían a oír por encima del grito de las gaviotas. Pero esta vez no hubo nada. Él estaba callado. El cuarto estaba en silencio, y sólo se oía el reloj, que castigó la llegada de las cuatro de la tarde con una campanada particularmente feroz.

¿Quizá se habría quedado dormido? ¿Quizás habría llegado el momento en que la pasión por fin se había escapado de él como una manta demasiado abrigada, y ya era libre? Margaret se puso de pie en la cocina y caminó sobre el piso de baldosas hasta detenerse frente a su cuarto. Se había acostumbrado a toda la gama de excesos a que era propenso Nicholas, y esperaba cualquier cosa: podía estar arrastrándose por el piso y olfateando en busca de los recortes de las uñas de los pies de Isabel, y eso no habría sorprendido a Margaret. Podía estar desnudo en la cama con la hoja de la carta sobre su sexo y las emanaciones de las rosas enloqueciendo su cerebro delirante. Podría haber sido cualquier cosa, y nada la habría escandalizado. Pero cuando sus ojos pardos llegaron al resquicio de la puerta entreabierta y se inclinó para mirar en el cuarto, la visión que le llegó hizo que se le detuviera el corazón.

Nicholas estaba sentado en el borde de la cama, con una blancura que resplandecía de tal manera que Margaret no pudo saber si era ropa o su piel. Parecía una luz, no una persona, por la manera tan intensa con que ardía la electricidad de su deseo. El aire del cuarto tenía la textura del raso blanco; parecía haberse fabricado solo, y pendía en enormes drapeados desde el cielo raso, ondeando levemente todo el tiempo cuando el centenar de palomas pasaban volando con alas que rasgueaban un instrumento de cuerda y se movían en el aire como el más delicado abanico de encaje. Nicholas resplandecía, pero a su lado estaba una figura que era una versión más alta que él. Al principio, Margaret pensó que era un efecto de espejos, un truco de reflejos, o una duplicación de visión causada por el jarabe para la tos que le había dado Muiris esa mañana. Probó mirar con el otro ojo, pero el cuadro permaneció igual: dos hombres bañados por una blancura fabulosa, uno sentado en la silla, el otro en la cama, ambos sin decir ni una palabra. Simplemente, miraban. Cuando ella acercó la cara y trató de enfocar la vista a pesar de tanta luminosidad, Margaret vio que el segundo hombre era mayor, y que sonreía.

Pero no decían nada. Cuando por fin él se puso de pie y se movió hacia Nicholas, la blancura del cuarto se hizo más resplandeciente todavía. Margaret sintió un calor que ascendía desde el piso; era como si la luz fuera fluida y la inundara. Cuando llegó a la cabeza, sintió que sus pies se levantaban del piso, luego vio que los pájaros blancos salían volando de su boca. Entonces se desmayó.

8

Nicholas la había contagiado. Eso es lo que pensó el Maestro, y consignó a su mujer a la cama, donde yacía como una mujer que había tenido una visión. Ella no se atrevía a preguntar si su marido había notado algo en Nicholas, y se quedó en la cama el resto del día con un terror mortal de lo que podía haber pasado en el dormitorio de Isabel. Dio rienda suelta a su imaginación, y en el curso de las horas que permaneció en cama su mente pasó revista a todo un compendio de espíritus y fantasmas, ángeles y demonios. Pero cuando Nicholas apareció por fin a las ocho para ver si se sentía bien, Margaret no notó ningún cambio en él, excepto la alarmante desaparición de su pelo. Estaba mucho mejor, le dijo él. Se sentía más liviano, y tenía la mirada más firme y más clara por primera vez desde que volvió de Galway. Estaba débil, por supuesto, pero en un par de días, dijo, estaba seguro de que se sentiría bien.

—Escribí la carta —le dijo.

—¿La carta?

—A Isabel.

—Ah, sí.

—¿Le pido a Sean que la eche al correo, ahora que usted está enferma? Puede darme la suya, así envía las dos.

Ay, no. No, no, no. Margaret se incorporó e hizo una demostración de fuerza. Le aseguró que mañana estaría bien. Había sido una dosis excesiva de jarabe para la tos, eso era todo. Lamentaba haberlo alarmado junto a su cuarto. No, no, ella llevaría la carta. Enviaría las dos cartas a Isabel, mañana.

Y así fue cómo Nicholas Coughlan le entregó la tercera carta de amor a Isabel; y por tercera vez Margaret Gore la arrojó al fuego cuando su marido y su hijo habían salido por la noche.

Pero esta vez fue diferente. Le demandó un gran esfuerzo. Cuando estaba en la cama, con la carta dentro de su sobre, tuvo un escalofrío repentino. Sintió piel de gallina en las pantorrillas y se restregó los tobillos mientras se abría en su mente una nueva ronda de debates: su hija era capaz de cualquier cosa; se había casado con un tonto, totalmente inapropiado para ella, y ahora este hombre ardía como una candela y perdía todo su pelo. Ella se había casado con el hombre equivocado, pero se había casado con él, y eso era definitivo. No había forma de echarse atrás. El mundo no era reversible, y aunque Margaret imaginara un seguro aburrimiento y desilusión para Isabel en su vida con Peader, estaba en lo cierto cuando creía que no existía otra opción. Por supuesto que era así. Estas cartas no eran más que un desastre. ¿Qué podía provenir de ellas?

Sacudió levemente el sobre contra su labio inferior, esperando que el debate se inclinara en su favor. Cuando eso sucedió, y se satisfizo pensando que hacía lo correcto, la guardó en el bolsillo de su bata y se dirigió a la cocina, haciendo una pausa sólo cuando creyó oír un sonido de escritura proveniente del cuarto de Isabel.

Abrió la puerta de la cocina económica; la turba resplandecía, anaranjada, contra la parrilla. Oyó el pesado matraqueo de un chaparrón sobre el techo corrugado de la cocina, y abrió el sobre. Al principio le pareció que estaba equivocada; era una hoja en blanco. Pero no, en la parte inferior estaba el mensaje total de la tercera carta. Una palabra:

Amor

Y nada más. No te amo, ni el nombre de ella, ni el de él, ni tampoco una mancha de tinta, ni nada en la página. Al principio Margaret creyó que debía de haber algún mensaje secreto que se leería ante un espejo, algo más que eso. Pero no pudo encontrar nada. Sólo esa palabra. Amor, y nada más. Se sentó con la hoja en la falda, apoyó la cabeza contra el respaldo y sintió la sorpresa de las lágrimas que le corrían hasta las orejas. Era demasiado patético que le enviara esto a ella, una página con una sola palabra. Un anhelo sin esperanzas emanaba de la página y le llenaba la boca con un sabor a jugo de limón, provocando un escozor, como si el mundo de repente hiciera arder las heridas y no hubiera un bálsamo. Esa única palabra en la página, ese grito desesperado e inaudible que era a la vez una pregunta y una afirmación, la expresión de un hecho y de una aspiración, presente y futuro fundidos en las cuatro letras de la palabra Amor. Era demasiado para ella. ¿Qué estaría pensando él? ¿Habría traspasado el lenguaje, abandonándose al torvo silencio, a la vasta ausencia de palabras que devora el amor y deja sólo un vacío sonido hambriento reverberando contra las estrellas? Margaret apartó la hoja y miró el fuego. "Dios —pensó—, ¿qué se supone que debo hacer?"

Y sin esperar una respuesta, parpadeó para librarse de las lágrimas, levantó la hoja con la palabra Amor, y la arrojó al fuego.

9

Todo estaría bien pronto, dijo Muiris. Habían pasado dos días y Margaret Gore se había levantado de la cama. Nicholas había superado la fiebre y salió a caminar por la isla por primera vez. Sean lo acompañó, y Margaret los observó tras el cortinado de la ventana del frente cuando se dirigían con paso cómodo al encuentro de la tropilla de burros que salió a saludarlos.

—Parece estar bien —dijo Muiris. Era sábado, y estaba sentado en el sillón, algo que prefería por sobre todos los placeres del mundo. —Parece haber superado el mal de amores —comentó.

—¿Cómo?

—Dime que tú no lo sabías.

—¿No sabía qué?

—De lo que estoy hablando. Por supuesto que lo sabes.

—No lo sé.

—Entonces, no eres mi esposa. Mi esposa lo sabe.

—Y, ¿cómo lo sabes?

—¿Tienes que preguntarlo? ¿No es obvio? ¿No te diste cuenta cuando bajó del trasbordador, después de haberla conocido? —Hizo una pausa y disfrutó de la comodidad del sillón: ¿cómo puede ser tan cómodo un sillón? —Por supuesto que te diste cuenta.

—¿Por qué no dijiste nada?

—¿Decir qué? No había nada que nosotros pudiéramos hacer. Estaba en manos de los dioses. No se puede hacer nada, excepto dejar que las cosas sigan su curso.

—Eres un tonto, ¿lo sabías? —Su voz se rompió en pedacitos de vidrio, y cuando volvió los ojos hacia él, Muiris se dio cuenta del dolor que él había puesto allí. —¡Los dioses! ¿Eso es lo que realmente piensas? —Le espetó la pregunta y salió del cuarto antes de que él empezara a sacarse los vidrios de la cara. "Bien —pensó—. Ella está más lastimada de lo que creí." Y luego, arrellanándose en el sillón, dejó soñar los ojos y se preguntó cuántos años habían pasado, y a quién habría amado su mujer, sin abandonarlo.

10

El amor no pasa; simplemente cambia de forma. Adopta una forma diferente cuando encuentra un obstáculo que no puede mover. El obstáculo que encontró Nicholas fue el silencio de Isabel, la ausencia de una respuesta, sin la menor indicación de que por un momento estuviera pensando en él, y mucho menos en reciprocar sus sentimientos. No era una roca: era una montaña en el medio del camino. Era el mensaje, abrumador y audible, de que debía olvidar de inmediato toda posibilidad de verla. La nada a la que se despertaba todas las mañanas, la falta de noticias, el constante y firme rechazo que lo aguardaba cuando abría los ojos en el dormitorio de ella y sabía que no había llegado una carta significaba la derrota de cualquier otra emoción. Pero no de su amor.

Era demasiado obcecado para darse por vencido.

Tres semanas después de regresar a la isla, y una semana después de la tercera carta, Nicholas Coughlan empezó a escribir acerca de su padre. Empezó como una explicación, y por sugerencia de su padre. Se sentó ante la mesita que había llevado al dormitorio, y cuando levantó la mano y se la llevó a la cabeza, sintió la frente del viejo William. Al principio, Margaret pensó que se trataba de otra carta, pero durante toda una semana observó sus movimientos y vio que ninguno condujo al correo, empezó a darse cuenta de que se trataba de algo distinto. No se atrevía a asomarse a su puerta a espiar, por temor de ver otra vez esa visión extraordinaria, así que se tranquilizó con el pensamiento de que el amor estaba muriendo. No había hablado otra vez con Muiris acerca del mal de amores porque tenía miedo de traicionarse y de que él se enterara de que ella había quemado las cartas. En cambio, aguardó un nuevo curso de acción, e hizo a un lado sus temores de que las manchas que le estaban apareciendo en el dorso de las manos fueran sus pecados que emergían a la superficie.

Llegaron una serie de días tibios, y de repente una invasión de moscas infestó la isla. Se levantaban desde las rocas y se movían como una cortina sucia de gasa en el aire templado. Los botes pesqueros del puerto hervían de moscas, y los isleños salían a caminar protegidos de gorras y llevaban una bufanda en la mano para espantar los insectos. Todo el mundo rezaba para que se levantara viento para ahuyentarlos. No obstante, el mar estaba calmo y el sol caía a plomo, de manera que las moscas se posaban en todas partes y volaban a la ventura en formaciones interminables, entrando y saliendo por las puertas y ventanas de todas las cabañas. Excepto la del Maestro.

Fue Margaret, por supuesto, quien lo notó. Oyó hablar de las moscas en el almacén y en la oficina de correos, las veía por todas partes y cada vez que salía llevaba un cuaderno de la escuela como abanico. Pero cuando trasponía la puerta de la cerca de su jardín, las moscas ya no la seguían. Era la única que no debía mantener las ventanas cerradas, pero las cerraba lo mismo, con la esperanza de que nadie notara la pureza del amor que causaba la ausencia de las moscas. Quizá, se decía, era el perfume del amor agónico lo que las mantenía lejos. Quizás era el ruidito de las teclas de la vieja máquina de escribir que Muiris consiguió para Nicholas, quien ahora escribía el día entero en el dormitorio, a pesar de que afuera era un día de sol radiante. Podría haber habido cualquier explicación, pero ella secretamente sabía cuál era.

La tarde en que notó por primera vez la ausencia de la plaga de moscas, Margaret por fin le dijo a Muiris que era hora de que Nicholas se fuera. Ya no temía que al marcharse de la isla fuera directamente a ver a Isabel. El amor se iba desvaneciendo, pensaba. El mal de amores ya se le estaba pasando, como sucede con todas las pasiones humanas, y ella se consolaba con esa torva realidad, como si se tratara de aceptar que había piedritas en sus zapatos. Tenerlo más tiempo traería mala suerte. Dale el cuadro y que se vuelva a Dublín, le dijo a su marido con un susurro urgente mientras él estaba sentado en la cama quitándose las medias.

—¿Por qué esto, tan de repente? —le preguntó él—. ¿No puede quedarse todo lo que se le antoje?

—Debería irse. ¿Qué puede hacer aquí? Aquí no hay nada para él. Díselo por la mañana.

Había un tono de dureza en su voz. El Maestro lo sintió en la nuca, y cerró los ojos.

—¿Me oyes, Muiris?

Él se acostó sobre las frazadas sin responder, y se llevó las manos juntas al pecho, como si rezara. Cuando ella reiteró el susurro, él se estaba preguntando si en este caso tendría un terreno firme para tomar una posición, o si era parte del lodazal del matrimonio.

—¿Muiris?

Inclusive cuando la mano de ella lo sacudió del hombro, él fingió estar dormido, batiéndose en retirada a la paz separada de su lecho. Y permanecieron acostados en la húmeda oscuridad libre de moscas, cada uno fingiendo dormir, mientras sonaba en la noche de la isla el ruido constante y débilmente amordazado de las teclas de la máquina de escribir.

Por la mañana Muiris partió a la escuela antes de que su esposa pudiera confrontarlo. Salió con paso presuroso, ahuyentando sin aliento el millón de moscas que lo saludaron en el camino. Detrás dejó la extrañeza de su vida, respirando con alivio por poder escapar en la escuela a un mundo donde todo tenía sentido.

Margaret decidió que fuera su marido quien hablara con Nicholas. Podía ser esa noche. Impregnada con el dulce aroma de esta decisión, se esforzó por ser lo más agradable posible con su huésped. A media mañana, le llevó una bandeja con té y scones enmantecados. Y aunque él sólo hizo una pausa momentánea para acusar recibo de su presencia, ella no permitió que su desaire le emponzoñara el ánimo. Tampoco dejó que el desparramo de páginas por todas partes la preocupara demasiado. Después de todo, él se iría pronto, y ella había cumplido con su deber. Fue sólo más tarde, después que le hubo llevado pollo asado con papas y las últimas zanahorias y chivirías que le quedaban, cuando hizo una pausa en la lectura de su revista y sintió, como si una mano se posara sobre su hombro, la quietud de la casa. La máquina de escribir había cesado, y ella sintió sonar una alarma. Escuchó para ver si estaba poniendo una hoja nueva, pero esta vez el intervalo al que estaba acostumbrada se prolongó. Él había dejado de escribir; todo estaba inmóvil; era como si la isla misma se hubiera deslizado a través de una grieta del Tiempo y no zumbara ninguna mosca ni ninguna ola llegara a la costa. Margaret se quedó sentada en el otro extremo de la cabaña, sosteniendo el aliento, con una repentina premonición, mientras Nicholas Coughlan reunía las numerosas páginas para su última carta a Isabel.

Cuando él apareció en el vano de la puerta de la cocina, el corazón de Margaret casi se detuvo. Tenía el manojo de hojas de papel en la mano, y ella se dio cuenta, por las claras manchas rosadas en sus mejillas, que todavía estaba pensando en Isabel. Esto era peor que antes; esto no era locura, ni enamoramiento, éstos no eran sueños ni fantasías, ni el lecho revuelto del deseo y el insomne anhelo de la caricia. Era algo más firme y decidido, y Margaret tuvo que hacer un esfuerzo y tragar saliva para superar el conocimiento de que ahora Nicholas tenía el aspecto de un santo. Iba a la oficina de correo, le dijo. ¿Tenía ella algo que enviar?

—Yo enviaré la carta por ti —se oyó decir a ella misma.

—No, necesito tomar aire.

—Pero hay moscas...

—¿Verdad?

Ella quiso ponerse de pie, pero había un hombre alto y canoso sentado en su falda. Tenía un aroma tan dulce a eucalipto que al principio ella se olvidó del mundo y dejó que el perfume celestial la sumergiera en un trance. Estaba sentado con las largas piernas extendidas, y aunque impedía que ella se moviera, no pesaba nada en absoluto. Margaret trató de levantar los brazos del sillón pero no pudo: sólo se retorció un poco en el mismo lugar. Abrió la boca para decirle a Nicholas que sabía de su pasión y que no podía causar más que sufrimiento y desastre, pero cuando tuvo los labios abiertos una docena de pájaros blancos entraron volando y no pudo emitir palabra. No podía ponerse de pie ni hablar, y simplemente permaneció sentada en la cocina, mirando la alta figura que se estaba quedando calva, rodeada de una luz.

Sólo cuando Nicholas hubo cerrado la puerta al salir y ya estaba en camino, el hombre viejo se levantó y Margaret de repente pudo levantarse también y mirar por la ventana. Corrió el cortinado y vio, con ulterior convicción, que lo natural y lo sobrenatural conspiraban, pues el aire de la isla estaba libre de moscas.

11

Nicholas llevó su hato de páginas a la oficina de correos. Compró un sobre, que tomó del mostrador, y luego se dispuso a esperar a que Aine Hurley se decidiera venir a atenderlo.

—Eso costará mucho —dijo ella, tomando el paquete y leyendo la dirección sin hacer ningún comentario. Pesó la carta de amor más larga del mundo y le dijo a Nicholas que le costaría cuatro libras llegar a Galway.

—¿Cuándo llegará? —le preguntó él.

Ella lo tomó como si él la estuviera juzgando, criticando su desempeño, y apretó los labios antes de contestar.

—El martes. —Luego volvió a hablar, con la más leve de sus ironías (poseía un regimiento). —Dios mediante.

—Pero hoy es viernes —le dijo Nicholas.

—¿Lo es? Muchas gracias por la información —dijo la señora Hurley, sintiendo que se le erizaban las puntas de los bigotes.

—¿No podría llegar mañana?

Ella lo miró como si fuera una nueva especie de marciano que acababa de llegar a la isla, y meneó la cabeza.

—No.

—Sólo es...

—No.

La campanilla sobre la puerta de entrada tintineó y Nicholas se volvió. Era Margaret Gore que llegaba. Hubo un momento brevísimo, esa leve partícula de tiempo en que no hay pensamiento y en que el argumento de la vida hace un salto al vacío. Quizá fue por la sugerencia repentina del hombre alto de pie junto a Nicholas. Quizá fue él quien empujó el brazo de su hijo, pues en un repeluz Nicholas extendió las manos sobre el mostrador y tomó el sobre para Isabel, cuyas estampillas ya había pagado. Lo tomó y se volvió, se lo llevó al pecho y salió del recinto.

Él mismo no sabía por qué. No tenía sensación de amenaza ni de peligro, pero era guiado por esa insinuación secreta que lo hizo salir del correo ante el asombro y consternación de las dos mujeres. Iba camino a la costa antes de darse cuenta, antes de tener tiempo de apelar a la razón y seleccionar su acto siguiente entre las galaxias de la improbabilidad de su vida presente. Sintió que los zapatos se le deslizaban por la arena blanca. Era como si el mundo estuviera cediendo debajo de él, y él no supiera por qué. Aun así, siguió caminando hacia el agua. Desde la puerta del correo Margaret Gore lo observaba, y contuvo el aliento al darse cuenta de que estaba tan hundido en la demencia del amor que estaba a punto de caminar por el mar hasta Galway. Sus zapatos embebieron la orilla del frío mar con un millón de bocas, y Nicholas bajó los ojos para ver, sorprendido, que la espuma no los cubría. Le ardían los tobillos, aunque sólo había caminado un metro mar adentro. Ahora siguió caminando por la orilla, con el paquete con la carta de amor apoyado contra el pecho. Miró hacia el continente y al ver la luz del sol atravesar una nube jaspeada, sintió que su pecho liberaba una media docena de mariposas. ¿Estaba conspirando el mundo a su favor, o en su contra? ¿Quién lo hacía caminar por allí? ¿Y adónde? Sentía mal de estómago. La sal del aire le quemaba los párpados, y pasó un momento antes de darse cuenta de que las gaviotas se estaban reuniendo detrás de él, elevándose y posándose, una y otra vez, a medida que las olas llegaban y succionaban, significando algo que él no lograba comprender. Siguió caminando por el borde de la isla, no por completo sobre la tierra ni por el agua.

Margaret salió del correo y llegó a la costa, siguiéndolo a cierta distancia. Temía que en cualquier momento él fuera a ahogarse.

¿Adónde iba? ¿Qué estaba haciendo con la cuarta carta? ¿Sabía que ella había quemado las otras tres? Estaba segura de que sí, y tuvo un deseo repentino de llamarlo. Pero desde el camino de Lond vio, por el rabillo del ojo, que Nora Liathain salía de su cabaña para ver qué estaba ocurriendo, y el momento pasó.

Nicholas caminó cuatrocientos metros por el borde de la isla, con las bocamangas de los pantalones empapadas por el agua del mar, sosteniendo la carta en alto para protegerla del rocío. A Margaret le pareció que caminaba sin propósito, pero conocía muy bien la tortuosidad del amor, así que siguió tras él. No descontaba que su amor lo hubiera dotado de la repentina omnisciencia suficiente para continuar viviendo. No le hubiera sorprendido que le permitiera estar en dos lugares a la vez, y que el Nicholas que ella estaba siguiendo no fuera el Nicholas que escribió la carta. Iba embargada por la carga de las posibilidades, y sobre la arena que imprimía sus huellas dejó sueltos los perros de afilados colmillos de su amor materno para salvar a Isabel. Sin embargo, cuando vio a Nicholas caminando por el agua hasta llegar al bote color mostaza de Seamus Beg, *de Blaca*, se sintió derrotada por fin. La arena la retuvo. Podía caminar pero no avanzar, de la misma manera en que los amantes trágicos viajan en los sueños. Vio que Nicholas le hacía señas al bote cuando entraba en el mar, luego lo vio hablar con Seamus Beg por un momento antes de entregarle el paquete. El bote partió, Margaret caminó en el espacio vacío, y Nicholas se dejó caer, por fin, como un largo suspiro, en el mar que le llegaba a la cintura.

12

Y allí estaba el final. Si es que los finales existían. Si llegaba un momento en que ya no había más anhelo, y la historia se congelaba y quedaba inmovilizada, más allá del dolor y el desengaño y la vejez y la muerte. Pero era el argumento, y no el final, lo que importaba. Pues el mundo, después de todo, era muy simple. Hasta el argumento más intrincado, la casualidad más disparatada y la coincidencia más inverosímil encajaban como piezas bien medidas en la vasta rueda del todo.

"Hay un significado; hay un sentido en todas las cosas", pensaba Nicholas mientras llegaba a la playa y se dejaba caer, empapado, sobre la arena blanca. Todo encaja perfectamente, dijo en voz alta y se echó a reír, sin sorprenderse cuando vio salir la risa de su boca como serpentinas de raso blanco.

Miró mar adentro y vio el bote, ya pequeño en la distancia, que llevaba su carta a Isabel. Era su cuarta carta de amor.

—Amor —dijo, y el aire resonó con la palabra. Pensó en el viaje de esa carta, sin saber que las otras tres habían sido quemadas, y se rió fuerte al verla partir, sin oír retumbar la risa de su padre a su lado. "Si esta vez no viene, con esta carta, estoy equivocado —pensó Nicholas—. Pero vendrá."

—Lo hará porque lo hará —dijo su padre, sin que Nicholas lo oyera, pero lo suficientemente alto para que lo oyera Margaret Looney con un temor irremediable, a cien metros de distancia.

—Vendrá —dijo en voz alta Nicholas—. Vendrá —y de pronto se dio cuenta de que la razón era muy simple: ésa era la manera en que encajaban las cosas en el mundo, no según las planeamos, ni con la forma que las concebimos, sino con su propia pauta loca, que recorre todas las vueltas y todos los pesares de cada día hasta llegar al momento en que estoy aquí, tendido en la arena, sabiendo que la amo y que los argumentos de Dios y los argumentos del amor son la misma cosa. Ella vendrá.

Se quedó tendido en la arena al lado de su padre, contemplando el cielo occidental que se movía lentamente sobre él, los planos de aire azul que iban encajando incesante y fácilmente, y luego se separaban con suavidad. Hasta el momento en que llegó su madre y se sentó con ellos. Los tres se quedaron sentados, en un lugar no elegido precisamente, pero un lugar en que Muiris Gore alcanzó a verlos cuando se paró sobre un pupitre y con un destornillador aflojó el primero de los dos tornillos que sujetaban el cuadro de William Coughlan a la pared. El tornillo giró pero no se aflojó, y durante quince minutos Muiris Gore estuvo trabajando con el destornillador en vano, incapaz de entender, hasta que se le cansaron las piernas y pensó que había algo más allá de las leyes de la ciencia. Fue sólo cuando abandonó su esfuerzo y se detuvo a descansar, apoyado contra su escritorio, cuando notó por primera vez que la figura del cuadro era, en realidad, la imagen enorme de un hombre muy viejo. Parpadeó para hacer que desapareciera, y tuvo que sentarse cuando no desapareció. Entonces se rió. Y se rió. Fue la risa que oyó Margaret Gore al volverse hacia su casa, sorprendida, pues cuando miró la escuela sobre la roca, vio que brillaba. Cuando su marido llegó a la puerta, había perdido veinte años, y ella lo vio desde lejos como con una luz que avanzaba hacia ella. Todo estaba iluminado. Pájaros dorados revoloteaban; y cuando los isleños salieron a las puertas de sus cabañas, percibieron el blanco aroma a eucalipto que les llegaba de un África mental. Hasta los botes pesqueros llegaban con ese perfume en la noche. Había eucalipto en las almohadas de la isla entera, el olor inconfundible del amor en el mundo.

No importaba entonces que nadie supiera que una tormenta sorprendería a Seamus Beg y arrojaría la carta al Atlántico, que Isabel nunca la recibiría, así como no había recibido ninguna de las anteriores, que la espera de la respuesta duraría tres semanas y dos días más. Había en el aire en ese momento una extraña sensación de curación, de cosas que se elevaban y se reunían, una sensación de que la historia, de repente, era llevada hacia adelante, la sensación de un gran silbido en el que de pronto todo asciende y fluye, y uno sabe que, en alguna parte, hay un gran espíritu mirando hacia abajo.

Estaba en el aire en ese momento, y en ese momento, en el comienzo del descubrimiento de un nuevo amor para Muiris Gore, Margaret Looney sintió que las lágrimas le anegaban los ojos con el presentimiento de que Isabel iría a su casa en la isla para decirle a Nicholas que se había enamorado de él, que estaba embarazada con el hijo de Peader pero que no iba a volverlo a ver más en su vida, que no había tenido un momento de tranquilidad desde que Nicholas partió de la isla, que no había sido capaz de respirar sin pensar en él, que el camino futuro no estaba más claro que el camino pasado, pero que era el camino para ellos, a pesar de todo, que los argumentos de Dios y del Amor se reunían y eran la misma cosa y que Nicholas Coughlan había venido al mundo para amar a Isabel Gore.